위대한 개츠비
트리말키오

위대한 개츠비
트리말키오

F. 스콧 피츠제럴드 지음 / 최민석 옮김

THE GREAT GATSBY
TRIMALCHIO

HERMONHOUSE

일러두기

- 본서는 F. 스콧 피츠제럴드(F. Scott Fitzgerald)의 1925년 작 『위대한 개츠비(The Great Gatsby)』 초판본을 저본으로 하되, 프린스턴 대학교와 사우스캐롤라이나 대학교 도서관(Bruccoli Collection)에 소상된 미출산 교성쇄 및 친필 원고를 반영하여 새롭게 구성한 판본입니다. 특히 당시 편집자 맥스웰 퍼킨스(Maxwell Perkins)의 개입 이전, 작가의 초기 창작 의도가 담긴 원문을 복원하는 데 주력하였습니다.

- 이에 따라 일부 문장과 표현, 장면 구성 등에서 기존에 널리 알려진 판본과 차이가 있음을 밝힙니다.

- 본서 제목에 쓰인 『트리말키오』는 주변의 반대에도 불구하고 스콧 피츠제럴드가 끝까지 고수하려 했던 제목입니다. '트리말키오'는 고대 로마 소설 『사티리콘(Satyricon)』에 등장하는 벼락부자의 이름에서 따온 것입니다. 피츠제럴드는 막대한 부를 쌓고 화려한 잔치를 베풀지만, 그 이면에 공허함과 허상을 간직한 인물상을 '개츠비'에 투영하고자 했습니다.

- 주석은 모두 옮긴이가 추가한 것입니다.

차례

F. 스콧 피츠제럴드F. Scott Fitzgerald(1896~1940)

20세기 미국 문학을 상징하는 거장이자, '잃어버린 세대(Lost Generation)'를 대표하는 작가이다. 1920년대 미국의 풍요와 타락이 공존하던 '재즈 시대(Jazz Age)'를 가장 예리하게 포착한 작가로도 평가받는다.

데뷔작 『낙원의 이쪽(This Side of Paradise)』으로 단숨에 명성을 얻으며 당대의 셀러브리티로 떠올랐다. 그러나 그는 당시 미국의 화려함 이면에 자리한 인간의 허무와 아메리칸드림의 환멸을 작품 속에 집요하게 담아냈다.

1925년에 발표한 그의 대표작 『위대한 개츠비(The Great Gatsby)』는 유려하고 서정적인 문체로 욕망과 사랑, 그리고 돌이킬 수 없는 과거에 대한 향수를 그려낸 20세기 영미 문학의 불멸의 고전으로, 오늘날까지 널리 읽히고 있다.

생전에는 충분한 평가를 받지 못한 채 세상을 떠났지만, 그의 작품은 사후 '미국 문학이 도달할 수 있는 가장 아름다운 지점'이라는 찬사를 받으며 지금까지도 깊은 울림을 전하고 있다.

『아름답고 저주받은 사람들(The Beautiful and Damned)』, 『밤은 부드러워(Tender Is the Night)』 등의 작품을 남겼으며, 『마지막 거물(The Last Tycoon)』을 완성하지 못한 채 세상을 떠났다.

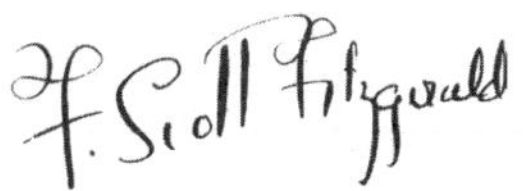

1926년 미국 여러 신문과《모션 픽처 매거진(Motion Picture Magazine)》
1927년 7월호에 실린 F. 스콧 피츠제럴드의 홍보용 사진

그렇다면 황금 모자를 쓰게, 그녀의 마음을 움직일 수 있다면;

더 높이 뛸 수 있다면 그녀를 위해 뛰게,

그녀가 "사랑하는 사람이여, 황금 모자를 쓰고 높이 뛰어오르는

사랑하는 이여, 당신을 차지해야겠어요!"라고 외칠 때까지.

—토머스 파크 딘빌리어스(Thomas Parke D'Invilliers)[*]

* 토머스 파크 딘빌리어스(Thomas Parke D'Invilliers)는 F. 스콧 피츠제럴드의 데뷔작 『낙원의 이쪽(This Side of Paradise)』에 등장하는 가상의 시인이다. 작가는 자신의 페르소나로 설정한 이 인물이 창작했다는 설정으로 권두 시를 담아, 개츠비의 낭만적 야망과 비극을 암시했다.

다시 한번
젤다에게

제1장

내가 더 어리고 정서적으로 연약했던 시절 아버지께서 내게 해주신 말씀 하나가 있는데, 나는 그때부터 지금까지 계속해서 마음속에 되새기곤 한다.

아버지는 이렇게 말씀하셨다. "누군가를 비판하고 싶을 때, 이 세상 사람 모두가 너처럼 유리한 처지에 있지 않다는 것을 항상 명심해라."

그 외의 다른 말씀은 하지 않으셨지만, 우리는 늘 괴묵히게 남과 다른 방식으로 소통해 왔기에 나는 그 말 속에 더 많은 의미가 담겼다는 것을 이해할 수 있었다. 그 결과, 내게는 모든 판단을 유보하는 경향이 생겼고, 이러한 습성 덕분에 별난 사람들이 내게 마음을 털어 놓았다. 하지만 동시에 고질적으로 지루하게 구는 사람들의 희생양이 되기도 했다. 비정상적인 사람들은 정상적인 사람에게서 이러한 특성이 나타나면 재빨리 감지하고 집착하곤 한다. 그래서 대학 시절, 나 역시 잘 알지 못하는 거친 사람들의 비밀스러운 슬픔을 알고 있었다는 이유로, 나는 부당하게 정치적인 사람이라

는 오해를 받게 되었다. 대부분 내가 원하지 않았는데 마음속 이야기를 털어놓았다. 친밀하게 다가와 마음속 이야기를 곧 터놓을 것 같은 명백한 조짐이 느껴지면, 나는 자주 잠자는 척하거나 바쁜 척했으며, 혹은 적대적으로 경박한 태도를 내보이곤 했다. 젊은 남성들은 친밀히 속내를 털어놓을 때, 보통 뻔한 표현 방식을 사용하는 데다가 그 말에서 진정성을 느낄 수 없었기 때문이다. 판단을 유보한다는 것은 무한히 희망을 품는다는 이야기이다. 아버지가 다소 우월감에 젖어서 하신 말씀을 내가 고상한 체하며 되풀이하고 있지만, 기본적인 품위에 대한 감각이 태어날 때부터 불균형하게 주어진다는 사실을 잊으면 뭔가를 놓칠까 봐 불안하다.

그리고 내가 이렇게 관용으로 대하려 한다고 과시하듯 말했지만, 그러는 데에도 한계가 있다는 사실을 깨닫게 되었다. 행동의 기반이 단단한 바위 위에 있든, 축축한 늪지대 위에 있든 상관없다. 어느 시점이 지나면 그것이 어디에 기반을 두고 있는지 신경 쓰지 않게 된다. 지난가을, 동부에서 돌아왔을 때 나는 세상이 영원히 통일된 제복을 입고 도덕적 경계에 서 있기를 바랐다. 더는 특권을 가진 듯 인간의 마음속을 엿보는 무분별한 탐험을 하지 않았으면 했다. 오직 개츠비에게만큼은 그런 감정을 갖지 않았다. 그는 내가 진정으로 경멸하는 모든 것을 상징하는 사람이었다. 만약 성격이라

는 것이 성공적인 행동을 연속해서 이어온 것을 의미한다면, 무언가 그에게는 멋진 면이 있었다. 개츠비는 마치 만 마일 떨어진 곳의 지진을 감지하는 정교한 기계처럼, 삶의 약속에 관해 특별히 민감하게 반응했다. 이러한 반응성은 흔히 '창의적 기질'이라는 이름으로 미화되는 무기력한 감수성과는 아무 관련이 없었다. 그것은 희망에 관한 놀라운 재능이었으며, 다른 사람에게서는 결코 찾아볼 수 없고 앞으로 다시는 찾을 수 없는 낭만적인 준비성이었다. 아니, 개츠비는 끝내 괜찮은 사람으로 남았다. 문제는 개츠비를 괴롭힌 그의 꿈 뒤에 떠다니던 더러운 먼지가 나를 잠시간 인간의 헛된 슬픔과 정당하지 않은 환희에 관한 관심에서 멀어지게 했다는 점이다.

＊ ＊ ＊

우리 가문은 이 중서부 도시에서 삼대에 걸쳐 영향력 있고 부유한 가문이다. 캐러웨이 가문은 일종의 문중(門中)으로, 버클루 공작 가문의 후손이라는 전통이 있지만, 사실 우리 가문의 실질적인 창시자는 할아버지의 형이었다. 그분은 1851년 이곳에 와서 남북전쟁에 다른 사람을 대신 보내고, 지금 아버지가 이어가고 있는 철물 도매 사업을 시작했다.

나는 큰할아버지를 한 번도 뵌 적이 없지만, 아버지 사무실에 걸린 꽤 근엄해 보이는 초상화를 보고는 다들 내가 그분을 닮았다고 한다. 나는 아버지가 졸업한 지 정확히 25년 후인 1915년에 예일 대학교를 졸업했다. 얼마 지나지 않아 나는 '세계 대전'으로 알려진 게르만계 대이동[1] 행렬에 다소 늦게 참여했다. 나는 그 반격전을 너무나 즐겼기 때문에 귀향한 후 마음의 안정을 되찾지 못했다. 세계의 온화한 중심지였던 중서부가 이제는 우주의 낡아빠진 변두리처럼 느껴졌기에, 나는 동부로 가서 채권 사업을 배워보기로 했다. 내가 아는 모든 사람이 채권 관련 업종에 종사하고 있었기 때문에 나 하나쯤은 더 그 일을 해도 괜찮을 것 같았다. 모든 이모와 삼촌이 마치 내가 입학할 예비학교를 고르는 것처럼 이 문제를 심각하게 의논했고, 마침내 아주 신중하면서도 주저하는 표정으로 "음, 그러려무나—"라고 말했다. 아버지도 1년간 재정 지원을 해주시기로 했다. 그리고 여러 차례 연기한 끝에, 1922년 봄 나는 영원히 머물 작정으로 동부로 이사했다.

도시에 방을 구하는 것이 합리적이었지만, 따뜻한 계절이었던 데다가 넓은 잔디밭과 푸근한 나무들이 있는 시골을 막 떠난 참이라, 회사의 한 젊은 직원이 교외 마을에 함께 집을 얻자고 제안했을 때 좋은 생각으로 여겼다. 그는 월세 80달

러짜리 낡고 허름한 방갈로를 찾았지만, 막판에 회사에서 그를 워싱턴으로 발령 내는 바람에 나는 혼자 교외로 나가게 되었다. 나는 개 한 마리를 키웠다. 적어도 그 개가 도망쳐 버리기 전 며칠 동안은 그랬다. 나에게는 오래된 닷지 자동차 한 대와, 내 침대를 정리하고 아침을 만들어 주며 전기스토브 앞에서 핀란드 격언을 혼잣말로 중얼거리는 핀란드 출신 가정부만 남았다.

며칠 동안은 외로웠다. 그러다가 어느 날 아침, 나보다 더 최근에 이사 온 한 남자가 길에서 나를 멈춰 세웠다.

"그 마을에 가려면 어떻게 해야 하나요?" 그는 난처한 듯 물었다.

나는 그에게 길을 알려주었는데, 다시 길을 걷다 보니 더는 외롭지 않다고 느껴졌다. 나는 안내자이자 개척자, 원주민이 되었다. 그는 무심코 나에게 이 동네에 대한 친숙함을 선사해 주었던 것이다.

그래서 햇살 아래 나무들에 새잎이 솟아나는 모습—마치 영화에서 빠르게 자라나는 것처럼—을 보며, 나는 익숙한 확신에 사로잡혔다. 여름과 함께 삶이 다시 시작되고 있다는 확신 말이다.

읽을 것이 무척 많았고, 젊음의 생기를 불어넣는 공기를 흡입하며 건강을 마음껏 챙길 수 있었다. 나는 은행업, 화폐,

투자 유가 증권에 관한 책을 열두 권 사서 책장에 꽂았다. 그 책들은 마치 새로 주조된 화폐처럼 붉은색과 금빛으로 번쩍였으며, 미다스와 모건, 로스차일드만이 알던 빛나는 비밀을 펼쳐 보일 듯했다. 그리고 그 외에도 많은 책을 읽으려는 큰 포부를 품고 있었다. 대학 시절 나는 꽤 문학적인 학생이었다. 1년 동안 《예일 뉴스》에 아주 진지하고 뻔한 사설들을 연재하기도 했었다. 이제 다시 그 모든 경험을 내 삶으로 끌어들여, 전문가 중에서도 가장 제한적인 존재, 즉 '다방면의 소양을 갖춘 인간'이 되어볼 작정이었다. '결국, 인생은 단 하나의 창문을 통해 볼 때 훨씬 더 잘 바라볼 수 있다'—이 말은 단순한 경구가 아니다.

　내가 북미에서 무척 기이한 지역 중 한 곳에 집을 임대하게 된 것은 우연이었다. 그곳은 뉴욕 바로 동쪽으로 뻗어 있는 길쭉하고 혼잡한 섬으로, 자연적으로 기이한 다른 점 중에서도 특히 두 개의 독특한 지형이 눈에 띄었다. 도시에서 20마일 떨어진 곳에, 모양은 동일하지만 단지 얕은 만(灣)으로만 나뉘어 있는 두 개의 거대한 달걀[2]이 서반구에서 가장 온화한 염수 바다인 롱아일랜드 해협의 거대한 습지로 돌출해 있다. 이 두 개의 달걀은 끝부분이 평평하게 눌려 있어 콜럼버스 이야기 속의 달걀처럼 완벽한 타원형은 아니지만, 머리 위를 날아다니는 갈매기들은 영원히 그 유사한 외형을 경

이로움의 대상으로 여길 것이다. 지상에 사는 사람들은 형태와 크기 외의 모든 면에서 두 지역이 다르다는 사실을 더 흥미롭게 여길 것이다.

나는 웨스트 에그에 살았는데, 그러니까 두 지역 중에서 덜 세련된 곳이었다. 이 표현은 그 둘 사이의 기이하고 다소 음산한 차이를 설명하기에는 너무 피상적인 꼬리표에 불과하다. 내 집은 웨스트 에그의 가장 끝자락에 있었는데, 롱아일랜드 해협에서 50야드밖에 떨어지지 않았다. 그리고 시즌당 12,000달러에서 15,000달러에 임대되는 두 개의 거대한 저택 사이에 끼어 있었다. 우리 집 오른쪽에 있는 저택은 어느 기준으로 보더라도 엄청난 규모였다. 노르망디의 어느 시청을 사실적으로 본뜬 듯한데, 한쪽에는 탑이 있고 듬성듬성 담쟁이덩굴이 갓 덮기 시작한 번쩍거리는 새 건물에 대리석 수영장, 그리고 40에이커가 넘는 잔디밭과 정원이 있었다. 그곳은 개츠비의 저택이었다. 아니, 사실 나는 당시 개츠비라는 사람을 몰랐으니, 그런 이름의 신사가 사는 저택이었다고 말하는 것이 더 맞을 것이다. 내 집은 보기 흉했지만, 규모 작은 흉물이라서 그다지 눈에 띄지 않았다. 덕분에 나는 바다가 내다보이고 이웃의 잔디밭 일부를 감상할 수 있는 전망을 얻었으며, 백만장자들과 가까이 있다는 위안도 함께 누렸다. 이 모든 것을 고작 월세 80달러에 말이다.

얕은 만 건너편에는 세련된 이스트 에그의 하얀 저택들이 물가를 따라 반짝이며 자리하고 있었다. 그해 여름의 이야기는 내가 톰 뷰캐넌 부부와 저녁 식사를 하기 위해 그곳으로 차를 몰고 갔던 저녁때부터 시작된다. 데이지는 7촌에 해당하는 먼 친척이었고, 톰은 대학 시절에 알고 지낸 사이였다. 전쟁이 끝난 직후 한 번, 나는 시카고에서 이틀간 그들과 함께 보낸 적이 있었다.

데이지의 남편은 여러 신체적 능력을 지녔으며, 예일대 미식축구 선수로서 최고의 엔드 포지션[3] 중 한 명이었다. 어떤 면에서 그는 전국적으로 이름이 알려진 인물로, 21세에 이미 최고 수준의 기량을 달성해 이후의 모든 일이 시시하게 느껴질 정도였다. 그의 집안은 엄청나게 부유했으며, 대학 시절부터 그의 돈 씀씀이는 화젯거리가 될 정도였다. 그런데 이제 그는 시카고를 떠나, 숨이 멎을 만큼 놀라운 방식으로 동부로 이사했다. 레이크 포레스트에서 폴로 경기용 조랑말들을 줄지어 데려온 것을 예로 들 수 있겠다. 같은 세대 중에서 그렇게 할 만큼 부유한 이가 있다는 사실을 실감하기가 어려웠다.

그들이 왜 동부로 왔는지 나는 모른다. 그들은 특별한 이유 없이 1년 동안 프랑스에 머물렀으며, 그 후에는 폴로 경기를 즐기고 부유한 사람들이 모이는 곳이라면 어디든지 방

황하듯 떠돌면서 정착하지 못했다. 데이지는 전화로 이번에는 완전히 이사한 것이라고 말했지만, 나는 믿지 않았다. 데이지의 마음은 어떨지 모르겠지만, 톰은 결코 되찾을 수 없는 미식축구 선수 시절의 강렬한 흥분을 조금 그리워하는 마음으로 영원히 찾아 헤매며 방황할 것이라는 느낌이 들었다.

그리하여, 따뜻한 바람이 부는 어느 날 저녁, 나는 제대로 안다고 할 수 없는 두 옛 친구를 만나기 위해 이스트 에그로 차를 몰고 갔다. 그들의 집은 내가 예상했던 것보다 훨씬 화려했다. 만이 내려다보이고, 화사하게 붉은색과 흰색이 어우러진 조지 왕조 시대 식민지풍[4] 저택이었다. 잔디밭은 해변에서 시작해 해시계와 벽돌 산책로, 그리고 활활 타오르는 듯 화려한 정원을 지나 전면 현관까지 이어져 있었다―마침내 집에 도달한 잔디밭은 그 기세를 몰 듯, 집의 측면을 타고 올라간 푸른 덩굴로 이어졌다. 정면에는 프랑스식 창문이 일렬로 나 있었는데, 황금빛 반사광으로 반짝이며 따뜻한 바람이 부는 오후를 향해 활짝 열려 있었다. 톰 뷰캐넌은 승마복을 입고 다리를 벌린 채 현관 앞에 서 있었다.

그는 예일 대학교 시절 이후 변해 있었다. 이제 그는 다부진 체격에 밀짚 색깔 머리를 지닌 서른 살 남자로, 다소 굳게 다문 입과 거만한 태도를 보이고 있었다. 거만함이 서린 번뜩이는 두 눈이 얼굴 전체에 위압감을 풍기게 했고, 늘 몸을

위대한 개츠비

앞으로 기울인 듯하여 공격적인 인상을 주었다. 그의 승마복이 풍기는 여성스러운 멋조차도 그 몸에서 뿜어져 나오는 엄청난 힘을 감출 수 없었다—번쩍거리는 부츠 속은 상단 끈이 팽팽해질 정도로 꽉 차 보였고, 얇은 코트 속 어깨를 움직일 때마다 커다란 근육이 꿈틀거리는 게 보일 정도였다. 그 몸은 엄청난 지렛대 같은 힘을 발휘할 수 있을 정도로 강력했다—그야말로 무지막지한 몸이었다.

그의 목소리는 거칠고 허스키한 고음이었는데, 그가 풍기는 괴팍한 인상을 더욱 두드러지게 했다. 그 목소리에는 좋아하는 사람에게 말할 때조차도 조금 가부장적인 경멸감이 섞여 있었다. 예일 대학교 재학 시절에는 그를 진심으로 증오했던 사람들이 있었다.

"물론 내가 더 힘이 세고 자네보다 더 남자답다고 해도, 내 의견이 최종적이라고 생각하지는 말게." 톰은 이런 태도로 말하는 듯했다. 우리는 같은 졸업반 모임에 속해 있었지만, 친밀한 사이는 아니었다. 그래도 그는 나를 인정해 주었으며, 다소 태도가 거칠고 도전적이었지만 나에게 호감을 사려 한다는 느낌을 받았다.

우리는 햇살이 내리쬐는 현관에서 잠시 이야기를 나눴다.

"내가 꽤 괜찮은 집을 얻었지." 그는 불안한 듯 두리번거리며 말했다.

그는 한 손으로 나를 돌려세우고, 넓고 평평한 손을 들어 저택의 전경을 따라 천천히 움직이며 지면보다 낮은 이탈리아식 정원, 반 에이커에 달하는 짙고 강한 향의 장미 정원, 그리고 파도에 부딪히며 떠 있는 선수가 뭉툭한 모터보트를 가리켰다.

"이곳은 석유 사업가인 드메인의 소유였네." 그는 다시 나를 다정하지만 갑작스럽게 돌려세우며 말했다. "안으로 들어가세."

우리는 층고 높은 복도를 지나 밝은 장밋빛이 도는 공간으로 들어섰다. 그곳의 양쪽 끝에 있는 프랑스식 창문들이 집 안을 섬세하게 연결해 주고 있는 듯했다. 창문은 살짝 열려 있었고 창밖의 신선한 잔디와 대조를 이루면서 눈부신 흰색을 띠고 있었으며, 잔디가 점점 가까이 자라 마치 집 안으로 늘어오려는 듯 보였다. 산들바람이 방을 가로질러 불어와서 한쪽 끝의 커튼은 안으로, 다른 쪽 끝의 커튼은 밖으로 마치 새하얀 깃발처럼 부드럽게 휘날렸다. 그 커튼들은 얼음처럼 하얀 웨딩 케이크 같은 천장을 향해 비틀리며 올라갔다—그리고 와인색 카펫 위에 일렁이며 바다 위를 스치는 바람처럼 그림자를 드리웠다.

방에서 완전히 고정된 유일한 물건은 거대한 소파였다. 그 위에 젊은 여자 두 명이 마치 땅에 고정된 열기구 풍선 위에

위대한 개츠비

떠 있는 듯 앉아 있었다. 두 사람 모두 흰색 옷을 입고 있었으며, 그들의 드레스는 마치 집 주위를 한 바퀴 날아다니다가 이제 막 바람에 밀려 돌아온 것처럼 물결치듯 펄럭이고 있었다. 나는 커튼이 채찍질하듯 휘날리고 벽에 걸린 그림이 삐걱거리는 소리를 들으며 잠시간 서 있었다. 그러다 톰 뷰캐넌이 '쿵' 하는 소리를 내며 뒷창문을 닫았다. 방 안에 갇혀 있던 바람이 사라지자 커튼과 카펫, 그리고 두 젊은 여자는 사뿐히 바닥으로 내려앉았다.

두 여자 중 더 젊은 쪽은 내가 한 번도 본 적이 없는 사람이었다. 그녀는 긴 의자의 한쪽 끝에서 몸을 길게 뻗고 완전히 움직이지 않은 채 턱을 약간 치켜들고 있었는데, 마치 그 위에 무언가를 올려놓고 떨어지지 않게 균형을 잡고 있는 것 같았다. 그녀가 눈길을 살짝 돌려 나를 보았는지 모르겠지만, 그런 기색을 전혀 내보이지는 않았다. 사실, 나는 그녀가 누리던 평온함을 방해한 것 같아 무심코 사과의 말을 중얼거릴 뻔했다.

다른 여자는 데이지였다. 그녀는 일어나려는 듯 진지한 태도로 몸을 약간 앞으로 기울였다가, 엉뚱하면서도 매력적인 가벼운 웃음을 터뜨렸다. 나도 웃으며 방 안으로 들어섰다.

"나, 행복해서 꼼짝도 못하겠어요."

그녀는 마치 아주 재치 있는 말이라도 한 듯 다시 한번 웃

었고, 내 손을 잠시 잡고는 얼굴을 올려다보며 그토록 만나고 싶었던 사람은 이 세상에 나뿐인 듯 느끼도록 했다. 그녀는 늘 이런 식이었다. 그녀는 마치 균형을 잡듯 턱을 치켜들고 있는 여자의 성이 베이커라고 속삭이듯 넌지시 말했다.

나는 데이지가 사람들이 가까이 다가오게 하려고 속삭이듯 말하는 것이라는 얘기를 들은 적이 있다. 대수롭지 않은 비판이었고, 설령 그렇더라도 그녀의 매력에는 아무런 흠이 가지 않았다.

어쨌든 베이커 양의 입술이 살짝 떨리더니, 나를 향해 거의 알아차릴 수 없을 정도로 가볍게 고개를 끄덕였다. 그러고는 급히 머리를 다시 뒤로 젖혔다―그녀가 균형을 잡고 있던 물건이 살짝 흔들려서 약간 불안감을 느끼기라도 한 듯 말이다. 다시 한번 미안하다는 말이 내 입가에 맴돌았다. 나는 완전히 자아 충족에 사로잡혀 있는 사람을 볼 때면, 거의 언제나 감탄하게 된다.

나는 내 사촌을 돌아보았다. 그녀는 낮고 감미로운 목소리로 나에게 질문하기 시작했다. 그 목소리는 마치 각각의 말이 다시는 연주되지 않을 음표로 배열되기라도 한 듯 귀가 자연스럽게 오르락내리락 따라가게 하는 목소리였다. 그녀의 얼굴은 우울해 보였지만, 맑은 눈빛과 밝고 정열적인 입술처럼 빛나는 것들로 가득해 사랑스러웠다―하지만 그녀

의 목소리에는 그녀를 좋아했던 남자들이 결코 잊지 못할 만한 자극이 담겨 있었다. 마치 속삭이듯 "들어봐"라고 말하며 노래하듯 매료시키고, 조금 전에도 즐겁고 흥미로운 일들을 겪었는데 앞으로도 그런 일들이 벌어지리라는 약속을 품은 듯한 목소리였다.

나는 동부로 오는 길에 시카고에 하루 동안 들렀는데, 열두 명이나 되는 사람이 그녀에게 안부를 전해 달라고 했다고 말했다.

"내가 그립대요?" 그녀는 신나서 외쳤다.

"온 마을이 황량해졌어. 모든 자동차의 왼쪽 뒷바퀴를 검게 칠해서 애도의 화환처럼 보이고, 밤새 북쪽 해안을 따라 끊임없이 울음소리가 들린다니까."

"정말 멋지네요! 톰, 우리 돌아가요. 내일 당장!" 그러고는 갑자기 관련 없는 말을 덧붙였다. "저희 아기 보셔야 해요."

"그러고 싶네."

"지금 잠들어 있어요. 이제 세 살이에요. 본 적 없죠?"

"본 적 없지."

"그럼, 꼭 보셔야 해요. 정말—"

방을 안절부절못하며 서성거리던 톰 뷰캐넌이 멈춰서더니 내 어깨에 손을 올렸다.

"무슨 일 해, 닉?"

"채권 관련 일을 하고 있어."

"어느 회사에서?"

나는 회사 이름을 그에게 말해주었다.

"들어본 적 없는데." 그는 단호하게 말했다.

나는 약간 짜증이 났다.

"곧 듣게 될 거야." 나는 짧게 대답했다. "동부에 머무르면 알게 될 거야."

"아, 동부에 정착할 테니, 걱정하지 마." 그가 데이지를 쳐다봤다가 나를 다시 보며 말했다. 마치 무언가를 경계하는 듯했다. "다른 곳에 산다면, 정말 바보 같은 일이겠지."

이때 베이커 양이 갑자기 "정말 그래요!"라고 말해서 나는 깜짝 놀랐다. 내가 방에 들어온 후 그녀가 처음 내뱉은 말이었기 때문이다. 그녀 자신도 나만큼 놀란 것 같았고, 하품을 하더니 빠르고 능숙한 동작으로 자리에서 일어섰다.

"몸이 뻐근하네." 그녀가 투덜거렸다. "언제부터 저 소파에 누워 있었는지 모르겠어."

"내 탓 하지 마." 데이지가 반박했다. "내가 오후 내내 널 뉴욕에 데려가려고 했잖아."

"전 사양할게요." 베이커 양이 팬트리에서 막 가져온 칵테일 네 잔을 보며 말했다. "저 지금 훈련 중이거든요."

톰이 믿을 수 없다는 표정으로 그녀를 쳐다보았다.

"훈련 중이라고!" 그는 마치 잔에 남은 마지막 한 방울까지 마셔버릴 듯 자기 잔을 비우며 말했다. "당신이 어떻게 그런 일을 해내는지 도무지 알 수 없군."

나는 베이커 양을 바라보며, 그녀가 '해낸 일'이라는 것이 무엇인지 궁금해졌다. 그녀를 바라보는 것은 즐거웠다. 그녀는 날씬하고 가슴이 밋밋하며, 자세가 곧았다. 마치 어린 사관생도처럼 어깨를 뒤로 젖혀서 꼿꼿한 자세를 더욱 강조했다. 마치 햇볕에 색이 바랜 듯한 그녀의 회색 눈동자가, 창백하면서도 매력적이지만 무언가 불만스러운 얼굴로 내 호기심에 정중하게 응답하듯 나를 바라보았다. 나는 그녀를, 혹은 그녀의 사진을 전에 어디선가 본 적이 있다는 생각이 들었다.

"당신 웨스트 에그에 산다고 했죠." 베이커 양이 경멸하듯 말했다. "거기 사는 사람을 알고 있어요."

"저는 거기에 아는 사람이 아무도 없는데—"

"개츠비는 아시겠죠."

"개츠비?" 데이지가 물었다. "어떤 개츠비?"

그가 내 이웃이라고 대답하기도 전에 저녁 식사가 준비되었다는 소리가 들렸다. 톰 뷰캐넌이 힘껏 내 팔 아래로 자기 팔을 끼워 넣고는, 마치 체스 말을 옮기듯 나를 방 밖으로 데리고 나갔다.

두 젊은 여자는 손을 날씬한 허리에 가볍게 얹고 우리보다 먼저 느긋하게 석양빛을 받아 장밋빛으로 물든 베란다로 나갔다. 약해진 바람 속에서 테이블 위 촛불 네 개가 깜빡거리고 있었다.

"왜 촛불을 켰지?" 데이지가 미간을 찌푸리며 말했다. 그녀는 손가락으로 촛불을 꺼버렸다. "이제 이 주 후면 일 년 중 가장 해가 긴 날이 올 거예요." 그녀는 우리를 환하게 바라보며 말했다. "여러분도 매년 가장 해가 긴 날을 기다리다가 그만 놓쳐버리곤 하나요? 난 늘 일 년 중 가장 해가 긴 날을 기다리는데, 결국 그날을 놓쳐버려요."

"뭔가 계획해야겠어." 베이커 양이 하품하면서 마치 침대에 눕듯 느긋하게 데이블 쪽에 앉으며 말했다.

"좋아." 데이지가 말했다. "뭘 계획할까?" 그녀는 어쩔 줄 몰라 하며 나를 돌아보았다. "다른 사람들은 어떤 계획을 세워요?"

내가 대답하기도 전에, 그녀는 겁먹은 표정으로 자기 새끼손가락을 바라보았다.

"여기 봐요!" 그녀가 불평했다. "여기 아파 죽겠어요."

우리는 모두 그녀의 손가락을 쳐다보았다―손마디가 검푸르게 멍들어 있었다.

"톰, 당신이 그랬잖아요." 그녀가 비난하듯 말했다. "당신

 위대한 개츠비

이 일부러 그런 게 아닌 걸 알지만, 어쨌든 당신이 그랬잖아요. 이게 다 내가 거친 남자를 남편으로 삼은 대가죠. 거대하고, 우락부락한 몸뚱이를 가진—"

"내일 비 올 거예요." 베이커 양이 물결치듯 구름이 가득한 하늘을 바라보며, 눈썹을 치켜올리고 말했다. "그거에 25달러 내기할래요, 톰?"

"난 7달러 걸겠어." 데이지가 말했다. "톰이 나한테 그만큼 빚졌거든. 덩치 크고 우락부락한—."

"내가 '우락부락'이라는 말 싫다고 했지." 톰이 짜증스럽게 말했다. "농담으로라도 하지 마."

"우락부락하면서." 데이지가 고집스럽게 말했다.

때때로 그녀와 베이커 양은 절대 수다스럽지 않으면서도 가볍고 장난스러운 태도로 조용히 자연스럽게 이야기를 주고받았다. 그들의 말투는 하얀 드레스처럼, 그리고 모든 욕망이 결여된 무심한 눈빛처럼 차분했다. 그들은 그 자리에 있었고, 톰과 나를 받아들였다. 단지 예의 바르고 유쾌한 태도로, 우리를 즐겁게 하거나 스스로 즐거워지려는 노력을 기울일 뿐이었다. 그들은 곧 저녁 식사가 끝날 것이고, 조금 더 시간이 흐르면 저녁 시간 자체가 별일 없이 지나가 버릴 것을 알고 있었다. 서부에서와는 확연히 달랐다. 서부에서는 저녁 시간이 끊임없이 실망스러운 기대 속에, 혹은 순간순간

에 대한 불안감 속에 서둘러 단계를 거쳐 마무리되었다.

"데이지, 너랑 있으니 내가 교양 없는 사람처럼 느껴져." 나는 포도주 두 번째 잔을 마시며 고백했다. "농작물이나 다른 이야기는 할 수 없어?"

내가 특별한 의도로 한 말은 아니었지만, 예상치 못한 반응이 돌아왔다.

"문명이 무너져 내리고 있어." 톰이 격하게 말했다. "나는 요즘 세상이 정말 비관적으로 보여. 자네, 그다드라는 사람이 쓴 『유색 인종 제국의 부상』이라는 책 읽어봤나?"

"아니." 나는 그의 말투에 약간 놀라며 대답했다.

"정말 좋은 책이야. 모두가 꼭 읽어야 해. 우리가 조심하지 않으면 백인종이 완전히 몰락할 기라는 내용이 담겼지. 전부 과학적으로 증명된 거야. 이미 입증됐어."

"톰이 너무 심오해지고 있어요." 데이지가 무심한 듯 슬픈 표정으로 말했다. "긴 단어가 잔뜩 들어 있는 심오한 책들을 읽고 있거든요. 그 단어 뭐였더라—"

"그러니까, 그 책들 전부 과학적인 거라고." 톰이 그녀를 향해 짜증스러운 눈빛을 보내며 말을 이었다. "그 사람이 모든 걸 규명했다니까. 지배 인종인 우리가 방심하면, 다른 인종들이 모든 걸 장악하게 될 거야."

"우리가 그들을 꺾어야겠죠." 데이지가 뜨거운 태양을 향

  위대한 개츠비

해 지그시 윙크하며 속삭였다.

"당신은 캘리포니아에서 살아야겠네요—" 베이커 양이 말하기 시작했지만, 톰이 의자를 무겁게 움직이며 그녀의 말을 끊었다.

"그 사람 말로는, 우리가 노르딕 족이라는 거야. 나도, 자네도, 당신도, 그리고—" 잠시 망설인 후, 톰은 데이지를 가리키며 고개를 끄덕였다. 그리고 데이지는 다시 나를 향해 윙크했다. "—그리고 우리가 문명을 이루는 모든 것을 창조해 냈다는 거지. 아, 과학이니 예술이니 그런 모든 것 말이야. 내 말 이해돼?"

그가 집중하는 모습은 어딘가 가엾게 느껴졌다. 예전보다 더 강해진 자만심이 이제는 그를 더는 만족시키지 못하는 듯 보였다. 거의 바로 그때, 집 안에서 전화벨이 울렸고 집사는 베란다를 떠났다. 잠시 대화가 끊긴 틈을 타 데이지가 내 쪽으로 몸을 바짝 기울였다.

"우리 집안 비밀을 하나 알려줄게요." 그녀가 열정적으로 속삭였다. "집사의 코에 관한 거예요. 집사의 코 이야기 들어볼래요?"

"그 이야기를 들으려고 오늘 밤에 온 거야."

"사실, 그 사람 원래 집사가 아니었어요. 예전에 뉴욕에 사는 어떤 사람들 집에서 은 제품 닦는 일을 했는데, 그 집에는

200명분의 은식기가 있었대요. 그래서 아침부터 저녁까지 그걸 닦아야 했다더라고요. 그러다 결국 그의 코에 문제가 생기기 시작했대요.”

“증상이 점점 나빠졌겠네.” 베이커 양이 말했다.

“맞아. 점점 나빠져서, 결국 일을 그만둘 수밖에 없었대.”

잠시간 마지막 햇살이 그녀의 빛나는 얼굴에 낭만적인 애정을 담아 내리쬐었다. 나는 그녀의 목소리에 이끌려 숨을 죽인 채 귀를 기울였다. 빛은 희미해지며, 마치 아이들이 저녁 무렵 즐거운 거리를 떠나는 것처럼 하나하나 아쉬움을 남기면서 그녀를 떠나갔다.

그때 집사가 돌아와 톰의 귀에 대고 무언가를 속삭였고, 톰은 얼굴을 찌푸리며 의자를 뒤로 밀고는 말없이 안으로 들어갔다. 그의 부재가 무언가를 자극한 듯, 데이지는 다시 몸을 앞으로 숙이고 목소리에 활기를 띠며 노래하듯 말했다.

“함께 식사할 수 있어서 정말 기뻐요, 닉. 오빠는 마치 장미, 정말 아름다운 장미 같아요. 그렇지 않아?” 그녀는 베이커 양에게 동의를 구하며 물었다. “정말 장미 같지 않아?”

사실이 아니었다. 나는 장미와는 조금도 닮지 않았다. 그녀는 그저 즉흥적으로 떠오른 말을 하고 있었지만, 그 말 속에서 따뜻함이 흘러나왔다. 마치 숨 막히게 감동적인 단어들 속에 숨은 그녀의 마음이 내게 와 닿는 듯했다. 그러다 갑자

기 그녀는 식탁 위에 냅킨을 내려놓고, 실례한다면서 자리를 떠나 집 안으로 들어갔다.

베이커 양과 나는 의식적으로 의미 없는 짧은 눈빛을 교환했다. 내가 말을 꺼내려는 순간, 그녀가 경계하는 목소리로 "쉿!" 하고 말했다. 방 너머로 격정적인 감정을 억누른 듯 웅얼거리는 소리가 들렸고, 베이커 양은 부끄러움 없이 몸을 앞으로 숙이며 그 소리를 들으려 했다. 그 웅얼거리는 말소리는 알아들을 수 있을 듯 말 듯 흔들리다가 가라앉았고, 흥분한 듯 다시 커지더니 결국 완전히 들리지 않게 되었다.

"말씀하신 그 개츠비라는 사람이 제 이웃—" 내가 말을 꺼냈다.

"조용히 해봐요. 무슨 일이 벌어지는지 듣고 싶으니까."

"무슨 일이 벌어지고 있는 건가요?" 나는 순진하게 물었다.

"설마 모르는 건 아니죠?" 베이커 양이 진심으로 놀란 듯 말했다. "나는 모두가 아는 줄 알았어요."

"전 모릅니다."

"저기—" 그녀가 망설이며 말했다. "톰이 뉴욕에 여자가 있어요."

"여자가 있다고요?" 나는 멍하니 되물었다.

베이커 양은 고개를 끄덕였다.

"저녁 시간에는 전화하지 않을 정도의 예의는 지켜야지. 그렇지 않나요?"

내가 그녀의 말뜻을 이해하기도 전에 드레스가 스치는 소리와 가죽 부츠가 내는 둔탁한 발소리가 들렸고, 톰과 데이지가 식탁으로 돌아왔다.

"어쩔 수 없었어요!" 데이지가 불편한 기색을 숨기며 밝은 척 외쳤다.

그녀는 앉아서 베이커 양과 나를 살피듯 바라본 후 말을 이었다. "잠깐 밖을 봤는데, 아주 낭만적이더라고요. 잔디밭에 새 한 마리가 있는데, 마치 큐나드 라인이나 화이트 스타 라인[5]의 배를 타고 온 나이팅게일 같아요. 그 새가 노래를 부르고 있어요." 그녀의 목소리도 마치 노래하는 듯 들렸다. "낭만적이지 않나요, 톰?"

"정말 낭만적이군." 톰이 대답한 후, 나에게 우울한 표정으로 말했다. "저녁 먹고 나서, 날이 여전히 밝으면 마구간을 보여주고 싶네."

전화벨이 안쪽에서 울리자 모두 깜짝 놀랐다. 데이지가 톰에게 단호히 고개를 저어 보이자, 마구간에 관한 이야기를 포함해 모든 주제가 공기 중으로 사라져 버렸다. 지난 5분간 테이블에서 나눈 대화가 산산조각 난 가운데, 내가 기억하는 것은 아무 의미 없이 다시 켜진 촛불뿐이었다. 나는

모두를 똑바로 바라보고 싶으면서도 동시에 시선을 피하고 싶었다. 데이지와 톰이 무슨 생각을 하고 있는지 짐작할 수 없었지만, 어떤 확고한 회의주의를 통달한 것처럼 보였던 베이커 양조차도 그 다섯 번째 손님의 긴박하고 날카로운 금속성 소리를 완전히 떨쳐내지는 못했을 것이다. 어떤 성격의 사람은 이 상황을 흥미롭게 여겼을지도 모른다—나는 본능적으로 당장 경찰서에 전화라도 하고 싶었다.

말할 것도 없이, 말에 관한 이야기는 쑥 들어갔다. 톰과 베이커 양은 마치 실제로 존재하는 시신 곁에서 밤을 새우기 위해 가는 것처럼, 땅거미 몇 피트를 사이에 두고 서재로 천천히 돌아갔다. 나는 기분 좋게 관심 있는 듯하면서 약간 귀라도 먼 척하며 데이지를 따라, 연결된 여러 베란다를 지나 현관으로 향했다. 어둠이 짙게 깔린 그늘 속에서 우리는 등나무 의자에 나란히 앉았다.

데이지는 마치 자기 얼굴의 아름다운 윤곽을 느끼려는 듯 두 손으로 얼굴을 감쌌고, 눈은 점차 벨벳처럼 깊어져 가는 어스름으로 향했다. 나는 그녀가 격한 감정에 휩싸여 있다는 것을 알아차리고, 차분한 분위기를 만들어 줄 것 같아 그녀의 딸에 관해 물었다.

"우린 서로에 대해 잘 모르네요, 닉." 그녀가 갑자기 말했다. "아무리 사촌이라도요. 내 결혼식에도 오지 않았잖아요."

"그땐 아직 전쟁터에서 돌아오지 않았을 때였어."

"그렇네요." 그녀는 잠시 망설이다가 말했다. "사실, 닉, 난 아주 힘든 시간을 보냈어요. 그래서 모든 것을 꽤 냉소적으로 대하게 됐죠."

분명 그녀에게는 그럴 만한 이유가 있었다. 나는 기다렸지만 그녀는 더 이상 아무 말 하지 않았고, 잠시 후 나는 다소 맥없이 그녀의 딸 이야기를 다시 꺼냈다.

"그 애가 말도 하고, 혼자 먹기도 하고, 그래?"

"아, 그럼요." 그녀가 멍하니 대답했다. "들어봐요, 닉. 그 애가 태어났을 때 내가 뭐라고 했는지 말해줄게요. 듣고 싶어요?"

"그럼, 정말 듣고 싶어."

"내가 요즘 세상에 대해 어떻게 느끼는지 알게 될 거예요. 그 애가 태어난 지 한 시간도 안 됐을 때였는데, 톰은 어디 있는지 알 수도 없었죠. 나는 마취에서 깨어나자마자 이 세상에 완전히 버려진 기분이 들었어요. 곧바로 간호사에게 남자아이인지, 여자아이인지 물었죠. 그녀가 여자아이랬어요. 나는 고개를 돌리고 울어버렸어요. '괜찮아요'라며 말했죠. '여자아이여서 기뻐요. 난 그 애가 바보가 되기를 바라요. 이 세상에 여자로서 가장 행복할 수 있는 건, 예쁘고 순진한 바보가 되는 거예요.'"

"그러니까, 모든 게 정말 끔찍하게 느껴져요." 그녀는 확신에 찬 어조로 말을 이었다. "모두 그렇게 생각해요—가장 식견 있는 사람들조차도. 나도 알아요. 난 어디든 가보고, 모든 걸 보고, 다 해봤으니까요." 그녀의 눈은 도전적으로 주위를 둘러보았다. 마치 톰처럼, 그녀는 조롱 섞인 비웃음을 터뜨렸다. "세상 물정에 밝죠—하, 세상 물정에 밝다 못해 찌들었네요!"

그녀의 목소리가 끊기자 나를 붙들고 있던 믿음도 함께 사라졌고, 나는 그녀의 말이 근본적으로 진심이 아님을 느꼈다. 그날 저녁 내내 어떤 방식으로든 나에게 감정적인 반응을 유도하려고 속임수를 부린 것은 아닌지 생각이 들어 마음이 불편해졌다. 나는 기다렸다. 아니나 다를까, 잠시 후 그녀는 마치 자신과 톰이 꽤 특별한 비밀 모임의 일원임을 과시라도 하듯이 아름다운 얼굴에 완벽한 미소를 지으며 나를 바라보았다.

안으로 들어가자, 진홍색 방은 마치 활짝 핀 꽃처럼 빛으로 환하게 피어나 있었다. 톰과 베이커 양은 긴 소파의 양 끝에 앉아 있었고, 그녀는 《새터데이 이브닝 포스트》를 그에게 읽어주고 있었다. 그녀의 부드럽고 단조로운 목소리는 마치 잔잔한 노래처럼 이어졌다. 램프 불빛은 톰의 부츠 위에서 밝게 빛났고, 그녀의 가을빛 머리카락에서는 은은하게 퍼졌

다. 그러다 그녀가 황금빛 팔의 가냘픈 근육을 움직여 페이지를 넘길 때면, 종이 위에서 반짝였다.

우리가 들어가자 그녀는 손을 들어 잠시 우리를 조용히 하게 했다.

"다음 호에서 계속됩니다." 그녀는 잡지를 테이블 위로 던지며 말했다.

그녀는 무릎을 불안하게 움직이며 몸을 일으켰다.

"열 시네요." 그녀는 마치 천장에서 시간을 찾은 듯 말했다. "이 착한 아가씨는 잠자리에 들 시간이에요."

"조던은 내일 웨스트체스터에서 열리는 대회에 참가할 거예요." 데이지가 설명해 주었다.

"이, 당신이 조던 베이거군요."

그제야 왜 그녀의 얼굴이 낯익었는지 알았다. 그 기분 좋으면서도 경멸 어린 표정은 애슈빌, 핫 스프링스, 팜비치에서의 스포츠 활동을 담은 여러 잡지의 로토그라비어[6] 사진에서 본 적이 있다. 마치 사진을 뚫고 나를 바라보는 듯 강렬한 인상을 주는 사진이었다. 그녀에 대한 소문을 들은 적도 있다. 비판적이고 불쾌한 이야기였지만, 무슨 내용이었는지는 오래전에 잊어버렸다.

"잘 자요." 그녀가 부드럽게 말했다. "여덟 시에 깨워줄래요?"

"일어날 거라면 말이지."

"일어날 거예요. 잘 자요, 캐러웨이 씨. 곧 다시 봬요."

"물론이지." 데이지가 맞장구쳤다. "사실, 내가 결혼을 주선할지 생각 중이에요. 자주 놀러 와요, 닉. 그럼 내가 둘을—자연스레—엮어줄게요. 뭐, 우연히 리넨 옷장에 가둬놓거나 배에 태워 바다로 밀어내는, 그런 식으로—"

"잘 자요." 베이커 양이 계단에서 외쳤다. "하나도 안 들렸어요."

"참 괜찮은 아가씨야." 잠시 후 톰이 말했다. "이런 식으로 나라를 떠돌아다니게 놔두면 안 되는데."

"누가 그러면 안 된다는 거예요?" 데이지가 차갑게 물었다.

"조던의 가족 말이야."

"가족이라곤 천 년은 더 산 듯한 고모 한 분뿐이잖아요. 게다가 닉이 저 아이를 돌봐줄 거예요. 그럴 거죠, 닉? 저 아이, 올여름에 주말마다 여기 와서 보낼 거예요. 가정적인 분위기가 조던에게 아주 좋은 영향을 줄 것 같아요."

데이지와 톰은 잠시 침묵 속에서 서로를 바라보았다.

"그녀는 뉴욕 출신이야?" 내가 재빨리 물었다.

"루이빌 출신이에요. 우리는 순수했던 소녀 시절을 그곳에서 함께 보냈죠. 우리의 아름답고 순수했던—"

"베란다에서 닉이랑 진지한 대화라도 나눴어?" 톰이 갑자기 물었다.

"그랬나?" 그녀는 나를 바라보았다. "기억이 잘 안 나네요. 하지만 아마 노르딕 족에 관해 얘기했을 거예요. 맞아, 그랬던 것 같아요. 그런 얘기가 자연스럽게 나오면서, 어느새—"

"닉, 모든 말을 들리는 대로 믿지는 마." 톰이 내게 충고했다.

나는 아무 말도 듣지 못했다고 태연히 대꾸했고, 몇 분 후 집에 가려고 일어섰다. 그들은 나와 함께 현관으로 나가서, 내가 차에 타는 동안 밝은 불빛이 비치는 곳에 나란히 서 있었다. 내가 차 시동을 걸자 데이지가 느닷없이 소리쳤다. "잠깐만요! 뭐 하나 묻는 걸 깜빡했는데, 중요한 일이에요. 오빠가 서부에서 어떤 여자와 약혼했다는 소문을 들었어요."

"맞아." 톰이 친절하게도 맞장구쳤다. "자네가 약혼했다는 얘기를 들었어."

"그건 터무니없는 얘기야. 그럴 만한 돈도 없고."

"하지만 그렇다고 들었는걸요." 데이지가 마치 꽃이 활짝 피어나는 듯한 표정으로 다시 입을 열어 나를 놀라게 했다. 그녀는 고집스럽게 덧붙여 말했다. "세 사람한테서 들었으니 믿을 수밖에 없잖아요."

물론 그들이 무슨 이야기를 하는지 알고 있었다. 하지만 나는 전혀 약혼한 적이 없었다. 그 일로 힐난을 듣게 된 것은 내가 동부로 오게 된 이유 중 하나였다. 오랜 친구와의 관계를 단지 소문 때문에 끊을 수는 없지만, 그렇다고 소문에 휘말려 결혼할 생각도 없었다.

그들이 내 일에 관심을 보여서 나는 오히려 감동했고, 나에게 그렇게 멀게만 느껴지는 부유한 사람들로 보이지 않게 됐다. 그런데도 나는 혼란스러웠고, 차를 몰고 떠나면서 약간의 혐오감을 느꼈다. 내가 보기에 데이지가 해야 할 일은 당장 아이를 품에 안고 그 집을 뛰쳐나오는 것이었지만, 정작 그녀에겐 그럴 마음이 눈곱만큼도 없어 보였다. 톰에 관해 말하자면, 나는 그가 뉴욕에 다른 여자를 두고 있다는 사실보다 책 한 권 때문에 의기소침해졌다는 사실에 더 놀랐다. 무언가 그가 지닌 낡은 사고의 끄트머리를 조금씩 갉아먹어, 이전에 가졌던 육체적 자만심이 더는 그를 만족시키지 못하게 된 듯 보였다.

이미 도로변 주점 지붕과 길가 정비소 앞까지 여름은 무르익어 있었다. 그곳에 놓인 새로운 붉은색 주유기가 밝은 조명 속에서 빛나고 있었다. 웨스트 에그에 있는 내 집에 도착했을 때, 나는 차를 차고에 세우고 마당에 방치된 잔디 롤러에 잠시 앉아 있었다. 바람이 잦아들자, 나무에서 날개를 펴

덕이는 듯한 소리와 개구리 울음소리가 울려 퍼지며 시끄럽고 활기찬 밤이 되었다. 마치 대지가 온 힘을 다해 개구리들에게 생기를 불어넣은 듯, 오르간 같은 소리가 끊임없이 울렸다. 달빛 속에서 고양이의 그림자가 흔들리며 지나갔고, 고개를 돌려 그것을 바라보다가 내가 혼자가 아니라는 것을 알게 되었다. 50피트쯤 떨어진 이웃 저택의 그림자 속에서 누군가 밖에 나와 주머니에 손을 넣은 채 은빛 후춧가루를 뿌려 놓은 듯한 반짝이는 별 무리를 바라보고 있었다. 그 사람의 느긋한 움직임과 잔디밭에 당당히 서 있는 자세를 보니, 개츠비 씨라는 생각이 들었다. 아마 이 동네 하늘에서 자기 몫이 어느 정도인지 확인하러 나왔으리라.

나는 그를 부르기로 마음먹었다. 조던 베이커가 저녁 식사 자리에서 그에 대해 언급했으니, 그것으로 소개를 대신해도 괜찮을 것 같았다. 하지만 부르지 않았다. 그가 혼자 있고 싶다는 기색을 갑자기 내보였기 때문이다. 그는 어두운 물가를 향해 기이한 자세로 두 팔을 뻗었고, 나와 상당히 떨어져 있었지만 그가 떨고 있다는 느낌을 받았다. 나는 무의식적으로 바다 쪽을 바라보았다. 멀리서 아주 작은 초록 불빛 하나만 보였을 뿐이다. 그것은 선착장 끝에 있는 불빛인 듯했다. 다시 개츠비 씨를 보려고 고개를 돌렸을 때, 그는 이미 들어가고 없었다. 나는 다시 어수선한 어둠 속에 홀로 남게 되었다.

제2장

자동차 도로는 웨스트 에그와 뉴욕 사이 중간쯤에서 철로와 갑작스레 합류되어, 황량한 땅을 피해 4분의 1마일가량 나란히 이어진다. 그 황량한 땅은 '잿더미 골짜기'로, 마치 재가 밀처럼 자라 언덕과 산등성이, 기괴한 정원들로 이루어진 환상적인 농장 같다. 그곳의 재는 집과 굴뚝을 온통 뒤덮었고, 마치 연기처럼 피어오른다. 마침내 극도의 노력으로 잿빛 인간의 형태를 이루어 뿌연 공기 속에서 희미하게 움직이다가 이내 부서지고 만다.

때때로 회색 자동차들이 보이지 않는 작은 길을 따라 천천히 기어가다 섬뜩한 삐걱거리는 소리를 내고 멈추면, 곧바로 잿빛 인간들이 무거운 삽을 들고 몰려와 짙은 먼지구름을 일으킨다. 그로 인해 흐릿하게 보이던 그들의 작업 모습은 시야에서 완전히 사라져 버린다.

하지만 잿빛 땅과 그 위를 끝없이 떠도는 황량한 먼지구름 너머로 잠시 후 T. J. 에클버그 박사의 눈이 보인다. T. J. 에클버그 박사의 눈은 파랗고 거대한데, 망막의 세로 길이

만 해도 1야드나 된다. 그 눈이 달린 누군가의 얼굴은 보이지 않는다. 단지 존재하지 않는 코에 걸린 거대한 노란색 안경 너머로 그 눈이 보일 뿐이다. 아마도 퀸스 자치구에서 자신의 안과 병원을 홍보하려 했던 엉뚱한 안과 의사가 그 눈을 그곳에 설치했을 것이다. 하지만 그는 결국 영원히 눈먼 상태로 사라졌거나, 그것들을 잊고 떠나버린 것일 테다. 그러나 그의 눈은 오랜 시간 페인트가 새로 칠해지지 않아 햇볕과 비로 점차 색이 바랜 채, 여전히 엄숙하게 쓰레기 더미를 내려다보고 있다.

잿더미 골짜기의 한쪽은 작고 더러운 강으로 둘러싸여 있는데, 바지선이 지나가도록 도개교가 올라가 있을 때는 대기 중인 기차 안 승객들이 그 음산한 풍경을 최대 30분 동안 바라보게 된다. 그곳에서 항상 적어도 1분 이상 기다려야 하는데, 바로 그 때문에 나는 톰 뷰캐넌의 애인을 처음 만나게 되었다.

그에게 애인이 있다는 사실은 그를 아는 사람들 사이에서 공공연한 비밀이었다. 그가 유명한 카페에 내연녀를 데리고 나타나서는, 그녀를 테이블에 남겨둔 채 여기저기 다니며 지인들과 수다 떠는 것을 그의 지인들은 못마땅해했다. 나는 그녀가 궁금했지만, 만나고 싶은 마음은 없었다. 그런데도 결국 만나게 되었다. 어느 날 오후 나는 톰과 함께 기차를 타

고 뉴욕으로 향했는데, 잿더미 근처에 멈췄을 때 톰이 벌떡 일어나 내 팔꿈치를 잡고는 말 그대로 억지로 나를 기차에서 내리게 했다.

"여기서 내리도록 하지!" 그가 강하게 말했다. "자네에게 내 애인을 소개해 주고 싶거든."

점심 식사 때 이미 거나하게 취한 것 같았고, 나를 데려가겠다고 결심한 후 거의 강압적으로 행동했다. 오만하게도, 일요일 오후에 내가 할 일이 없을 거로 생각한 것이다.

나는 그를 따라 하얗게 회칠해진 낮은 울타리를 넘었고, 끈질기게 내려다보는 에클버그 박사의 시선 아래 길을 따라 100야드 정도 걸어갔다. 눈에 보이는 유일한 건물은 황량한 땅끝에 자리한 노란 벽돌로 지어진 작은 건물 하나였다. 그 건물은 작고 조밀한 주요 도로의 중심지 노릇을 하고 있었지만, 주변에 아무것도 없는 허허벌판에 덩그러니 서 있었다. 그곳에 있는 가게 세 개 중 하나는 임대 중이었고, 또 다른 하나는 24시간 영업하는 식당이었다. 그 식당에 들어가려면, 재가 쌓인 길을 따라가야 했다. 세 번째는 '정비소. 조지 B. 윌슨. 자동차 매매 및 수리'라고 쓰여 있는 정비소였는데, 나는 톰을 따라 그 안으로 들어갔다.

내부는 허름하고 텅 비어 있었다. 먼지로 뒤덮인 망가진 포드 차 한 대만 덩그러니 어두운 구석에 웅크리고 있었다.

이 허름한 정비소는 위장을 위한 것일 뿐이고, 그 위층에 화려하고 낭만적인 아파트가 숨겨져 있을 거라는 생각이 문득 들었다. 그때, 정비소 주인이 손에 묻은 기름을 걸레로 닦으며 사무실 문 앞에 나타났다. 그는 무기력하고 창백해 보이지만, 묘하게 잘생긴 얼굴을 지닌 금발의 남자였다. 우리가 들어서자 그의 옅은 푸른 눈에 애틋한 희망의 빛이 떠올랐다.

"잘 지내나, 윌슨 이 친구!" 톰이 그의 어깨를 활기차게 두드리며 말했다. "장사는 잘돼?"

"뭐, 그럭저럭이요." 윌슨이 모호하게 대답했다. "그 차 저한테 언제 팔 거예요?"

"다음 주에. 지금 내 정비사가 작업 중이거든."

"손이 꽤 느린 것 같네요, 그렇죠?"

"그렇지 않아." 톰이 단호하게 말했다. "그렇게 생각한다면, 차라리 그 차를 다른 곳에 파는 게 낫겠어."

"그런 뜻이 아니에요." 윌슨이 서둘러 해명했다. "제 말은—"

그가 말끝을 흐리자, 톰은 짜증스럽게 정비소를 둘러보았다. 그때 계단에서 발소리가 들렸고, 잠시 후 다부진 체격의 여인이 나타나 사무실 문을 통해 들어오던 빛을 가렸다. 그녀는 30대 중반쯤 되어 보였는데, 약간 살집이 있었지만 몇

몇 여자가 그러듯 자기 몸을 관능적으로 드러냈다. 짙은 남색 크레이프 드 신[7] 드레스를 입고 있는 그녀의 얼굴에는 아름답다거나 빛나는 면모가 보이지 않았지만, 마치 온몸의 신경이 끊임없이 타오르는 듯한 활력이 즉각적으로 느껴졌다. 그녀는 천천히 미소를 지으며 남편을 마치 유령 보듯 지나쳐 톰과 악수하면서 그를 똑바로 바라보았다. 그런 다음 입술을 적시고는 뒤돌아보지도 않고 남편에게 부드러우면서도 거친 목소리로 말했다.

"의자 좀 가져오지 그래요, 앉으실 수 있도록."

"아, 그래야겠네." 윌슨이 서둘러 동의하며 작은 사무실 쪽으로 향했고, 곧바로 회색 시멘트 벽과 뒤섞여 사라진 듯 보이지 않게 되었다. 주변의 모든 것을 뒤덮은 잿빛 먼지가 그의 짙은 색 양복과 옅은 색 머리카락 위에 내려앉아 있었다. 하지만 톰 가까이 다가온 그의 아내만은 먼지를 덮어쓰지 않았다.

"당신을 만나고 싶어." 톰이 진지하게 말했다. "다음 기차를 타."

"그래요."

"지하층 신문 가판대에서 기다릴게."

그녀는 고개를 끄덕였다. 그 순간 조지 윌슨이 사무실 문 쪽에서 의자 두 개를 들고나오자 그에게서 떨어졌다.

우리는 길 아래쪽, 눈에 띄지 않는 곳에서 그녀를 기다렸다. 7월 4일이 되기 며칠 전이었고, 회색빛이 감도는 야윈 이탈리아 아이가 철도 선로를 따라 폭죽을 늘어놓고 있었다.

"참 끔찍한 곳이지 않은가." 톰이 에클버그 박사의 눈과 눈을 마주치며 찡그린 얼굴로 말했다.

"끔찍하군."

"여길 벗어나면 저 여자 기분도 좀 나아지지."

"남편은 신경 안 써?"

"윌슨 말인가? 뉴욕에 있는 여동생 보러 간다고 생각하지. 너무 멍청해서 숨이나 쉬고 사는지 의심스러울 지경이거든."

그렇게 톰 뷰캐넌과 그의 내연녀, 그리고 나는 함께 뉴욕으로 갔다. 아니, 정확히 말하면 함께 간 것은 아니었다. 윌슨 부인은 눈에 띄지 않게 다른 칸에 탔다. 톰 뷰캐넌은 같은 기차에 있을지도 모를 이스트 에그 사람들의 눈치를 어느 정도 보긴 했다.

그녀는 갈색에 무늬가 들어간 모슬린 드레스로 갈아입었는데, 다소 넓은 엉덩이가 꽉 조인 모습이었다. 뉴욕역에 도착했을 때, 톰이 그녀가 플랫폼에 내리는 것을 도왔다. 그녀는 신문 가판대에서 《타운 태틀》[8]과 영화 잡지 각 한 부를 샀고, 역에 있는 약국에 가서는 콜드크림과 작은 향수 한 병을

 위대한 개츠비

샀다. 역 위층, 장중한 울림이 가득한 차도에서 그녀는 네 대의 택시를 보내고 나서야 라벤더색 차체에 회색 시트가 깔린 새 택시를 골라잡았다. 우리는 택시에 올라타, 역의 인파 속을 빠져나와 눈 부신 햇살이 반짝이는 거리로 미끄러져 나왔다. 그러나 그녀는 곧바로 창문에서 고개를 돌리더니, 몸을 앞으로 기울여 앞쪽에 있는 유리 칸막이를 두드렸다.

"강아지 한 마리 사고 싶어요." 그녀가 간절한 목소리로 말했다. "아파트에서 기르려고요. 강아지가 있으면 좋잖아요."

우리가 탄 차는 존 D. 록펠러와 놀라울 정도로 닮은, 나이 든 회색빛 남자 앞에 멈췄다. 그가 목에 걸어 놓은 바구니 속에는 태어난 지 얼마 안 된 듯한, 어떤 품종인지 알 수 없는 강아지들이 웅크리고 있었다.

"무슨 종이에요?" 그가 택시 창문 쪽으로 다가오자 윌슨 부인이 열정적으로 물었다.

"모든 종이 다 있습니다. 어떤 종을 원하세요, 아가씨?"

"저는 경찰견을 사고 싶은데, 그런 종은 없겠죠?"

그 남자는 의구심 어린 눈길로 바구니 속을 살피더니, 손을 쑥 집어넣어 꿈틀대는 강아지의 목덜미를 낚아채 눈앞에 들어 올렸다.

"저건 경찰견이 아니잖아." 톰이 말했다.

"그래요, 정확히 경찰견은 아닙니다." 그 남자가 실망감이 섞인 목소리로 말했다. "에어데일에 가까운 강아지이지요." 그는 강아지의 갈색 등을 쓰다듬었다. "이 털 좀 보세요. 대단한 털이지요. 이 녀석은 감기로 고생하는 일이 절대 없을 겁니다."

"귀엽네요." 윌슨 부인이 들뜬 목소리로 말했다. "얼마예요?"

"이 강아지요?" 그 남자가 강아지를 유심히 바라보며 말했다. "이 녀석은 10달러입니다."

분명 에어데일 혈통이 섞인 듯한 강아지는 놀랍도록 하얀 발로 윌슨 부인의 무릎에 앉아 편안히 자리 잡았다. 그녀는 기후 변화에 끄떡없다는 그 털을 사랑스러워하며 쓰다듬있다.

"암컷이에요, 수컷이에요?" 그녀가 조심스럽게 물었다.

"이 강아지요? 수컷입니다."

"암컷이구먼." 톰이 단호하게 말했다. "여기 돈 있네. 이 돈이면 강아지 열 마리는 더 사겠어."

우리는 따뜻하고 부드러워 거의 목가적인 느낌마저 드는 어느 여름 일요일 오후에 5번가[9]로 차를 몰았다. 모퉁이를 돌아 하얀 양 떼가 무리 지어 지나가도 이상하지 않을 것 같았다.

"잠시 세워주게. 여기서 내려야겠어." 내가 말했다.

"그럴 필요 없어." 톰이 재빨리 끼어들었다. "아파트에 같이 가지 않으면 머틀이 서운해할 거야. 그렇지, 머틀?"

"같이 가요." 그녀가 강하게 권하며 말했다. "내 여동생 캐서린에게 전화할게요. 다들 그 애를 보면, 미모가 출중하다고 해요."

"그러고 싶긴 한데, 하지만—"

우리는 센트럴 파크를 가로질러 뉴욕 서쪽 100번 대 거리 쪽으로 계속해서 향했다. 158번가에 이르자 택시는 길게 늘어선 하얀 케이크처럼 보이는 아파트 건물 중 한 곳에 멈췄다. 윌슨 부인은 귀환한 여왕처럼 거만하게 이웃을 한번 둘러본 후, 강아지와 함께 사들인 물건들을 챙겨서 당당하게 건물 안으로 들어갔다.

"맥키 부부를 부를게요." 그녀는 엘리베이터를 타고 올라가며 말했다. "그리고 물론, 여동생한테도 전화해야겠네요."

그 아파트는 꼭대기 층에 있었다. 작은 거실, 작은 부엌, 작은 침실과 욕실을 갖췄다. 거실은 그 크기에 비해 지나치게 큰 태피스트리로 덮인 가구 세트로 문턱까지 가득 차 있어서, 방 안을 돌아다니다 보면 계속해서 발이 걸려 베르사유 정원에서 그네를 타는 여인들의 장면 속으로 뛰어들 것만 같았다. 바위 위에 앉아 있는 암탉인 듯 보이는, 과장되게 확대

한 흐릿한 사진이 벽에 걸린 유일한 사진이었다. 하지만 멀리서 보니 그 암탉으로 보였던 것이 보닛 모자를 쓴 여인의 얼굴로 바뀌었다. 포동포동한 노부인이 방을 내려다보며 환하게 웃고 있는 모습으로 변해 보였다. 오래된《타운 태틀》잡지 여러 권과 『베드로라 불린 시몬』[10] 한 권, 브로드웨이의 가십 잡지 몇 권이 테이블 위에 놓여 있었다. 윌슨 부인은 강아지부터 챙겼다. 마지못해 엘리베이터 보이는 한 상자 가득한 건초와 약간의 우유를 사 왔는데, 여기에 그는 큼직하고 단단한 개 사료 한 통을 자발적으로 더했다. 그중 하나는 하루 종일 우유가 담긴 접시 속에서 무심하게 불어 터져 갔다. 그러는 동안 톰은 잠긴 서랍장에서 위스키 한 병을 꺼냈다.

나는 평생 술에 취해 본 적이 두 번 있는데, 그 두 번째가 바로 그날 오후였다. 오후 8시가 넘어서까지 아파트에 밝은 햇빛이 환하게 비췄지만, 그곳에서 일어난 모든 일이 희미하고 아련하게 느껴졌다. 윌슨 부인은 톰의 무릎에 앉아 여러 사람에게 전화를 걸었다. 그러다 담배가 떨어져, 나는 근처 건물 모퉁이에 있는 약국에 담배를 사러 나갔다. 돌아왔을 때 그 둘은 보이지 않았고, 나는 거실에 조심스레 앉아 『베드로라 불린 시몬』 한 챕터를 읽었다. 그 내용이 끔찍해서였는지, 아니면 위스키 탓에 글이 왜곡되어 보여서였는지 모르겠지만, 도무지 내용을 이해할 수가 없었다.

톰과 머틀이—첫 잔을 마신 후, 윌슨 부인과 나는 서로 이름을 부르기 시작했다—다시 모습을 드러내자마자 아파트 문 앞에 손님들이 도착하기 시작했다.

그녀의 여동생 캐서린은 약 서른 살 정도의 날씬한 여성으로, 세상 물정에 밝아 보였다. 붉은 단발머리를 끈적하게 고정하고, 얼굴에는 우유처럼 하얗게 파우더를 두껍게 발랐다. 그녀는 눈썹을 뽑은 후 더 대담한 각도로 다시 그렸지만, 본래 눈썹이 자연스럽게 다시 자라면서 얼굴 인상이 어수선해 보이게 되었다. 그녀가 움직일 때마다 도자기로 된 팔찌 여러 개가 그녀의 팔을 따라 오르내리며 끊임없이 달그락거렸다. 그녀는 마치 주인이 급히 집에 돌아온 듯한 태도로 들어와 가구들을 자기 것인 양 바라보아서, 나는 그녀가 여기에 사는지 궁금했다. 하지만 내가 물었을 때, 그녀는 과하게 웃으며 내 질문을 큰 소리로 따라 하고는 자신이 여자 친구와 호텔에서 지낸다고 말했다.

맥키 씨는 아래층에 사는 창백하고 여성스러운 남자로, 방금 면도를 마친 듯 광대뼈에 흰 비누 거품이 묻어 있었으며 방 안의 모든 사람에게 매우 공손히 인사했다. 그는 자신이 '예술계에 종사한다'라고 말했는데, 나중에 알고 보니 사진작가였다. 벽에 마치 유령처럼 떠 있는 듯한 윌슨 부인의 어머니 모습을 흐릿하게 확대해 놓은 사진도 그의 작품이었다.

그의 아내는 목소리가 날카로우면서도 느긋하고, 얼굴이 아름답지만 끔찍한 인상을 주는 여인이었다. 그녀는 결혼한 후 남편이 백스물일곱 번이나 자기 사진을 찍었다고 자랑스럽게 말했다.

윌슨 부인은 얼마 전에 옷을 갈아입었는데, 지금은 크림색 시폰으로 된 화려한 정찬용 드레스를 입고 있었다. 그녀가 방을 돌아다닐 때마다 드레스에서 끊임없이 바스락거리는 소리가 났다. 드레스에 영향을 받은 건지, 그녀의 성격도 함께 변한 듯했다. 차고에서 보여주었던 강렬한 활력은 이제 인상적인 오만함으로 변해 있었다. 그녀의 웃음소리, 몸짓, 말투 모두가 순간순간 점점 더 과장되면서 그녀가 점차 부풀어 오르는 듯 느껴졌고, 그럴수록 방이 점점 좁아지는 것만 같았다. 마침내 그녀가 시끄럽게 삐걱대는 축을 중심으로 연기 자욱한 공기 속에서 돌고 있는 것처럼 보였다.

그녀가 과장된 목소리로 여동생에게 말했다. "정말이지, 남자들은 늘 속이려고만 해. 남자들이 생각하는 건 돈뿐이라니까. 지난주에 어떤 여자가 여기 와서 내 발을 봐줬는데, 청구서를 받아 보니 마치 내 맹장을 떼어낸 것처럼 금액을 청구했더라고."

"그 여자가 누구였는데요?" 맥키 부인이 물었다.

"에버하트 부인. 사람들 집에 찾아다니며 발을 봐주거든."

“옷이 참 예쁘네요.” 맥키 부인이 말했다. “정말 사랑스러 워요.”

윌슨 부인은 그 칭찬을 경멸하듯 눈썹을 치켜올리며 일축했다.

“그냥 대수롭지 않은 낡은 옷인걸.” 그녀가 말했다. “가끔 아무렇게나 입는 옷이야. 어떻게 보이든 신경 안 쓸 때 입는 옷이지.”

“하지만 정말 잘 어울려요, 무슨 말인지 아시죠?” 맥키 부인이 덧붙였다. “체스터가 그 자태 그대로 사진에 담을 수 있다면, 정말 멋진 작품이 나올 거예요.”

우리는 모두 조용히 윌슨 부인을 바라보았다. 그녀는 눈을 가리고 있던 머리카락 한 가닥을 치우고 우리를 향해 환하게 미소 지었다. 맥키 씨는 고개를 한쪽으로 기울인 채 그녀를 유심히 바라보더니, 자기 얼굴 앞에서 천천히 손을 이리저리 움직였다.

“조명을 바꿔야겠어요.” 맥키 씨가 잠시 후 말했다. “얼굴 윤곽이 더 잘 드러나게 하고 싶거든요. 그러니까 머리카락 뒤쪽까지 모두 담아야겠단 말이죠.”

“조명 바꿀 생각은 하지도 마요.” 맥키 부인이 외쳤다. “내 생각에는—”

그녀의 남편이 “쉿!” 하고 말하자 우리는 다시 그 모델을 바

라보았다. 그 순간 톰 뷰캐넌이 크게 하품을 하며 일어섰다.

"맥키 부부는 뭐라도 마시는 게 좋겠군." 그가 말했다. "사람들 다 졸기 전에 얼음이랑 탄산수 좀 더 가져오라고 해, 머틀."

"그 아이한테 얼음 좀 가져오라고 말해뒀어요." 머틀이 하층민들의 태만함에 절망했다는 듯 눈썹을 치켜올리며 말했다. "그런 유의 사람들 말이야! 항상 계속해서 감시해야 한다니까."

그녀는 나를 바라보더니 의미 없이 웃었다. 그런 다음, 과장된 몸짓으로 강아지 쪽으로 가서 열광적으로 입을 맞추고는, 마치 요리사 여럿이 명령을 기다리기라도 하는 듯 부엌으로 성큼성큼 걸어 들이갔다.

"나는 롱아일랜드에서 꽤 괜찮은 작업을 했어요." 맥키 씨가 단언했다.

톰은 멍하니 그를 바라보았다.

"그중 두 작품은 아래층에 걸어 두었죠."

"두 작품이라고요?" 톰이 물었다.

"네, 습작 두 점입니다. 하나는 '몬턱 포인트[11]—갈매기들', 다른 하나는 '몬턱 포인트—바다'라고 이름 지었죠."

캐서린이 내 옆 소파에 앉았다.

"당신도 롱아일랜드에 살아요?" 그녀가 물었다.

위대한 개츠비

"웨스트 에그에 살고 있습니다."

"정말요? 한 달쯤 전에 거기 있는 개츠비라는 사람 저택에서 열린 파티에 갔었어요. 그 사람 알아요?"

"그 사람 옆집에 삽니다."

"그렇군요. 사람들이 그러는데, 그 사람은 카이저 빌헬름[12]의 조카나 사촌이래요. 그의 재산이 다 거기서 나왔다고 하더라고요."

"정말입니까?"

그녀는 고개를 끄덕였다.

"난 그가 두려워요. 정말 그 사람한테 약점 잡히고 싶지 않아요."

내 이웃에 관해 흥미로운 정보를 듣고 있었는데, 맥키 부인이 갑자기 캐서린을 가리키며 말하는 바람에 끊겼다.

"체스터, 이분을 모델로 작업해 보면 좋을 것 같아요." 그녀가 불쑥 말했다. 하지만 맥키 씨는 지루하다는 듯 고개만 끄덕이고 톰에게로 관심을 돌렸다.

"롱아일랜드에서 더 많은 작품을 작업하고 싶습니다. 기회만 주어진다면 말이죠. 시작할 기회만 있으면 됩니다."

"머틀에게 부탁해 보시죠." 윌슨 부인이 쟁반을 들고 들어오자 톰이 짧게 웃으며 말했다. "머틀, 맥키 씨에게 소개장 써줄 수 있지, 어때?"

"뭘 해달라고요?" 그녀가 놀라서 물었다.

"맥키 씨가 당신 남편을 모델로 사진 찍을 수 있도록 소개해 줄 수 있느냐는 거야." 톰이 잠시 생각하며 입을 움찔거리다가 말했다. "'조지 B. 윌슨과 주유소 펌프' 같은 사진 말이지."

캐서린이 내게 가까이 다가와 귀에 대고 속삭였다.

"둘 다 자기 배우자를 못 견뎌 해요."

"그래요?"

"못 견뎌 한다더라고요." 그녀는 머틀을 봤다가 톰을 바라보며 말했다. "내 말은, 그렇게 서로 싫어하면서 왜 계속 같이 사는 거죠? 나 같으면 당장 이혼하고 이렇게 둘이 결혼해 살겠이요."

"머틀도 윌슨을 못 마땅해하나요?"

이 질문에 대한 답은 예상치 못한 곳에서 나왔다. 우리 대화를 엿들은 머틀이 대답한 것인데, 그 내용은 노골적이고 저속했다.

"보셨죠?" 캐서린이 의기양양하게 외쳤다. 그녀는 다시 목소리를 낮췄다. "사실 이 둘이 함께하지 못하는 건 바로 톰의 아내 때문이에요. 그 여자 가톨릭 신자라는데, 가톨릭에서는 이혼을 인정하지 않잖아요."

데이지는 가톨릭 신자가 아니었다. 나는 이 거짓말이 너무

나 치밀해서 조금 충격을 받았다.

캐서린이 말을 이었다. "둘이 결혼하면, 잠잠해질 때까지 서부에 가서 지낼 거래요."

"차라리 유럽으로 가는 게 더 신중한 선택이지 않을까요."

"어머, 유럽 좋아하세요?" 그녀가 의외라는 듯 말했다. "난 얼마 전에 몬테카를로에서 돌아왔어요."

"그렇군요."

"작년이었어요. 다른 여자 친구랑 같이 갔었죠."

"오래 있었나요?"

"아니요, 몬테카를로에만 갔다가 바로 돌아왔어요. 마르세유를 경유했죠. 출발할 때는 1,200달러 넘게 있었는데, 사설 도박장에서 이틀 만에 다 날려버렸죠. 돌아오느라 진짜 고생했어요. 정말이지, 그 도시가 얼마나 싫었는지 몰라요!"

늦은 오후의 하늘이 지중해의 신비로운 푸른 꿀처럼 창밖에서 잠시 피어올랐다—그 순간, 맥키 부인의 날카로운 목소리가 나를 방 안으로 다시 불러들였다.

"나도 하마터면 큰 실수를 할 뻔했지 뭐예요." 그녀가 힘차게 선언하듯 말했다. "나를 몇 년 동안 따라다녔던 조그마한 유대인 남자랑 거의 결혼할 뻔했거든요. 그 사람이 나보다 수준이 낮다는 걸 알고 있었죠. 주변 사람들도 다들 '루실, 그 남자는 너한테 어울리지 않아!'라고 말했어요. 하지만

체스터를 만나지 못했더라면, 틀림없이 그 사람에게 넘어갔을 거예요."

"정말 그랬겠네. 그런데 들어봐." 머틀 윌슨이 고개를 끄덕이며 말했다. "적어도 그 사람과 결혼하진 않았잖아."

"그래요, 결혼하진 않았죠."

"그런데 난 결혼해 버렸잖아." 머틀이 모호하게 말했다. "그게 당신 경우와 내 경우의 차이야."

"왜 그랬어요, 언니?" 캐서린이 물었다. "아무도 강제로 결혼시키진 않았잖아요."

머틀은 잠시 생각했다.

"나는 그가 신사라고 생각해서 결혼했어." 마침내 그녀가 말했다. "그가 교양 있는 사람인 줄 알았지. 그런데 내 발에 입을 맞출 자격조차 없더라."

"잠시긴 하지만, 그 사람에게 푹 빠져 있었잖아요." 캐서린이 말했다.

"푹 빠져?" 머틀이 믿을 수 없다는 듯 외쳤다. "내가 그 사람에게 푹 빠졌다고 누가 그래? 나는 한 번도 그 사람에게 푹 빠진 적 없어. 저기 있는 저 남자한테도 그렇듯이 말이야."

그녀가 갑자기 나를 가리키자, 모두 힐난조로 나를 바라보았다. 나는 전혀 애정을 기대하지 않는다는 표정을 지으려 애썼다.

 위대한 개츠비

“그와 결혼했을 때 말고는 그에게 푹 빠진 적 없어. 결혼하
자마자 내가 실수했다는 걸 알았지. 그는 무척 좋은 양복을
다른 사람에게서 빌려 입고 결혼했는데, 나에게 그 얘기를
한마디도 하지 않았어. 어느 날 그가 외출했을 때 그 사람이
양복을 가지러 온 거야. ‘어머, 그게 당신 양복이었어요? 처
음 듣는 이야기네요.’ 이렇게 말했지. 하지만 나는 그 양복을
돌려주고 나서, 그날 오후 내내 펑펑 울었어.”

“언니는 그 사람에게서 정말 벗어나야 해요.” 캐서린이 나
에게 다시 말했다. “이 부부는 그 정비소 위에서 11년이나
살았어요. 톰은 언니가 만난 첫 애인이에요.”

이제 두 번째 위스키병이 캐서린만 빼고 방 안에 있는 모
든 사람의 손에서 끊임없이 돌았다. 그녀는 “아무것도 마시
지 않아도 충분히 기분이 좋아요”라고 말했다. 톰은 관리인
을 불러서 한 유명한 샌드위치를 사 오라고 시켰는데, 그 샌
드위치만으로도 저녁 식사는 충분할 정도였다. 나는 밖으로
나가 부드러운 황혼 속에서 공원을 향해 동쪽으로 걷고 싶었
지만, 나가려 할 때마다 소란스럽고 격렬한 논쟁에 휘말려
마치 밧줄에 묶여 끌리듯 의자에 다시 주저앉게 되었다. 그
렇긴 해도, 도시 위로 늘어선 창문에서 새어 나오는 노란 불
빛은 어두워져 가는 거리에서 무심히 지켜보는 사람들에게
인간의 비밀스러운 삶의 단편을 보여주었을 것이다. 나는 창

문을 올려다보며 궁금해하는 그 사람이기도 했다. 나는 안과 밖에 동시에 존재하며, 끝없이 펼쳐진 다채로운 삶의 모습에 매혹되면서도, 한편으로는 혐오감을 느꼈다.

머틀이 의자를 내 쪽으로 바싹 당기더니, 갑자기 톰과 처음 만났던 때 이야기를 따뜻한 숨결과 함께 쏟아냈다.

"기차에서 늘 마지막까지 남아 있는, 마주 보고 앉는 작은 좌석 두 개에서였어요. 동생을 만나 하룻밤을 보내려고 뉴욕에 올라가는 길이었죠. 그는 연미복에 에나멜 구두를 신고 있었고, 나는 그에게서 눈을 뗄 수가 없었어요. 그가 나를 쳐다볼 때마다 그의 머리 위에 있는 광고를 보는 척해야 했지만요. 역에 도착했을 때 그는 내 옆에 섰고, 그의 하얀 셔츠 앞지락이 내 팔에 바짝 닿아 있었어요. 그래서 경찰을 부르겠다고 했지만, 내가 거짓말하는 걸 그가 이미 알고 있더라고요. 너무 흥분한 나머지 택시에 타면서도 지하철에 타는 줄로 착각할 정도였어요. 그 순간 내 머릿속에 반복해서 떠오른 건 '인생은 한 번뿐이야, 인생은 단 한 번뿐이야'라는 말뿐이었어요."

그녀는 맥키 부인을 향해 돌아섰고, 방 안에 그녀의 가식적인 웃음소리가 울려 퍼졌다.

그녀가 큰 소리로 말했다. "자기, 이 옷 내가 다 입고 나면 당신한테 줄게. 내일은 또 다른 옷을 사야 하거든. 사야 할

 **위대한 개츠비

것들을 쭉 적어봐야겠네. 마사지도 받고 파마도 해야 하고, 강아지 목줄도 사야 하고, 누르면 톡 열리는 귀여운 재떨이도 하나 사야 하고, 엄마 무덤에 여름 내내 놓아둘 검은색 리본이 달린 화환도 사야겠어. 해야 할 일을 잊지 않도록 목록을 적어야겠네.”

아홉 시였다—그러다 거의 바로 시계를 보니 열 시였다. 맥키 씨는 두 주먹을 쥐고 무릎 위에 놓은 채 의자에 앉아 잠들어 있었는데, 마치 활동적인 행동가의 사진처럼 보였다. 나는 손수건을 꺼내 그의 뺨에 묻어 있던 마른 비누 거품 자국을 닦아냈다. 그게 오후 내내 나를 신경 쓰이게 했었다.

작은 강아지는 탁자 위에 앉아 담배 연기 속을 멍하니 바라보다가, 가끔 희미하게 신음을 냈다. 사람들은 사라졌다가 다시 나타났고, 어디론가 갈 계획을 세웠다가 서로를 잃어버렸으며, 몇 걸음 떨어진 곳에서 다시 서로를 찾았다. 자정쯤 톰 뷰캐넌과 윌슨 부인은 마주 서서 열띤 목소리로, 윌슨 부인이 데이지의 이름을 언급할 권리가 있는지에 대해 논쟁하고 있었다.

“데이지! 데이지! 데이지!” 윌슨 부인이 소리쳤다. “내 맘대로 말할 거야! 데이지! 데이—”

톰 뷰캐넌은 짧고 날랜 동작으로 손바닥을 휘둘러 그녀의 코를 부러뜨렸다.

그러자 욕실 바닥에는 피 묻은 수건들이 널리게 되었고, 여자들의 꾸짖는 목소리가 들렸다. 혼란스러운 상황 속에서, 길게 이어지다가도 끊겨서 들리는 고통에 찬 비명이 울려 퍼졌다. 맥키 씨는 잠에서 깨어 비몽사몽인 상태로 문 쪽으로 걸어갔다. 그러다 중간쯤 갔을 때, 뒤돌아보며 그 장면을 응시했다. 맥키 부인과 캐서린은 사람들이 빽빽이 앉아 있는 가구 사이를 비틀거리며 응급 물품을 들고 다니면서 꾸짖기도 하고 달래기도 했다. 소파에 앉아 있는 윌슨 부인은 절망에 빠진 채 피를 쏟으면서도, 베르사유 궁전의 장면이 담긴 태피스트리 위에《타운 태틀》잡지를 펼쳐 덮으려고 애쓰고 있었다. 맥키 씨는 다시 몸을 돌려 문밖으로 나갔다. 나는 샹들리에에서 모자를 집어 들고 그를 따라갔다.

"언제 한번 점심 먹으러 오세요." 우리가 삐걱거리는 엘리베이터를 타고 내려가고 있을 때 그가 권했다.

"어디로요?"

"어디든지요."

"레버에서 손 떼주십시오." 엘리베이터 보이가 퉁명스럽게 말했다.

"미안하군." 맥키 씨가 점잖게 말했다. "내가 건드리고 있는 줄 몰랐어."

"알겠습니다." 내가 대답했다. "기꺼이 가겠습니다."

… 나는 그의 침대 옆에 서 있었고, 그는 속옷 차림으로 시트를 덮은 채 커다란 사진 작품집을 손에 들고 앉아 있었다.

“〈미녀와 야수〉… 〈고독〉… 〈늙은 식료품점 말〉… 〈브루클린 다리〉…”

그런 다음 나는 펜실베이니아역 지하층의 차가운 바닥에 비스듬히 누워, 《트리뷴》 조간신문을 멍하니 바라보며 새벽 4시에 출발하는 기차를 기다리고 있었다.

제3장

여름밤 내내 이웃집에서 음악 소리가 흘러나왔다. 그의 푸른 정원에서는 남자들과 여자들이 속삭이며 샴페인과 별빛 사이를 나방처럼 이리저리 날아다녔다. 오후 만조 때, 나는 그의 손님들이 래프팅 플랫폼에 세워진 높은 다이빙 타워에서 다이빙을 하거나, 뜨거운 해변 모래 위에서 일광욕을 즐기는 모습을 지켜보았다. 그의 모터보트 두 대는 굉음과 함께 물살을 가르며 물 위를 활주했고, 물보라를 일으키며 아쿠아플레인[13]들을 끌었다. 주말이 되면 그의 롤스로이스는 오전 9시부터 자정이 훨씬 넘어서까지 시내와 그의 집을 오가는 셔틀버스처럼 사람들을 날랐고, 그의 스테이션왜건은 노란색 벌레처럼 바삐 움직이며 기차를 타고 오는 손님들을 맞이하러 갔다. 그리고 월요일이 되면, 정원사를 포함한 하인 여덟 명이 온종일 대걸레와 솔, 망치와 정원 가위를 들고 전날 밤의 흔적들을 치우고 손보느라 고생했다.

매주 금요일이면 뉴욕의 과일상으로부터 오렌지와 레몬 세 궤짝이 배달되었는데, 매주 월요일이면 같은 양의 오렌지

와 레몬이 껍질만 남은 채 뒷문으로 내보내져 피라미드처럼 쌓였다. 주방에는 집사가 엄지손가락으로 작은 버튼을 200번 누르면, 30분 만에 오렌지 200개의 즙을 짜낼 수 있는 기계가 있었다.

적어도 2주에 한 번씩, 케이터링 팀이 몇백 피트에 이르는 캔버스 천과 색색의 조명 수백 개를 가지고 내려와 개츠비의 거대한 정원을 마치 크리스마스트리처럼 꾸몄다. 뷔페 테이블 위에는 반짝이는 오르되브르[14]들이 예쁘게 담긴 접시가 놓였고, 매콤하게 구운 햄은 할리퀸[15]처럼 알록달록한 샐러드, 돼지 모양 파이 요리, 마법으로 잘 구워 어스름한 황금빛을 띠게 된 듯한 칠면조 고기들과 어우러져 빽빽이 자리를 채우고 있었다. 중앙 홀에는 실제 황동으로 된 레일형 발 받침이 설치된 바가 구비되어 있었는데, 진과 리큐어, 그리고 너무 오래되어 여성 손님 대부분이 이름조차 알지 못하는 코디얼들로 채워져 있었다.

일곱 시쯤 되자 오케스트라가 도착했는데, 단출한 다섯 명짜리 밴드가 아니라 오보에, 트롬본, 색소폰, 비올, 코넷, 피콜로, 그리고 저음과 고음 드럼을 갖춘 오케스트라였다. 마지막으로 수영하던 손님들이 해변에서 돌아와 위층에서 옷을 갈아입고 있었고, 뉴욕에서 온 자동차들이 차도에 다섯 줄로 겹겹이 주차되어 있었다. 이미 홀과 응접실, 베란다, 그리고

정원은 원색의 화려한 옷을 입고 특이한 최신 유행 단발 스타일로 머리를 잘랐으며, 카스티야 사람조차 꿈꾸지 못할 정도로 화려한 숄을 걸친 사람들로 가득 차 있었다. 바는 한창 붐볐고, 둥둥 떠다니는 칵테일 잔들이 바깥 정원 구석구석으로 퍼져나갔다. 공기에는 수다와 웃음소리, 가벼운 농담과 그 자리에서 바로 잊히는 자기소개 말들, 그리고 이름도 모르는 여자끼리 만나 인사를 나누는 열광적인 소리로 가득했다.

태양이 지평선 너머로 기울면서 조명이 점점 더 밝아지고, 오케스트라는 이제 경쾌한 칵테일 음악[16]을 연주하고 있으며, 사람들의 말소리로 이루어진 오페라가 한 음 더 높이 올라간다. 유쾌한 말 한마디에 웃음소리는 더 쉽게 터져 나오고 아낌없이 쏟아진다. 사람들 무리는 빠르게 바뀌고 새로 도착한 손님들로 붐비는데, 순식간에 흩어졌다가 다시 모이기를 반복한다. 이미 여기저기 떠도는 사람들도 보인다. 자신감 넘치는 소녀들은 한데 모여 있는 건장하고 안정적인 이들 사이를 누비며, 짧지만 강렬한 환희에 찬 순간에 그 무리의 중심이 되었다가, 우월감에 도취한 채 얼굴과 목소리, 색채가 끊임없이 변하는 사람들 사이를 미끄러지듯 지나간다.

갑자기, 오팔 빛으로 반짝이며 생동감 있게 빛나는 드레스를 입은 집시 같은 사람 중 한 명이 공중에서 칵테일을 잡아채 용기를 내려는 듯 단숨에 마시고는, 프리스코[17]처럼 손을

위대한 개츠비

흔들며 캔버스로 된 무대 위로 혼자 나가 춤을 추기 시작했
다. 순간적으로 정적이 흘렀고, 오케스트라 지휘자는 그녀를
위해 박자를 변주했다. 그녀가 〈폴리스〉[18] 무대에 서는 길다
그레이[19]의 대역 배우라는 잘못된 소문이 퍼지면서 수다 소
리가 터져 나왔다. 파티가 시작된 것이다.

내가 처음 개츠비의 집에 갔던 그날 밤, 나는 실제로 초대
를 받은 몇 안 되는 손님 중 하나였다고 생각한다. 사람들은
초대받지 않았다. 그냥 그곳에 갔다. 그들은 롱아일랜드로
데려다 줄 자동차에 올라타, 영문도 모른 채 개츠비의 집 문
앞에 도착했다. 일단 도착하면 개츠비를 아는 누군가에게 그
를 소개받았고, 그 이후로는 놀이공원에서나 볼 법한 행동
규칙에 따라 움직였다. 때로는 개츠비를 만나보지도 않고 왔
다가 갔으며, 그저 단순히 즐길 마음으로 파티에 참석했다.
그것 자체가 입장권이나 다름없었다.

나는 정식으로 초대를 받은 것이었다. 그날 토요일 아침
일찍, 로빈 에그 블루[20] 색깔 제복을 입은 운전사가 우리 집
잔디밭을 가로질러 와서 그의 고용주가 보내온 놀랍도록 정
중하게 작성된 초대장을 건네주었다. 그 초대장에는 내가 그
날 밤 '작은 파티'에 참석해 준다면, 개츠비에게 큰 영광이
될 것이라고 적혀 있었다. 그는 나를 여러 번 본 적 있었고,
오래전부터 나를 찾아오려 했지만, 특별한 사정으로 그럴 수

없었다고 했다. 초대장의 마지막에는 '제이 개츠비'라는 이름이 장엄한 필체로 서명되어 있었다.

나는 흰색 플란넬 옷을 차려입고 7시 조금 지나 그의 잔디밭으로 갔다. 그리고 낯선 사람들 속에서 어색하게 서성거리며 반 시간 정도를 보냈다. 나는 이 저택의 주인을 찾아보려고 했다. 하지만 두세 명에게 그가 어디에 있는지 묻자, 모두 매우 놀란 표정으로 나를 쳐다보며 그가 어디 있는지 전혀 모른다고 강하게 부인했다. 그래서 나는 칵테일 테이블 쪽으로 슬며시 발걸음을 돌렸다. 그곳만이 혼자인 남자가 목적 없이 외로워 보이지 않고 머물 수 있는 유일한 장소였다.

나는 순전히 창피해서 술이나 잔뜩 마실 기세로 발걸음을 옮기고 있었는데, 그때 조던 베이커기 저택에서 나와 대리석 계단 위에 서서 약간 몸을 뒤로 기울인 채 정원을 향해 경멸 섞인 흥미로운 눈길을 던지고 있었다. 반기든 그러지 않든, 지나가는 사람들과 친근히 대화를 나누게 되려면, 먼저 누군가와 어울릴 필요가 있다는 생각이 들었다.

"안녕하세요!" 내가 그녀에게 다가가며 크게 외쳤다. 내 목소리는 정원 전체에 걸쳐 이상하리만큼 크게 들렸다.

그녀는 주위를 둘러보았다.

"여기에 계실 것 같았어요." 그녀가 이렇게 대답했다. "당신이 바로 옆집에 산다는 걸 기억하고 있었거든요."

위대한 개츠비

그녀는 마치 잠시 후 나를 돌봐주겠다고 약속이라도 하듯 내 팔을 잡고는, 계단 아래에 멈춰 선 쌍둥이처럼 똑같이 노란 드레스를 입은 두 여자의 말에 귀를 기울였다.

"안녕하세요!" 두 여자는 동시에 외쳤다. "우승하지 못하셔서 유감이에요."

그것은 골프 대회를 두고 한 말이었다. 그녀는 지난주 결승에서 졌다.

노란 드레스를 입은 여자 중 한 명이 말했다. "우리가 누군지 모르시겠지만, 한 달쯤 전에 여기서 만났었죠."

"그때 이후로 머리를 염색하셨네요." 조던이 이렇게 말해서 나는 놀랐지만, 그 여자들은 아무렇지 않게 자리를 옮기더니 흰 자두나무 아래에 우아하게 앉아 있는 화려한 난초 같은 여인과 이야기를 나누었다.

"저 여자 누군지 알아요?" 조던이 물었다.

나는 영화 속에 환영처럼 존재했던 유명인을 알아보게 되었을 때 느끼는 묘한 비현실적인 감각을 갑자기 느끼면서, 그 여자가 누군지 알아보았다.

"저 남자는 그녀의 감독이에요." 조던이 설명했다. "그는 막 결혼했죠. 영화 잡지에 다 나오더라고요."

"그녀와 결혼한 겁니까?"

"아니요."

그리고 주변을 한 번 더 둘러본 후 말했다.

"저기 저 젊은 영국 남자들 봐요."

열 명이 넘는 영국 남자가 거기에 있었다. 모두 잘 차려입었고 뭔가를 조금 갈구하는 듯 보였으며, 영화 제작자나 은행가 또는 보험이나 자동차, 채권 등 무엇이든 사줄 만한 사람들에게 낮고 진지한 목소리로 말을 걸고 있었다. 그들은 주변에 넘쳐나는 쉬운 돈벌이 수단을 절박하게 의식하고 있었고, 몇 마디 말만 잘하면 그 돈이 자기 것이 될 것으로 순진하게 믿고 있었다.

아직 황혼 녘이었지만, 벌써 달이 떠 있었다. 마치 저녁 식사가 제공된 케이터링 바구니에서 꺼내어 생겨난 듯했다. 조던의 날씬한 황금빛 팔을 내 팔에 얹은 채 우리는 계단을 내려가 정원을 거닐었다. 어스름 속에서 칵테일 쟁반이 우리에게 다가왔고, 우리는 노란색 드레스를 입은 두 여자와 남자 세 명과 함께 테이블에 앉았다. 그 남자들은 각각 우리에게 자기를 웅얼웅얼 씨라고 소개했다.

"그가 여는 파티에 자주 와요?" 조던이 옆에 있는 여자에게 물었다.

"당신을 만났던 그 파티가 제가 마지막으로 참석했던 파티였어요." 그 여자가 경쾌하고 자신감 넘치는 목소리로 대답했다. 그녀는 옆에 있던 친구를 돌아보며 말했다. "너도 그

렇지, 루실?"

루실도 마찬가지였다.

"난 이 저택에서 열리는 파티가 좋아요." 루실이 말했다. "뭘 하든 상관없고, 그저 즐기기만 하면 되거든요. 지난번에 왔을 때 의자에 걸려서 드레스가 찢어졌는데, 그가 내 이름과 주소를 물어보더니, 일주일도 안 돼 크로이어스에서 산 새 이브닝드레스를 보내줬어요."

"새 드레스를 받았다고요?" 조던이 물었다.

"그랬다니까요. 오늘 밤에 입으려고 했는데 가슴 부분이 너무 커서 수선해야 했어요. 회색에 라벤더색 구슬이 달린 드레스였어요. 265달러짜리였죠."

"그렇게까지 하는 사람은 뭔가 수상한 구석이 있는 법이죠." 첫 번째 여자가 스스럼없이 말했다. "누구와도 문제를 일으키고 싶지 않은 거거든요."

"누가 그렇다는 거예요?" 내가 물었다.

"개츠비요. 누군가 그러더라고요—"

두 여자와 조던이 서로 가까이 기대서는 비밀스럽게 이야기를 나누었다.

"그 누군가는 그가 예전에 사람을 죽였다고 생각한대요."

우리 모두에게 전율이 흘렀다. 세 명의 웅얼웅얼 씨도 앞으로 몸을 기울이며 열심히 들었다.

"난 그게 사실은 아닌 것 같아요." 루실이 회의적으로 말했다. "그보다는 전쟁 중에 독일 스파이였다는 얘기가 더 설득력 있죠."

한 남자가 고개를 끄덕이며 맞장구쳤다.

"저도 그렇게 들었어요. 그에 대해 다 아는 사람이 그러는데, 개츠비랑 독일에서 함께 자랐다더군요." 그는 얼굴을 찌푸리며 확신에 찬 목소리로 말했다.

"아니에요." 첫 번째 여자가 말했다. "그럴 리 없어요. 전쟁 중에 그는 미군에 있었다니까요." 우리의 관심이 다시 그녀에게 쏠리자, 그녀는 열정적으로 몸을 앞으로 기울인 채 말했다. "개츠비가 가끔 아무도 쳐다보지 않는다고 생각하는 듯할 때, 슬쩍 그 사람을 뵈뵈요. 틀림없이 사람을 죽인 적 있을 거예요."

그녀는 눈을 가늘게 뜨고 몸서리쳤다. 루실도 몸서리쳤다. 우리 모두 돌아서서 개츠비를 찾기 위해 주변을 둘러보았다. 세상에 웬만한 일로는 속닥거릴 필요가 없다고 생각하던 사람들조차 그에 대해 수군거린다는 것은 그가 얼마나 신비로운 상상을 불러일으키는 인물인지를 증명하는 것일 테다.

첫 번째 만찬이 막 시작될 무렵—자정 이후에 또 한 번 제공될 예정이었다—조던은 정원 반대편 테이블에 앉아 있는 자기 일행에게 나를 초대했다. 결혼한 세 커플과 조던의 에

스코트 상대인 한 남자로 이루어진 일행이었는데, 그는 끈질기게 그녀에게 노골적인 암시를 던지며 애정을 갈구하는 대학생이었다. 그는 조만간 결국 조던이 어느 정도 자기에게 넘어올 거로 확신하는 듯했다. 이 일행은 무질서하게 어슬렁거리지 않고 동질성을 유지하며 품위 있게 행동했다. 마치 이 지역의 고상한 상류층을 대표하는 듯 말이다. 이스트 에그 사람들이 웨스트 에그 사람들을 낮춰 보듯, 그들의 다채롭고 화려한 쾌락을 조심스레 경계하는 듯 보였다.

그 남자들은—그들 중 한 명은 내가 뉴헤이븐에서부터 알던 친구였다—모두 옥스퍼드 대학교 학생 특유의 웅얼거리는 억양을 흉내 내고 있었지만, 나는 그들이 전혀 속물이 아님을 곧 알게 되었다.

"아들을 이튼과 그로튼에 입학시키려고 하네." 내 친구가 말했다. "그래도 아마 앤도버에 보낼지도 모르겠어. 속물이 되길 바라진 않으니까."

"좋은 생각이야." 나는 이렇게 제안했다. "뉴욕에 있는 고등학교에 보내는 건 어때?"

그는 웃었다.

"당신과 대화하던 그 두 여자와 시간을 보냈는데, 정말 지루하더군요!" 그 대학생이 조던에게 말했다.

"누구?" 그녀가 무덤덤하게 물었다.

“노란 드레스 입은 두 여자 말이에요. 차라리 웨스트오버의 그 유리로 된 응접실에서 오후를 보내는 게 더 낫겠더라고요.”

“그건 맞는 말인지도 모르겠네.” 조던이 대답했다. “나 같은 여자는 어울려 다니기에 좋은 상대인지는 모르지만, 결혼 상대로는 저런 여자들이 맞아.”

그녀는 접시를 의자 위에 두고 뒤로 기대며, 힘없이 미소 지으면서 어두운 하늘을 바라보았다. 이 테이블에 앉은 사람들의 주제는 한 영화 스타에 관한 이야기로 바뀌었다. 누군가 그 여배우가 자기 다리를 ‘사지(Limbs)’라고 말하는 것을 들었다고 해서 모두가 웃었다. 일상적으로는 다리(Leg)라고 말하는데 지나치게 격식 있는 표현을 사용한 그녀가 우스꽝스럽게 느껴졌고, 그 때문에 자신들이 더 자연스럽고 우월하다고 느낀 듯했다. 그러나 그녀가 사지라고 말했다는 것을 알게 된 후, 그 여자들은 오히려 그녀에게 호의적으로 바뀐 듯 보였다.

조던이 내게 속삭였다. “이봐요, 우리 다른 데로 가요.”

우리는 자리에서 일어났고, 조던은 이 저택 주인을 찾아보자고 말했다. 그녀는 한 번도 그를 만나본 적이 없다고 했다. 나는 그녀의 말에 불안했다. 그 말을 듣고 있던 대학생은 냉소적이고 우울한 표정으로 고개를 끄덕거렸다.

먼저 들른 바에는 사람들로 북적였지만 개츠비는 없었다. 조던은 계단 위쪽에서 그를 찾으려 했지만 보이지 않았고, 그는 베란다에도 없었다. 우리는 우연히 중후한 느낌의 문을 열어봤는데, 고딕 스타일에 천장이 높고 조각이 새겨진 영국산 참나무 판자로 마감된 서재로 들어서게 되었다. 마치 해외의 어떤 유적지에서 통째로 옮겨온 것 같았다.

약간 취한 듯한, 올빼미 눈 같은 커다란 안경을 쓴 건장한 중년 남자가 거대한 탁자 끝에 앉아 있었다. 그는 흔들거리는 집중력으로 책장들을 바라보고 있었다. 우리가 들어서자, 그는 흥분한 듯 몸을 휙 돌려 조던을 머리부터 발끝까지 훑어보았다.

"어떻게 생각하시오?" 그가 성급하게 물었다.

"뭐 말씀이세요?"

그는 책장을 향해 손을 휘저었다.

"저거 말이오. 사실 굳이 확-확인할 필요도 없지. 내가 확인했거든. 저것들은 진짜요."

"책이요?"

그가 고개를 끄덕였다.

"완전히 진짜요—페이지도 멀쩡하고, 모든 게 다. 난 단단한 판지로 만든 모형인 줄 알았거든. 그런데, 실제로 진짜더라고. 페이지도 제대로 있고—여기 봐요! 내가 보여줄 테니."

그는 당연히 우리가 의심할 거라고 여기며 서둘러 책장으로 가서는 『스토다드 강연 모음집』[21] 제1권을 가지고 돌아왔다.

"여기 보쇼!" 그가 의기양양하게 외쳤다. "정말 인쇄된 책이오. 나도 속았지. 이 사람은 진짜 벨라스코[22] 같군. 대단해. 얼마나 철저한지! 얼마나 사실적인지! 자제할 줄도 알고— 페이지를 자르지 않았으니.[23] 대체 뭘 더 바라겠소? 뭘 더 기대하겠느냔 말이오?"

그는 내 손에서 책을 낚아채어 서둘러 책장에 다시 꽂으며, 책 한 권이라도 빠지면 서재 전체가 무너질지도 모른다고 중얼거렸다.

"누가 여기에 데려왔소?" 그가 물었다. "아니면 그냥 온 기요? 난 누가 데려왔소. 대부분 뭐에 이끌려 오게 되지."

조던은 아무 대답도 하지 않고, 경계하면서도 유쾌한 표정으로 그를 쳐다보았다.

"난 루스벨트라는 이름의 여자한테 이끌려 왔소." 그가 계속 말했다. "클로드 루스벨트라는 부인이오. 그 여자 아시오? 어젯밤 어디선가 만났거든. 일주일째 취해 있었는데, 서재에 앉아 있으면 술이 깰까 해서 말이오."

"술은 좀 깨셨습니까?"

"조금, 그런 것 같군. 아직 잘 모르겠소. 여기 온 지 한 시

간밖에 안 됐거든. 내가 책에 관해 얘기했던가? 이 책들은 진짜요. 그게—"

"말씀하셨습니다."

우리는 그와 공손히 악수를 나누고 다시 밖으로 나갔다.

이제 그림 속 한 장면 같은 정원에서 춤판이 벌어지고 있었다. 나이 든 남자들은 젊은 여자들과 어색하게 원을 그리며 춤추면서 끝없이 뒤로 밀어내고 있었고, 우월한 커플들은 구석에 모여 서로를 불편하게 끌어안았으면서도 세련되게 춤추고 있었다. 한편, 많은 독신 여성은 개성 있게 재즈에 맞춰 춤추거나, 잠시 악단에서 벤조나 드럼을 대신 연주했다.

"난 대규모 파티가 좋아요." 조던이 말했다. "그게 훨씬 더 부담 없거든요. 작은 파티에서는 프라이버시가 전혀 없잖아요. 재미있게 즐기고 있어요?"

"당신과 함께여서 즐겁습니다."

자정이 되자 흥겨움은 더욱 고조되었다. 한 유명한 테너가 이탈리아어로 노래를 불렀고, 화제가 되고 있는 콘트랄토는 재즈를 선보였다. 사람들은 곡 사이사이 정원 곳곳에서 다양한 장기를 뽐냈다. 행복하고 공허한 웃음소리가 여름 하늘로 퍼져 나갔다. 무대에서 쌍둥이로 활약하는 두 여자는 알고 보니 노란 드레스를 입고 있던 그 여자들이었는데, 시대극 의상을 입고 아기 흉내를 내며 연기했다. 샴페인은 손가

락 씻는 그릇보다 큰 잔에 담겨 제공되었다. 달이 더 높이 떠오르자, 물결 위에 떠오른 삼각형 모양의 은빛 비늘이 잔디밭에서 울려 퍼지는 벤조의 경쾌한 소리에 맞춰 잔잔히 흔들렸다.

나는 여전히 조던 베이커와 함께 있었다. 우리는 나와 비슷한 나이의 남자와 수선스러운 작은 소녀와 함께 테이블에 앉아 있었다. 그 소녀는 아주 사소한 일에도 참지 못하고 깔깔대며 웃음을 터뜨렸다. 나는 이제 즐기고 있었다. 손가락 씻는 그릇만 한 잔으로 샴페인을 두 잔이나 마셨더니, 내 눈앞에 펼쳐진 장면이 의미 있고 본질적이며 심오하게 느껴졌다.

공연이 잠시 쉬어가는 동안 한 남자가 나를 보며 미소 지었다.

"당신 얼굴이 낯익군요." 그가 우물거리며 말했다. "전쟁 중에 제1사단에 있지 않았습니까?"

"그렇습니다. 저는 28보병연대에 있었습니다."

"저는 1918년 6월까지 16보병연대에 있었지요. 어디선가 뵌 적이 있는 듯했습니다."

우리는 잠시 프랑스의 습하고 회색빛인 작은 마을들에 관해 이야기를 나누었다. 그는 이 근처에 사는 것 같았는데, 최근에 수상 비행기를 샀고 아침에 시험 삼아 타 볼 예정이라

위대한 개츠비

고 말했다.

"같이 가보겠소, 친구? 해안 근처에 있는 만 쪽으로 갈 겁니다."

"몇 시에 가실 예정입니까?"

"편하신 시간 언제든 괜찮습니다."

그의 이름을 물어볼까 하던 찰나, 조던이 돌아보며 웃었다.

"이제 좀 흥이 나요?" 그녀가 물었다.

"훨씬 나아졌어요." 나는 다시 새로 사귄 사람 쪽으로 몸을 돌렸다. "저한테는 정말 색다른 파티네요. 주인조차 보지 못했습니다. 저는 저쪽에 살고 있습니다." 나는 멀어서 잘 보이지 않는 울타리 쪽을 손을 흔들며 가리켰다. "그런데 개츠비라는 사람이 운전사를 통해서 초대장을 보내주더군요."

그는 이해하지 못한 듯 잠시간 나를 쳐다보았다.

"제가 개츠비입니다." 그가 갑자기 말했다.

"뭐라고요!" 나는 깜짝 놀라 외쳤다. "아, 실례했습니다."

"당신이 아는 줄 알았소, 친구. 제가 좋은 주인은 아닌 것 같군요."

그는 나보다 약간 나이가 많을 뿐이었다—어쩐지 나는 중년의 혈색 좋고 살집 있는 사람을 예상했다—하지만 그는 전혀 젊은 사람처럼 보이지 않았다. 그의 모습은 품위 있었

지만 뻣뻣했고, 그의 말투는 헛소리를 피하려는 게 느껴질 만큼 지나치게 형식적이었다. 그런 말투로 늘 우스꽝스러워질 만한 경계를 아슬아슬하게 유지해서, 왜 웃음이 나오지 않는지 궁금할 정도였다. 나는 그가 말을 매우 신중하게 골라서 하고 있다는 뚜렷한 인상을 받았다.

거의 그가 자신의 정체를 밝히자마자 집사가 급하게 다가와 시카고에서 전화가 왔다는 소식을 전했다. 그는 우리 각자에게 가볍게 고개를 숙이고 공손히 미소 지으며 양해를 구했다.

"필요한 게 있으면 언제든 말씀하십시오, 친구." 그가 말했다. "그럼 실례하겠습니다. 나중에 다시 뵙지요."

그가 자리를 뜨자마자 나는 곧바로 조던에게 돌아서서 그가 마음에 든다고 그녀에게 확실히 말하려고 했다.

"자기가 옥스퍼드 출신이라고 하더군요." 그녀가 말했다.

"옥스퍼드에 무슨 편견이라도 있으세요?"

"그가 거기 나온 것 같지 않아서요."

"왜 그렇게 생각해요?"

"모르겠어요." 그녀는 단호하게 말했다. "그냥 그런 것 같지 않아요."

그녀의 말투에서 다른 여자가 했던 "내 생각에, 그가 사람을 죽였을지도 몰라요"라는 말이 떠올랐다. 그녀가 왜 그렇

게 의심하는지 이유를 묻기 전에, 거대한 오케스트라의 지휘자가 단호하게 지휘봉으로 보면대를 두드렸다. 그리고 잠시 후 불완전한, 마치 투박하게 그려진 캐리커처와도 같은 침묵이 펼쳐졌다.

"신사 숙녀 여러분." 그가 말하기 시작했다. "개츠비 씨의 요청에 따라, 지금부터 지난 5월 카네기 홀에서 큰 화제를 모았던 블라디미르 엡스타인 씨의 최신 작품을 연주하겠습니다. 신문을 보셨다면 그때 엄청난 센세이션이 일어났었다는 걸 아실 겁니다." 그는 유쾌하게, 그러나 약간 거만한 태도로 미소 지으며 덧붙였다. "정말 대단히 화제가 됐었지요!"

그러자 모두가 웃음을 터뜨렸다.

그가 힘차게 마무리하며 말했다. "이 곡은 '블라디미르 엡스타인의 〈재즈 세계사〉'로 알려져 있습니다!"

그가 자리에 앉자 오케스트라 단원들은 서로를 바라보며, 마치 그 곡이 자기들 수준에는 조금 못 미친다는 듯한 표정으로 은근히 미소를 지었다. 그러다 지휘자가 지휘봉을 들었고—아마도 샴페인 때문이었겠지만, 나는 15분 동안 그 자리에서 꼼짝도 하지 않았다.

나는 음악에 대해 제대로 알지 못해서 그냥 이야기를 내 방식대로 풀어낼 수밖에 없다—내가 들은 대로라면, 그 음악

이 저급하다는 걸 증명하는 셈일 테다. 내가 하려는 말은, 덫에 걸린 호랑이 울음소리가 담긴 선사시대의 쓸쓸한 음악과 기원전 2년을 배경으로 한 〈전진하라, 그리스도의 병사들〉 같은 음악의 선율이 섞여 있었다는 게 아니다. 그런 건 아니었다. 처음에는 주로 코넷에서 나오는 특이하고 반복되는 소리로 시작됐다. 그러다가 곧 뒤따르는 음들이 일종의 간섭을 일으켜 그 후에 나오는 모든 것을 물들여 버렸다. 그러다 보면 어느새 그 음들이 그 음악의 중심 요소가 되고, 새로운 불협화음이 외부에서 맞서기 시작했다. 하지만 막 그 새로운 불협화음에 익숙해지려고 할 때쯤, 이번에는 이전의 주요 선율이 불협화음으로 다시 등장해서, 결국에는 터무니없이 순환된다는 이상한 느낌이 들게 됐다. 곡이 끝난 지 한참 지났는데도 그 음악은 내 머릿속에 계속해서 울려 퍼졌다—그 여름을 떠올릴 때마다 여전히 그 음악이 들리는 듯하다.

"그는 대체 어떤 사람일까요?" 나는 조던에게 물었다. "제이 개츠비는 어떤 사람일까요? 무슨 일을 하는 사람일까요?"

"전혀 짐작도 안 돼요."

"하지만 그냥 어디서 뚝 떨어져서 갑자기 롱아일랜드에 있는 궁전을 사는 사람은 없겠죠."

"음, 개츠비는 그랬어요."

"그래도 뭔가 과거가 있겠죠. 그가 로어 이스트사이드 출신이라든가 일리노이주 갈리나 출신이라고 말해주면, 난 그걸로 만족할—"

"실례합니다."

개츠비의 집사가 우리 옆에 서 있었다.

"베이커 양이시지요?" 그가 물었다. "실례합니다만, 개츠비 씨께서 중요한 일로 단둘이 이야기하고 싶어 하십니다."

"저랑요?" 그녀가 놀라서 소리쳤다.

"네, 부인."

그녀는 천천히 일어나면서, 놀란 표정으로 나를 보며 눈썹을 치켜올렸다. 그리고 집사를 따라 집 쪽으로 걸어갔다. 나는 그녀가 입고 있는 이브닝드레스뿐만 아니라 그녀의 모든 옷이 마치 스포츠웨어처럼 보인다는 것을 알아차렸다. 마치 맑고 상쾌한 아침에 골프장에서 걸음을 배우기라도 한 것처럼 그녀의 움직임에는 경쾌함이 느껴졌다.

나는 혼자 있게 되었다. 시계는 거의 두 시를 가리키고 있었다. 테라스가 내려다보이는 창문 많은 긴 방에서 한동안 소란스러우면서도 흥미로운 소리가 흘러나왔다. 합창단 소녀 두 명과 출산 관련 농담을 나누고 있던 조던의 동행인 대학생이 나에게 함께 어울리자고 요청했지만, 나는 그를 피해 안쪽으로 들어갔다.

널찍한 방은 사람들로 가득 차 있었다. 노란 옷을 입은 여자 중 한 명이 피아노를 치고 있었고, 유명한 합창단 출신인 키가 크고 붉은 머리의 젊은 여성이 그 옆에 서서 노래를 부르고 있었다. 그녀는 샴페인을 많이 마신 상태였다. 노래를 부르던 중 모든 것이 매우, 무척이나 슬프다고 느껴지기 시작한 듯했다. 그녀는 노래를 부르며 눈물까지 흘렸다. 노래를 잠시 멈출 때마다 그녀는 숨 막히는 듯한 흐느낌으로 그 공백을 채웠고, 다시 떨리는 목소리로 높은 음역의 노래를 이어서 불렀다. 눈물이 그녀의 뺨을 타고 흘러내렸지만, 그 모습은 자연스럽지 않았다. 눈물이 짙게 칠한 속눈썹에 닿자 잉크색으로 변해 천천히 검은 물줄기가 되어 흘러내렸다. 누군가 그녀에게 얼굴에 흐르는 눈물에 맞춰 노래를 부르라고 농담하자, 그녀는 손을 번쩍 들더니 의자에 주저앉아 술에 취한 채 깊은 잠에 빠져들었다.

"저 여자는 자기 남편이라고 하는 어떤 남자와 다퉜어요." 내 옆에 있던 한 여자가 설명해 주었다.

나는 주변을 둘러보았다. 남아 있는 여자 대부분이 이제 자신들의 남편이라는 남자들과 말다툼하고 있었다. 심지어 조던의 일행, 이스트 에그에서 온 4인조도 불화로 인해 서로 등을 돌린 상태였다. 그들 중 한 남자는 젊은 여배우와 호기심 가득한 표정으로 대화를 나누고 있었는데, 그의 아내는

 위대한 개츠비

그 상황을 품위 있고 무심한 척 웃어넘기려 하다가 결국 폭발해 버렸다. 그녀는 그의 옆에 때때로 불쑥 나타나 옆구리를 쿡쿡 찌르면서, 마치 각이 선 다이아몬드처럼 "당신 약속했잖아요!"라고 식식대며 귀에 대고 말했다.

집에 가기 싫어하는 것은 방탕한 남자들만의 문제가 아니었다. 이제 현관에는 몹시 말짱한 두 남자와 크게 화가 난 그들의 아내들이 자리 잡고 있었다. 아내들은 목소리를 조금 높여 서로 공감하고 있었다.

"내가 즐기는 걸 보기만 하면 집에 가자고 해요."

"내 평생 이렇게 이기적인 사람은 처음 봤다니까요."

"우리는 늘 제일 먼저 집에 가요."

"우리도 그래요."

"하지만 오늘은 거의 마지막까지 있었잖아." 남자 중 한 명이 멋쩍게 말했다. "오케스트라는 벌써 30분 전에 떠났다고."

아내들은 악의로 그런 행동을 한 것은 아니라는 데 동의했지만, 말다툼은 짧은 몸싸움으로 이어졌다. 그리고 두 아내는 문밖으로 끌려 나가며 발길질했다.

나는 조던 베이커가 개츠비와 사적인 대화를 마치고 돌아올 때까지 기다리기로 결심했다. 개츠비가 그렇게 불길한 소문을 불러일으키는 사람이라면, 그날 밤 그녀가 나에게 친

절하게 대해주었으니 이 정도 보호는 해줘야 한다고 생각했기 때문이다. 나는 다시 한번 정원으로 걸어 나갔다. 흰 자두나무 아래에는 한 영화감독과 여배우가 서 있었는데, 그들의 얼굴은 거의 맞닿아 있었다. 그 사이로 희미하고 옅은 달빛이 비치고 있었다. 그는 저녁 내내 아주 천천히 그녀에게 가까이 다가가 거리를 좁히려 했던 것 같았다. 내가 지켜보는 사이, 그는 마침내 몸을 한껏 구부려 그녀의 뺨에 입을 맞추었다.

내가 들어서자, 막 현관문을 나서던 조던 베이커가 돌아서서 손을 흔들며 인사하고 있었다. 개츠비는 홀에서 마지막 손님들에게 인사하며 한 명 한 명 여성들의 손등을 향해 가볍게 고개를 숙이고 있었다. 나는 그에게 저녁 일찍부터 그를 찾았다고 설명했고, 그의 이름을 미처 알지 못한 것에 대해 사과했다.

"그런 말씀 하지 않으셔도 됩니다." 그가 간절히 내게 말했다. "더 이상 신경 쓰지 마십시오, 친구." 그 표현은 이제 익숙해져서, 내 어깨를 다정하게 쓰다듬던 손길만큼이나 더는 낯설지 않았다. "그리고 저와 함께 내일 아침 9시에 수상비행기를 타러 가기로 한 것도 잊지 마십시오."

그러자 그의 어깨 너머로 집사가 말했다.

"필라델피아에서 전화가 왔습니다, 주인님."

 위대한 개츠비

“알겠네, 잠시만. 내가 곧 간다고 전해주게…. 안녕히 가십시오.”

“안녕히 계세요.”

“안녕히 가십시오… 좋은 밤 보내십시오, 친구… 조심히 들어가십시오.”

그러나 내가 계단을 내려가면서 보니, 그날 밤의 소동이 아직 다 끝나지 않았음을 알게 되었다. 문에서 50피트 떨어진 곳에 자동차 여러 대의 헤드라이트가 기이하고 혼란스러운 장면을 비추고 있었다. 길옆 도랑에는 출발한 지 2분도 안 된 새 쿠페가 멈춰 있었다. 바퀴 하나가 처참하게 떨어져 나가서 오른쪽 부분이 위로 들린 채였다. 각지게 튀어나온 벽 돌출부에 부딪쳐 바퀴가 빠진 것 같았는데, 호기심 많은 운전자 대여섯 명이 모여 그 바퀴에 상당한 관심을 기울이고 있었다. 그러나 차를 세워둔 데다가 그들이 도로를 가로막고 있어서, 뒤이어 기다리던 사람들이 거친 불평과 시끄러운 소리를 한동안 내질렀고, 이미 혼란스러운 상황을 더욱 악화시켰다.

이제 긴 외투를 입은 한 남자가 사고 차량에서 내려 도로 한가운데에 서서는 차와 바퀴를 번갈아 보다가 구경꾼들을 바라보며, 어딘가 즐거우면서도 어리둥절한 표정을 짓고 있었다.

"이거 봐!" 그가 설명했다. "차가 도랑에 빠졌군."

그는 그 사실에 한없이 어리둥절해했다. 나는 먼저 그가 경이로워하는 듯한 태도를 보이는 걸 알아차렸고, 이어 그 남자를 알아보았다. 그는 개츠비의 서재에서 봤던 손님이었다.

"어떻게 된 거지?"

그는 어깨를 으쓱했다.

"나는 기계에 대해선 아는 게 없어요." 그는 단호하게 말했다.

"하지만 어떻게 된 거예요? 벽에 부딪친 건가요?"

"나한테 묻지 마시오." 올빼미 눈 같은 안경을 쓴 남자가 말했다. 마치 모든 책임을 회피하려는 듯이. "난 운진을 잘 못 해요—거의 아예 못 한다고 봐도 돼요. 이런 일이 일어났다는 것 말고는 내가 아는 건 없어요."

"글쎄, 운전을 잘 못 하면 밤에 운전하려고 하지 말아야죠."

"하지만 난 운전하려고도 하지 않았어요." 그가 분개하며 설명했다. "난 시도조차 하지 않았다고."

놀라움에 빠진 구경꾼 사이에 침묵이 흘렀다.

"자살이라도 하려던 거예요?"

"바퀴 하나만 망가진 게 다행일 정도네요! 운전을 못 한다

면서 제대로 운전하려고도 하지 않았다니!"

"제대로 이해하지 못하고 있군." 범인으로 의심받는 남자가 설명했다. "내가 운전한 게 아니라니까. 차에 다른 사람이 있다고."

이러한 주장에 사람들은 충격에 빠졌고, 그 감정을 표출하며 '아-하—' 하는 소리를 길게 내뱉었다. 그 순간 쿠페의 문이 천천히 열렸다. 이제 여럿이 모여 군중을 이룬 사람들은 무의식적으로 뒤로 물러섰고, 문이 완전히 열리자 잠시 고요한 정적이 흘렀다. 그리고 창백한 남자가 아주 천천히 한 부분씩 몸을 내밀고 커다란 데다가 불편해 보이는 댄싱 슈즈로 땅을 더듬거리며, 비틀거리면서 사고 차량에서 나왔다.

그는 헤드라이트의 강한 불빛에 눈이 부시고 계속해서 울려 대는 경적에 혼란스러운 듯 잠시 흔들거리며 서 있다가, 그제야 그 먼지막이 코트를 입은 남자를 알아챘다.

"무슨 일이야?" 그가 차분하게 물었다. "기름이 떨어진 건가?"

"여기 봐요!"

대여섯 개의 손가락이 떨어져 나간 바퀴를 가리켰다. 그는 잠시 그것을 바라보더니, 마치 하늘에서 떨어지기라도 한 듯 위를 올려다보았다.

"바퀴가 빠졌어요." 누군가 설명했다.

그는 고개를 끄덕였다.

"처음엔 우리가 멈춘 줄도 몰랐어요."

잠시 침묵이 흘렀다. 그러다 그가 길게 숨을 들이마시고 어깨를 펴며, 결연한 목소리로 말했다.

"혹쉬, 주유쏘가 어딨는지 아쎄여?"

적어도 열두 명은 족히 되는 남자들이 그에게 바퀴가 차에 더는 물리적으로 연결되어 있지 않다는 사실을 설명해 주었다. 그 남자들 중 일부는 그와 별반 다르지 않은 상태인 듯 보였다.

"뒤로 빼 보죠." 그는 잠시 후 제안했다. "후진해서 말이죠."

"히지만 바퀴기 삐졌다니끼요!"

그가 잠시 머뭇거리다가 말했다.

"시도해 본다고 나쁠 건 없잖아요."

차 경적은 절정에 다다랐고, 나는 뒤돌아 잔디밭을 가로질러 집으로 향했다. 한 번 뒤를 돌아보았다. 달 한 조각이 개츠비의 저택 위에서 빛나며, 여전히 환한 그의 정원에서 들려오는 소음과 웃음소리가 희미해진 뒤에도 꿋꿋이 남아 전과 다름없이 밤을 아름답게 꾸며주고 있었다. 갑자기 창문들과 거대한 문들에서 공허함이 흘러나오는 듯했고, 현관에 선 그 저택 주인의 모습은 완연한 고독에 휩싸인 듯 보였다. 그

는 손을 들어 형식적인 작별 인사를 전했다.

* * *

지금까지 내가 쓴 글을 다시 읽어보니, 마치 몇 주 간격으로 세 번 밤사이 벌어진 사건들에 내가 완전히 사로잡혔다는 인상을 준다는 것을 알게 되었다. 하지만 사실 그 사건들은 분주했던 여름날의 일상적인 일들에 불과했다. 그 사건들보다 내게 더 큰 영향을 준 것은 개인적으로 일어난 일들이었다.

나는 주로 일하며 시간을 보냈다. 이른 아침, 나는 뉴욕 남쪽[24]의 하얀 협곡 같은 거리를 서둘러 지나가며 태양이 내 그림자를 서쪽으로 길게 드리우는 것을 보면서, 프로비티 신탁 회사로 향했다. 나는 다른 사무원들과 젊은 채권 판매원들의 이름을 다 알고 있었고, 그들과 함께 어둡고 혼잡한 식당에서 작은 돼지고기 소시지와 으깬 감자, 커피를 먹으며 점심을 보냈다. 심지어 나는 저지시티에 살며 회계 부서에서 일하는 한 여자와 잠시 연애를 하기도 했다. 하지만 그녀의 남동생이 내게 곱지 않은 시선을 보내기 시작했고, 7월에 그녀가 휴가를 떠나면서 나는 그 관계를 조용히 끝냈다.

나는 보통 예일 클럽[25]에서 저녁을 먹었고—어떤 이유에서인지 그 시간이 하루 중 가장 우울한 순간이었다—그리고

나서 위층에 있는 도서관으로 가서 투자와 증권에 대해 한 시간 정도 성실히 공부했다. 늘 소란을 피우는 사람이 몇 명 있었지만, 그들은 도서관에 절대 들어오지 않아서 그곳은 일하기에 좋은 장소였다. 그런 후, 고요한 밤이면 매디슨 애비뉴를 따라가다가, 머레이 힐 호텔을 지나 33번가를 건너 펜실베이니아역까지 산책하곤 했다.

나는 뉴욕이 점점 좋아지기 시작했다. 뉴욕의 밤은 활기차고 모험심 넘치게 느껴졌다. 그리고 남녀와 기계들이 끊임없이 반짝이는 광경은 쉴 틈 없이 눈을 만족시켜 주었다. 나는 5번가를 따라 걸으며 군중 속에서 낭만적인 여인들을 골라내고, 몇 분 후 그녀들의 삶에 내가 들어가게 될 거라고 상상하곤 했다. 아무도 이러한 상상을 알아차리거나 못마땅해하지 않을 것이다. 때로는 그들을 따라 외진 거리의 모퉁이에 있는 아파트까지 가는 것을 상상하기도 했다. 그들이 돌아서서 내게 미소를 지어 보인 후, 따뜻한 어둠 속으로 사라지는 모습을 떠올렸다. 마법 같은 대도시의 황혼 속에서 나는 때때로 설명할 수 없는 외로움을 느꼈고, 다른 사람들에게서도 그 외로움을 보았다—창가 앞에서 시간을 보내며 홀로 식당에서 저녁 먹을 시간이 될 때까지 기다리는 가난한 젊은 사무원들, 황혼 속에서 밤과 인생의 가장 절실한 순간들을 허비하는 젊은 사무원들에게서 말이다.

 위대한 개츠비

다시 저녁 8시가 되어 40번가의 어두운 골목들에 극장가
로 향하는 택시들이 다섯 줄씩 늘어서며 붐빌 때, 뉴욕 전체
가 갑자기 방향을 바꿔 한쪽으로 치우친 듯한 때, 나는 마음
이 가라앉는 기분을 느꼈다. 멈춰 선 택시 안, 서로 기댄 형
체들이 노래를 흥얼거렸다. 들리지 않는 농담에 웃음이 일
었고, 불붙은 담배들이 안에서 알 수 없는 원을 그렸다. 나도
그들처럼 즐거운 마음으로 어딘가 향하며, 그들과 친밀히 흥
분을 함께 나누고 있다고 상상했다. 그리고 그들에게 행운을
빌어주었다.

나는 한동안 조던 베이커를 볼 수 없었다. 하지만 한여름
이 되자 다시 그녀를 만나게 되었다. 처음에는 그녀가 골프
챔피언이어서 누구나 그녀의 이름을 알고 있었기 때문에 그
녀와 함께 다니는 것이 기분 좋았다. 그러다가 그 기분은 그
이상의 감정이 되었다. 사실 나는 그녀를 사랑하고 있던 것
은 아니었지만, 일종의 애정 어린 호기심을 느꼈다. 나는 그
녀가 사물과 사람들을 향해 보이는 냉소적인 태도 이면에 숨
겨진 이유가 있다는 생각이 들어 흥미를 느꼈다. 매력적인
여성은 종종 세상에 지루하고 거만한 표정을 내보이며, 사
랑에 빠진 복잡한 감정을 숨기곤 한다―하지만 나는 그녀가
그런 게 아니라는 것을 알고 있었다. 오히려 조던은 육체적
청소년기에 멈춘 채 표류하는 듯했고, 그러한 모습이 나처럼

여성을 사랑할 마음조차 없는 남자들에게 매력적으로 보였다. 그런 남자들은 오직 자기 의지로 어렵게 얻어낸 사랑만을 원한다.

그런데 조던의 태도는 뭔가를 감춘 듯했고—모든 가식은 처음엔 그렇지 않더라도 결국엔 뭔가를 감추고 있게 마련이다—나는 마침내 그녀의 본모습을 알아차렸다. 우리가 함께 워릭에서 열린 하우스 파티에 참석했을 때, 그녀는 빌린 차의 지붕을 내린 채 비에 젖게 내버려두었다. 그리고 그 일에 관해 거짓말했다. 그 순간 데이지의 집에서 떠올리지 못했던 그녀에 관한 이야기가 불현듯 기억났다. 그녀가 처음으로 참가한 큰 골프 대회에서 신문에까지 실릴 뻔한 소동이 있었다—그녀가 준결승 리운드에서 불리한 위치에 있는 공을 고의로 옮겼다는 의혹이 제기된 것이다. 그 사건은 큰 소동으로 번질 뻔했지만 결국 잦아들었다. 캐디가 진술을 번복했고, 유일한 다른 목격자는 자신이 잘못 봤을지도 모른다고 인정했다. 그 사건과 그녀의 이름이 내 머릿속에 함께 남아 있었다.

조던 베이커는 본능적으로 영리하고 약삭빠른 남자들을 피했는데, 나는 이제야 그 이유를 알았다. 그녀는 어떤 규칙에서 벗어나는 것이 불가능하다고 여겨지는 상황에서 더 안전하다고 느꼈던 것이다. 그녀는 고질적으로 정직하지 못했

 위대한 개츠비

다. 그녀는 불리한 처지에 놓이는 것을 견디지 못했고, 그런 불편한 상황을 피하려고 어렸을 때부터 교묘한 속임수를 쓰기 시작했을 것으로 생각했다. 이는 세상에 냉정하고 건방진 미소를 지어 보이면서 탄탄하고 활기 넘치는 육체의 요구를 충족하기 위해서였을 것이다.

그렇지만 나는 별로 개의치 않았다. 여성이 정직하지 못한 것은 심각하게 문제 삼을 일이 아니다—나는 그냥 가볍게 유감이라고 생각했고, 곧 잊어버렸다. 우리가 하우스 파티에서 나눴던 독특한 대화도 같은 맥락이었다. 그녀가 작업 중인 인부들 가까이에서 차를 몰다가, 한 사람의 코트에 달린 단추를 펜더로 스치는 바람에 그 대화를 시작하게 되었다.

"당신은 정말 형편없는 운전자예요." 내가 항의하듯 말했다. "더 조심하든가 아예 운전을 하지 말아야겠어요."

"조심하고 있어요."

"아니, 그런 것 같지 않은데요."

"글쎄요, 다른 사람들이 조심하면 되죠." 그녀가 가볍게 말했다.

"그게 무슨 관련이 있어요?"

"다른 사람들이 피해서 가겠죠." 그녀가 우겼다. "사고는 둘이 부딪혀야 나는 거니까요."

"만일 당신처럼 부주의한 사람을 만나면 어떻게 해요?"

"절대 그런 사람을 만나지 않길 바라야죠." 그녀가 대답했다. "전 부주의한 사람들을 정말 싫어해요. 그래서 당신을 좋아하는 거예요."

그녀는 햇볕에 지친 회색 눈으로 정면을 응시하고 있었지만, 우리의 관계를 의도적으로 바꾸어 놓았다. 그리고 해 질 녘 햇살이 그녀의 얼굴에 따스하게 비추던 잠시간, 나는 그녀를 사랑한다고 생각했다. 하지만 나는 느리게 사고하는 데다가 내면에 욕망을 억제하는 규칙들로 가득 차 있어서, 먼저 이미 엉켜 있는 상황을 확실히 정리해야 한다는 것을 알고 있었다. 나는 매주 한 번씩 편지를 쓰고 '사랑을 담아, 닉'이라고 서명했다. 나는 그녀가 테니스를 칠 때 윗입술에 옅은 콧수염처럼 땀방울이 맺히던 모습만 떠올릴 수 있을 뿐이었다. 하지만 내가 자유로워지려면, 모호한 관계를 조심스럽게 끝내야 했다.

모든 사람은 자기가 가장 중요한 덕목 하나쯤은 지키고 있다고 믿는다. 그리고 나의 경우는 이렇다: 나는 내가 아는 몇 안 되는 정직한 사람 중 하나다.

 위대한 개츠비

제4장

일요일 아침, 해안 마을마다 교회 종소리가 울려 퍼질 때, 상류 사회 사람들과 그들의 연인은 다시 개츠비의 저택으로 돌아와 그의 잔디밭 위에서 유쾌하게 반짝였다.

"그는 밀주 업자래요." 젊은 여성들이 칵테일과 꽃 사이를 오가며 말했다. "한번은 그가 자신이 힌덴부르크의 조카이자 악마의 사촌이라는 사실을 알아차린 사람을 죽였대요. 자기야, 장미꽃 하나 건네줘요. 그리고 그 크리스털 잔에 마지막 한 방울까지 따라줘요."

한번은 여름 동안 개츠비의 집을 찾았던 사람들의 이름을 기차 시간표의 빈 곳에 적어 두었다. 그 시간표는 이제 오래돼서 접힌 부분은 해졌고 맨 위에는 '이 일정은 1921년 7월 5일부터 유효함'이라고 쓰여 있다. 하지만 나는 여전히 그 희미해진 이름들을 읽을 수 있다. 그 이름들은 개츠비의 환대를 받아들인 사람들에 대한 나의 막연한 설명보다 더 정확한 인상을 전해줄 것이다. 그들은 그가 누구인지 제대로 알려 하지 않으면서, 그런 태도야말로 그에게 바친 경의라고 믿었다.

체스터 베커 부부, 리치 부부, 예일에서 알게 된 번센이라는 남자, 그리고 지난여름 메인에서 익사한 웹스터 시벳 박사는 웨스트 에그에서 온 사람들이었다. 그리고 혼빔 부부, 윌리 볼테르 부부, 항상 구석에 모여 염소처럼 코를 치켜든 채 가까이 오는 사람이 누구든 무시하는 블랙벅 가문 사람들이 있었다. 또 이즈메이 부부, 크리스티 부부(정확히 말하면, 크리스티 부인과 그녀의 남편이 아닌 휴버트 아우어바흐), 그리고 어느 겨울 오후에 특별한 이유 없이 머리가 하얗게 셌다는 에드거 비버가 있었다.

내가 기억하기로, 클래런스 엔다이브는 웨스트 에그 출신이었다. 그는 하얀 니커보커스[26] 바지를 입고 딱 한 번 왔는데, 정원에서 에티리는 씨움꾼과 씨움을 벌였디. 치들 부부, O. R. P. 슈레이더 부부, 그리고 여전히 남북전쟁에 대해 열정적으로 이야기하는 조지아 출신 스톤월 잭슨 에이브럼스는 섬의 더 외곽 지역에서 온 사람들이다. 피시가드 부부와 리플리 스넬 부부도 있었다. 스넬은 감옥에 가기 전 사흘간 그곳에 머물렀다. 그가 너무 취해 자갈길에 쓰려졌는데, 율리시스 스웨트 부인이 자동차를 몰고 가다가 그의 오른손을 깔고 지나갔다. 또한 댄시 부부와 60세를 훌쩍 넘긴 S. B. 화이트베이트, 모리스 A. 플링크, 해머헤드 가족, 그리고 담배 수입업자 벨루가와 그의 딸들도 있었다.

이스트 에그에서 온 사람들로는 폴 부부, 멀레디 부부, 세실 로벅, 세실 쉰, 주 상원의원 굴릭, 영화사인 필름 파 엑설렁스를 이끄는 뉴턴 오키드, 에크하우스트, 클라이드 코언, 그리고 아서 매카티와 돈 S. 슈워츠(아들)가 있었다. 이들은 모두 영화와 어떤 식으로든 관련이 있었다. 그리고 캐틀립 부부, 벰버그 부부, 나중에 아내를 목 졸라 죽인 멀둔과 형제 사이인 G. 얼 멀둔이 있었다. 홍보 기획자인 다 폰타노와 에드 레그로스, 제임스 B. ('로트-거트')[27] 페렛, 드 용 부부, 어니스트 릴리도 그곳에 왔는데, 이들은 도박을 하러 온 것이었다. 페렛은 정원을 어슬렁대곤 했는데, 그렇다는 건 그가 돈을 모두 잃었고 그다음 날 연합 교통이라는 회사의 주식이 수익을 낼 정도로 변동해야 한다는 것을 의미했다.

클립스프링거라는 남자는 그곳에 너무 자주 들르고 오래 머문 탓에, 결국 '하숙인'이라는 별명으로 불리게 되었다—나는 그가 다른 집이 있기나 했는지 의심스럽다. 연극계 인물들로는 거스 웨이즈, 호러스 오도너번, 레스터 마이어, 조지 덕위드, 그리고 프랜시스 불이 있었다. 또한 뉴욕에서 온 사람들로는 크롬 부부, 백히슨 부부, 데니커 부부, 러셀 베티, 코리건 부부, 켈러허 부부, 듀어 부부, 스컬리 부부, S. W. 벨처, 스머크 부부, 이미 이혼한 퀸 부부, 그리고 타임스퀘어에서 지하철에 뛰어들어 자살한 헨리 L. 팔메토가 있었다.

베니 매클레너한은 항상 네 명의 여자와 함께 도착했다. 외모가 비슷해서 늘 같은 사람들로 보였지만, 사실 매번 다른 이들이었다. 그런데도 너무나 비슷해서 전에 왔던 사람들처럼 느껴졌다. 나는 그들의 이름을 잊어버렸다—재클린이었던 것 같기도 하고, 아니면 콘수엘라, 글로리아, 주디, 또는 준이었을 것이다. 그들의 성은 꽃 이름이나 달처럼 아름답고 우아하게 들리는 이름이었던 듯하다. 아니면 미국의 위대한 자본가들의 엄숙한 이름과 같았을 텐데, 아마도 그 자본가들의 사촌이냐고 꼬치꼬치 물으면 그들은 마지못해 시인했을 것이다.

이러한 사람들 외에도, 애스콧-존스 부부가 적어도 한 번은 그곳에 왔다는 것을 기억한다. 고거렐 자매, 전쟁 중에 코에 총상을 입은 브루어라는 젊은이, 알브룩스버거 씨와 그의 약혼녀인 헤이그 양, 아르디타 피츠-피터스, 한때 미국 재향군인회 회장이었던 P. 주에트 씨, 클라우디아 힙 양과 그녀의 운전기사라고 알려진 남자, 그리고 우리가 공작이라 불렀던 어느 나라의 왕자가 있었다. 그 공작의 이름을 알고 있었다고 해도 이미 잊어버렸을 것이다.

이 모든 사람이 그해 여름, 개츠비의 저택을 방문했다.

* * *

7월 말 어느 날 아침 9시, 개츠비의 화려한 자동차가 바위투성이의 울퉁불퉁한 길을 달려 내 집 앞에 도착했고, 세 가지 음으로 경적을 울렸다. 내가 그의 파티에 두 번 참석하고 그의 수상 비행기를 타보기도 했으며 그의 정중한 초대로 자주 그의 해변을 이용하기는 했지만, 그가 나를 찾아온 것은 이번이 처음이었다.

"안녕하신가, 친구." 그가 말했다. "오늘 시내에서 점심을 함께할 테니, 지금 같이 타고 갑시다."

그의 모든 말에 스며 있던 그 형식적인 신중함은 낮에는 덜 두드러졌다. 차의 승하차용 발판에 서서 균형을 잡고 있는 그의 모습은 어쨌든 매우 자연스러워 보였다. 그의 몸에서는 미국인다운 유연함이 느껴졌다. 이는 아마도 젊을 때 극심한 육체노동을 하지 않았기 때문일 것이다. 더 나아가 우리가 자유롭게 즐기는 즉흥적이고 불규칙한 놀이들로 자연스러운 우아함이 형성되었기 때문일 수도 있겠다.

"내 차 본 적 있던가?"

본 적 있었다. 모두가 본 적이 있었다. 그 자동차는 고급스러운 크림색에 니켈로 번쩍였다. 강렬한 곡선이나 돌출부가 있어 전체적으로 거대해 보였으며, 부유함을 상징하는 모자

상자, 음식 상자, 공구 상자가 곳곳에 배치되어 있었다. 그리고 바람막이 앞 유리가 겹겹이 놓여 있어 여러 방향으로 태양 빛을 반사하고 있었다.

"뉴욕에서 가장 멋진 차지." 그가 내게 말했다. "이 차가 너무 화려하다는 건 나도 아네. 하지만 영구차처럼 거대한 차를 타고 다닐 필요는 없잖은가?"

여러 겹의 유리로 된 녹색 가죽 온실 안에 앉은 듯한 느낌을 안고, 우리는 시내로 출발했다.

"부탁할 게 하나 있네, 친구." 그가 말했다. "근데 그 전에 한 가지 물어보고 싶네."

"좋습니다."

"사랑에 빠지거나 연애를 경험해 본 적 있나?"

"음… 그다지 심각한 건 없었습니다."

"정말?" 그가 다시 물었다.

"정말입니다."

그는 캐러멜색 정장을 입은 무릎을 가볍게 두드렸다.

"좋아." 그는 뭔가 결심한 듯 말했다. "다른 방식으로 이야기를 시작해야겠군. 그럼, 이거부터 물어보겠네: 자넨 나를 어떻게 생각하나?"

나는 조금 당황해서, 그 질문에 맞춰서 답변을 모호하게 얼버무리려고 했다.

위대한 개츠비

“솔직히 말해주게, 친구.” 그가 답변을 재촉했다.

하지만 나는 아직 그에 대한 감정을 명확히 정리하지 못했기 때문에, 그 대신 농담 삼아 그의 저택에서 오갔던 온갖 불길한 소문들을 기억나는 대로 그에게 전했다.

“내가 진실을 말해주겠네.” 그는 마치 신성한 심판을 준비하듯 오른손을 갑자기 움직였다. “나는 중서부 지역 부유한 가정의 아들이었네—지금은 모두 돌아가셨지만. 나는 미국에서 자랐고, 옥스퍼드 대학교에서 교육을 받았네. 내 조상들이 오랫동안 그곳에서 교육을 받았기 때문이지. 일종의 전통이랄 수 있겠군.”

그가 나를 곁눈질로 보았다. 나는 왜 조던 베이커가 그가 거짓말하고 있다고 믿었는지 알 것 같았다. 그는 마치 전에 불편한 일을 겪은 적이 있는 듯, ‘옥스퍼드 대학교를 다녔다’라는 말을 서둘러 내뱉었다가 목이 멘 듯 삼켜 버렸다. 그 순간 그의 말 전부가 산산조각 나는 듯했고, 결국 그에게 뭔가 조금 사악한 면이 있는 건 아닐까, 하는 생각이 들었다.

“중서부 어디 출신이십니까?” 내가 아무렇지 않게 물었다.

“샌프란시스코 출신이네.”

“아, 그렇군요.”

“우리 가족은 모두 사망했네. 그리고 나는 꽤 많은 유산을 물려받았지.”

마치 그 갑작스러운 가족의 소멸이 아직도 그를 괴롭히는 듯 그의 목소리는 엄숙했다. 잠시 나는 그가 나를 놀리는 게 아닌지 의심했지만, 그를 한번 쳐다보고는 그렇지 않다는 확신이 들었다.

"그 후 나는 젊은 라자[28]처럼 유럽 국가의 모든 수도—파리, 비엔나, 로마—에서 보석, 특히 루비를 수집하고 커다란 사냥감을 사냥하거나 그림도 좀 그리면서, 나 자신만을 위해서 보냈네. 그렇게 오래전에 내게 일어났던 무척이나 슬픈 일을 잊으려고 했지."

나는 믿기지 않아서 간신히 웃음을 참았다. 그가 한 이야기는 너무나 진부하게 들려서, 터번을 쓴 어떤 '캐릭터'가 온몸에 난 구멍으로 톱밥을 흘리며 불로뉴 숲[29]에시 호랑이를 쫓는 모습 외에는 아무 장면도 떠올릴 수 없었다.

"그러다가 전쟁이 발발했지, 친구. 그것에 나는 안도했다네. 나는 죽으려고 무척 애썼지만, 마치 내 인생에 마법이 걸린 양 살아남았거든. 전쟁이 발발했을 때 나는 소위로 임관했지. 나는 아르곤 숲[30]에서 내가 소속된 기관총 대대의 잔존 병력을 이끌고 지나치게 전방으로 나아가서, 우리 부대 양쪽에 있던 보병부대와 반 마일이나 간격이 벌어져 더는 진격할 수 없었지. 우리는 그곳에서 꼬박 이틀을 버텼네. 190명의 병사와 14대의 루이스 기관총을 가지고 말이야. 마침내

 위대한 개츠비

보병부대가 도착했을 때, 시체 더미 속에서 독일 3개 사단의 휘장을 발견했다네. 나는 소령으로 진급했고, 연합국의 여러 나라에서 내게 훈장을 수여했지—아드리아해 연안에 있는 작은 국가인 몬테네그로조차 말이야!"

작은 국가 몬테네그로! 그는 그 말을 마치 들어 올리듯 강조해 말하며 희미하게 미소 짓고 고개를 끄덕였다. 이제 의심했던 내 마음은 매혹으로 바뀌었다. 마치 잡지 여러 권을 급하게 넘겨보는 기분이었다.

그는 주머니에 손을 넣더니 리본에 매단 금속 덩어리 하나를 꺼내 내 손바닥 위에 떨어뜨렸다.

"이게 몬테네그로에서 받은 걸세."

놀랍게도 그것은 진짜처럼 보였다. '다닐로 훈장'[31]이라고 적힌 훈장의 가장자리를 따라 둥글게 '몬테네그로, 니콜라스 왕'이라는 글씨가 새겨져 있었다.

"뒤집어 보게."

나는 뒤쪽에 적힌 글을 읽었다. "제이 개츠비 소령, 특별한 용맹을 기리며."

"이건 내가 항상 가지고 다니는 또 다른 물건이네. 옥스퍼드 시절의 기념품이라고 할 수 있지. 트리니티 쿼드[32]에서 찍은 사진인데, 내 왼쪽에 있는 남자가 현재 동캐스터 백작일세."

그 사진에는 블레이저를 입은 젊은 남자 여섯 명이 아치형 문 앞에 기대어 한가롭게 서 있는 모습이 담겨 있었다. 그 아치형 문 너머로는 수많은 첨탑이 보였다. 사진 속에 개츠비도 있었는데, 약간 어려 보일 뿐 큰 차이는 없었다. 그는 크리켓 배트를 손에 들고 있었다.

그 순간 모든 것이 사실임을 깨달았다. 나는 그가 그랜드 운하에 있는 궁전에서 타오르는 듯 화려한 호랑이 가죽을 깔고 앉은 모습을 떠올렸다. 그리고 상처받은 마음을 달래려는 듯 붉은빛을 내뿜는 루비가 가득 담긴 상자를 여는 모습을 떠올렸다. 또, 그의 가족이 샌프란시스코의 웅장한 저택에서 서서히 사라져가며, 전쟁에 뛰어든 무모한 젊은 소령에게 그들의 재산을 남겨 주는 장면을 떠올렸다.

"오늘 자네에게 큰 부탁을 할 생각이네." 그가 그 기념품을 주머니에 넣으며 말했다. "그래서 내 이야기를 조금은 알아야 한다고 생각했어. 그저… 그저 나를 보잘것없는 사람이라고 생각하지 않길 바랐네."

나는 한 번도 그를 그렇게 생각한 적이 없었다. 이제 나는 그가 아주 특별한 이상주의자라고 믿기 시작했다. 그리고 자신의 이상을 실제로 성취한 사람 누구나 그렇듯이, 어리석어 보일 뿐이라고도 생각했다.

"나는 보통 낯선 사람들 사이에서 지내곤 하지. 나에게 일

 위대한 개츠비

어났던 슬픈 일을 잊으려 애쓰며 여기저기 떠돌고 있거든."
그가 잠시 망설였다. "하지만 이번에는 잊으려 온 게 아니라
기억하려고 왔네. 오늘 오후에 그 이야기를 듣게 될 걸세."

"점심때 말입니까?"

"아니, 오늘 오후에. 자네가 조던 베이커 양과 함께 차를
마시기로 한 걸 우연히 알게 됐지."

"베이커 양과 사랑에 빠졌다는 건가요?"

"아니, 친구. 그런 건 아닐세. 하지만 그녀가 친절하게도
자네에게 그 이야기를 해주기로 동의했네."

나는 이 말에 짜증이 났다. 나는 제이 개츠비에 관해 논의
하려고 조던과 차를 마시기로 한 게 아니었다. 이 남자는 참
뻔뻔하기도 했다. 그 순간, 나는 사람으로 북적거리는 그의
잔디밭에 발을 들인 것을 후회했다.

"하지만 그게 저와 무슨 관련 있습니까, 개츠비 씨?"

그는 더는 아무 말도 하지 않았다. 도시에 가까워질수록,
그는 품위 있고 초연한 태도를 더 드러냈다. 우리는 빨간 띠
를 두른 대양 항해용 선박들이 얼핏 보이는 루스벨트항[33]을
지나, 자갈길로 된 빈민가를 빠르게 달려 지나갔다. 그곳에
는 어둡지만 여전히 사람들로 붐비는, 1900년대식 빛바랜
금박으로 장식된 선술집들이 늘어서 있었다. 그러다 잿더미
골짜기가 우리 주변에 펼쳐졌다. 차를 타고 지나가면서 윌슨

부인이 기운차게 정비소에서 펌프를 힘껏 당기는 모습을 언뜻 보았다.

우리가 탄 차에는 펜더가 마치 날개를 편 듯 퍼져 있어서, 우리가 지나갈 때 마치 애스토리아[34]를 환하게 비추는 듯했다. 아직 절반밖에 지나가지 않았을 때, 고가 철교의 기둥 사이를 구불구불 달리는데 '부릉-부릉-콰르릉!' 하는 익숙한 오토바이 소리가 들렸다. 그리고 경찰관 한 명이 극성스럽게 우리 차 옆에 바짝 붙었다.

"알겠소, 친구." 개츠비가 말했다. 우리는 속도를 줄였고, 그는 지갑에서 하얀 카드를 꺼내 경찰의 눈앞에 흔들었다.

"개츠비 씨였군요. 다음에는 제대로 알아보겠습니다. 실례했습니다!" 경찰이 모자를 살짝 들며 말했다.

"그게 뭐였습니까?" 내가 물었다. "옥스퍼드 재학 시절 사진인가요?"

"예전에 내가 경찰청장에게 한 번 호의를 베풀었더니, 매년 크리스마스카드를 보내주거든."

거대한 다리를 넘어가자, 격자형 철제 구조물 사이로 들어오는 햇빛이 움직이는 차들 위로 끊임없이 깜박였고, 강 너머 하얀 언덕에 설탕 덩어리처럼 차곡차곡 쌓아 올린 듯한 도시의 광경이 시야에 펼쳐졌다. 그 모든 것이 냄새나지 않는 돈으로 소망을 담아 지어진 듯 보였다. 퀸스보로 다리에

서 보는 도시의 모습은 항상 처음 보는 듯 낯설다. 세상에 존재하는 모든 신비와 아름다움의 첫 번째 야성적인 가능성을 품고 있는 듯 말이다.

꽃으로 둘러싸인 망자를 실은 영구차가 우리를 지나쳤고, 그 뒤에는 커튼을 친 마차 두 대와 망자의 친구들을 태운 더 밝은색의 마차들이 줄지어 따라갔다. 망자의 친구들은 동유럽 남동부 사람들 특유의 비극적인 눈빛과 짧은 윗입술을 보이며 우리를 쳐다보았고, 나는 그들의 음울한 장례 행렬에 개츠비의 화려한 차가 포함된 것이 오히려 다행이라고 생각했다. 우리가 블랙웰스 아일랜드[35]를 건너자 리무진 한 대가 우리를 지나쳤다. 그 리무진은 백인 운전사가 몰고 있었는데, 차 안에는 세련돼 보이는 흑인 남자 두 명과 여자 한 명, 이렇게 세 명이 타고 있었다. 그들이 경쟁하듯 거만하게 노른자위 같은 눈동자를 굴리며 우리를 바라보자, 나는 큰 소리로 웃음을 터뜨렸다.

'이 다리를 넘었으니 이제 어떤 일이 일어날지 궁금하군.' 나는 생각했다. '정말 어떤 일이 일어날지….'

심지어 개츠비의 존재 자체도 별로 특별하지 않을 테니.

* * *

포효하듯 소란스러운 정오였다. 잘 환기된 42번가의 지하 식당에서 나는 개츠비를 만나 점심을 먹었다. 밖에서 들어온 밝은 빛에 눈을 깜빡이다가, 어두운 대기실에서 다른 남자와 이야기하고 있는 개츠비의 모습을 어렴풋이 보았다.

"이쪽은 캐러웨이 씨, 이쪽은 내 친구 울프심 씨네."

코가 납작하고 몸집이 작은 유대인 남자가 커다란 머리를 들고 나를 쳐다보았다. 그의 콧구멍에는 탐스럽게 자란 코털 두 가닥이 돋아나 있었다. 시간이 지나 어둠에 익숙해지자 그의 작고 가는 눈을 볼 수 있었다.

"─그래서 그를 한번 쓱 보았지 " 울프심 씨가 내 손을 진지하게 흔들며 말했다. "그런데 내가 뭘 했을 것 같나?"

"무슨 말씀인지요?" 내가 정중히 물었다.

하지만 그는 내 손을 놓고 자기의 인상적인 코를 개츠비 쪽으로 향했으니, 분명 나에게 한 말이 아니었다.

"나는 마크에게 돈을 건네주며 말했지, '좋아, 마크. 저 사람이 입을 다물기 전까지는 한 푼도 주지 마.' 그랬더니 그가 바로 입을 다물더군."

개츠비는 우리 각자의 팔을 잡고 식당으로 들어갔고, 그러자 울프심 씨는 막 시작하려던 말을 삼키더니 마치 꿈속에서

헤매는 사람처럼 멍한 상태로 빠져들었다.

"하이볼로 하시겠습니까?" 지배인이 물었다.

"여기도 썩 괜찮은 레스토랑이군." 울프심 씨가 천장에 그려진 요정들을 만족스러운 듯 바라보며 말했다. "하지만 난 길 건너에 있는 곳이 더 마음에 드네!"

"좋소, 하이볼 한 잔씩 주시오." 개츠비가 동의하고 나서 울프심 씨에게 말했다. "거긴 너무 덥더군요."

"덥고 좁긴 하지—맞아." 울프심 씨가 말했다. "하지만 추억이 가득한 곳이지."

"어디를 말씀하시는 건가요?" 내가 물었다.

"추억의 '메트로폴' 말이네."

"추억의 메트로폴이라." 울프심 씨가 우울하게 말했다. "죽은 이들의 얼굴로 가득한 곳이지. 이제는 영원히 떠난 친구들로 가득해. 나는 살아 있는 한 그날을 잊지 못할 거야. 로지 로젠탈이 그곳에서 총에 맞았던 날 말이야. 우리 여섯 명은 테이블에 함께 앉아 있었고, 로지는 저녁 내내 엄청나게 먹고 마셨어. 아침이 되어갈 무렵, 웨이터가 수상쩍은 표정을 지으며 와서 말하더군. 밖에서 누가 그를 만나고 싶어 한다고 말이지. 로지가 '좋아'라고 말하며 일어나려 하길래 내가 그의 팔을 잡고 의자에 도로 앉혔어.

'로지, 자네를 원한다면 놈들이 여기로 들어오게 해야 하

지 않겠나. 하지만 자네는 절대 이 방 밖으로 나가지 않겠다고 맹세해 주게.'

그때가 새벽 4시였지. 만약 우리가 블라인드를 걷었다면, 아침 햇살을 봤을 걸세."

"그가 나갔습니까?" 내가 순진하게 물었다.

"물론 나갔지." 울프심 씨가 분개한 듯 갑자기 코를 돌려 나를 향했다. "그가 문가에서 잠시 멈춰 돌아서며 말했어. '저 웨이터가 내 커피를 치우지 못하게 해주쇼.' 그러고 나서 그는 인도로 나갔고, 그들은 그의 배에 총을 세 발 쐈지. 그리고 차를 몰고 도망갔어."

"그 네 명은 전기의자에 앉았다죠." 내가 기억을 떠올리며 말했다.

"베커까지 합해 다섯 명이었네." 그는 나를 바라보며 흥미로운 듯 콧구멍을 벌렁거렸다. "내가 듣기로, 자네 사업 파트너를 찾고 있다지."

아무렇지 않게 이러한 두 가지 이야기를 나란히 말해서 놀랐다. 개츠비가 대신 대답했다.

"아, 아닙니다." 그가 외치듯 말했다. "이 사람은 말씀드린 그 사람이 아닙니다."

"아닌가?" 울프심 씨는 실망한 듯 보였다.

"이 사람은 그냥 친구입니다. 제가 그 이야기는 다음에 하

위대한 개츠비

자고 말씀드렸잖습니까."

"내가 실례했네." 울프심 씨가 말했다. "사람을 잘못 봤군."

육즙이 가득한 해시가 나오자, 울프심 씨는 추억의 메트로폴에 대한 감상을 잊은 채 꼼꼼하면서도 게걸스럽게 먹기 시작했다. 그러는 사이 그의 눈은 매우 천천히 방 안을 둘러보았는데, 몸을 돌려 바로 뒤에 앉은 사람들까지 살피며 완전히 사방을 확인했다. 내가 없었더라면, 그는 테이블 아래도 한번 힐끗 보았을 거로 생각했다.

"이보게, 친구." 개츠비가 나에게 몸을 기울이며 말했다. "오늘 아침 차 안에서 내가 자네를 좀 화나게 한 것 같아 걱정이군."

"그렇지 않습니다, 개츠비 씨. 하지만 왜 베이커 양에게 그런 부탁을 하셔서 그녀를 통해 이야기를 들어야 하는지 이해가 안 갑니다."

"오늘 오후에 알게 될 걸세. 결국, 아주 자연스러운 상황이라는 걸 알게 될 거야. 그녀는 스포츠 정신에 투철하거든. 조금이라도 의심받을 만한 일은 절대로 하지 않을 사람이지."

갑자기 개츠비는 시계를 보더니 벌떡 일어나 서둘러 방을 나갔고, 나는 울프심 씨와 함께 테이블에 남겨졌다.

"그는 전화해야 할 데가 있거든." 울프심 씨가 눈으로 그

를 좇으며 말했다. "참 괜찮은 사람이야, 그렇지 않나? 보기에도 잘 생겼고, 완벽한 신사지."

"네."

"그는 오그스포드 출신이지."

"아."

"그는 영국에 있는 오그스포드 대학을 나왔네. 오그스포드 대학을 아나?"

"들어본 적 있습니다."

"세계에서 매우 유명한 대학 중 하나지."

"개츠비를 오래 아셨습니까?" 내가 물었다.

"몇 년 되었어." 그는 기분 좋게 대답했다. "전쟁이 끝난 직후에 그를 알게 되었네. 하지만 그와 힌 시긴 정도 이야기한 뒤에, 나는 그가 참으로 괜찮은 사람이라는 걸 깨달았어. 나는 속으로 이렇게 생각했다네. '집에 데려가서 어머니와 누이에게 소개하고 싶은 사람이로군'이라고 말이지." 그가 잠시 말을 멈추었다. "자네 내 커프스단추를 보고 있군."

내가 커프스단추를 보고 있던 건 아니었지만, 이제 그것을 보게 되었다. 그것들은 상아 조각으로 된 것으로 보였는데, 형태가 울퉁불퉁했다.

"사람 어금니 중에서 가장 좋은 표본들로 만들었네." 그가 내게 말했다.

"그렇군요!" 나는 그것들을 자세히 살펴보았다. "정말 흥미로운 발상이네요."

"그렇지." 그는 소매를 옷 아래로 밀어 넣었다. "그래, 개츠비는 여자 문제에 아주 신중한 사람이지. 친구의 아내에게는 눈길조차 주지 않을 걸세."

그 본능적으로 신뢰를 주는 사람이 다시 테이블로 돌아와 앉자, 울프심 씨는 갑자기 커피를 들이켜고 일어섰다.

"점심 정말 즐거웠네." 그가 말했다. "내가 너무 오래 머물러 폐를 끼치기 전에 이만 일어나겠네."

"서두르지 않으셔도 됩니다, 마이어." 개츠비가 그다지 진심을 담지 않은 채 말했다. 울프심 씨는 축복을 표하듯 손을 들어 보였다.

"호의는 고맙네만, 나는 자네들과 세대가 다른 사람이지." 그가 장엄하게 말했다. "자네들은 여기 앉아서 스포츠나 젊은 여자들에 대해 이야기 나누게. 그리고—" 그는 뒤이어 나올 단어를 알아서 생각하라는 듯 대신 손을 흔들어 보였다. "나는 쉰 살이니, 자네들에게 더는 폐를 끼치고 싶지 않네."

악수를 하고 돌아섰을 때, 비극을 담고 있는 그의 코가 떨렸다. 내가 혹시 그를 기분 상하게 할 만한 말을 했는지 궁금해졌다.

"그는 가끔 무척이나 감상적으로 되곤 하네." 개츠비가 설

명해 주었다. "오늘은 그가 감상에 젖은 날인가 보군. 그는 뉴욕에서 꽤 독특한 인물일세—브로드웨이에서 살다시피 하지."

"도대체 그는 어떤 사람인가요—배우인가요?"

"아닐세."

"치과의사인가요?"

"마이어 울프심이? 아니, 그는 도박꾼일세." 개츠비가 잠시 망설이더니 차분하게 덧붙여 말했다. "그는 1919년 월드 시리즈 결과 조작을 주도한 사람이지."[36]

"월드 시리즈 결과 조작을 주도했다고요?" 내가 되물었다.

그렇게 생각하자 나는 큰 충격을 받았다. 물론 나는 1919년 월드 시리즈가 조작되었다는 것을 알고 있었다. 하지만 그저 피할 수 없는 일련의 사건들로 발생한 결과라고만 생각했다. 그 사건이 어떻게 일어났는지 생각해 본 적이 있다면, 그저 그렇겠거니 여겼을 것이다. 하지만 한 사람이 금고를 터뜨려서라도 목표를 쟁취하려는 도둑처럼 집요하게 5천만 명의 믿음을 농락해 사기 쳤다는 생각은 한 번도 해본 적이 없었다.

"어떻게 그런 일을 저지를 수 있었던 건가요?" 나는 잠시 후 물었다.

"그냥 기회를 포착한 거지."

 위대한 개츠비

"그런데 어떻게 감옥에 가지 않았습니까?"

"그를 잡을 수는 없네, 친구. 그는 아주 영리한 사람이거든."

나는 고집스럽게 계산하겠다고 우겼다. 웨이터가 잔돈을 가져다줄 때, 문득 사람들로 북적이는 건너편 방에서 톰 뷰캐넌을 발견했다.

"잠시 저와 같이 가시죠." 내가 말했다. "인사했으면 하는 사람이 있습니다."

우리가 다가가자 톰은 벌떡 일어나 우리 쪽으로 대여섯 걸음 걸어왔다.

"어디 있었던 거야?" 그가 초조하게 물었다. "전화 안 해서 데이지가 엄청 화 나 있어."

"이쪽은 개츠비 씨, 이쪽은 뷰캐넌 씨입니다."

둘은 짧게 악수했고, 개츠비의 얼굴에는 어색하고 낯선 당혹스러운 표정이 떠올랐다.

톰은 나에게 돌아서며 물었다.

"그동안 어떻게 지냈나? 어쩌다 이렇게 멀리까지 와서 점심을 먹게 된 거야?"

"개츠비 씨와 함께 점심을 먹고 있었어—"

나는 개츠비 씨를 돌아보았지만, 그는 이미 그곳에 없었다.

* * *

1917년 10월 어느 날이었어요—(조던 베이커가 그날 오후, 플라자 호텔의 라운지에서 딱딱한 의자에 바르게 앉아 말했다)—저는 보도와 잔디밭을 오가며 여기저기 걷고 있었어요. 잔디밭이 더 만족스러웠죠. 왜냐하면 잉글랜드에서 온 신발을 신었는데, 신발 밑창에 고무 돌기가 있어 부드러운 땅에서 더 안정적으로 느껴졌거든요. 새로 산 체크무늬 스커트도 입고 있었는데, 바람이 불 때마다 그 스커트 자락이 살짝 나부꼈죠. 그때마다 집 앞에 걸린 빨간색, 하얀색, 파란색 깃발들이 팽팽하게 펴지며, 마치 불만스러운 기분을 표현하듯이 '툿툿툿툿' 소리를 냈어요.

데이지 페이의 집은 가장 큰 깃발과 가장 넓은 잔디밭을 보유하고 있었어요. 그녀는 저보다 두 살 많아서 막 열여덟 살이 되었었고, 루이빌에서 가장 인기 있는 소녀였죠. 그녀는 항상 흰 옷을 입었고, 작은 흰색 차도 몰고 다녔어요. 그녀의 집에는 온종일 전화벨이 울렸죠. 캠프 테일러[37]에서 온 흥분한 젊은 장교들이 그날 밤 그녀와 '한 시간만이라도' 짝이 될 기회를 달라고 요구하는 전화였죠.

그날 아침 저는 그녀의 집 맞은편에 가봤는데, 그녀의 흰색 차가 길가에 서 있었어요. 그녀는 전에 본 적 없는 한 중

위와 함께 그 안에 앉아 있었죠. 그들은 서로에게 너무 빠져 있어서 제가 5피트 거리만큼 다가갔을 때까지도 저를 보지 못했어요.

"안녕, 조던." 하고 예상치 못하게 그녀가 저를 불렀어요. "이쪽으로 와봐."

그녀가 저에게 말을 걸고 싶어 한다는 사실에 기분이 날아 갈 것 같았어요. 제가 좋아하던 언니들 중에서도 그녀를 가 장 동경했거든요. 그녀는 제가 적십자에 가서 붕대를 만들 건지 물었죠. 저는 그렇게 할 예정이었어요. 그러더니 그녀 는 톰 파트리지 부인에게 그날 갈 수 없다고 전해달라고 했 어요. 데이지가 말하는 동안 그 장교는 그녀를 내내 바라보 고 있었죠. 마치 모든 어린 소녀가 언젠가는 누군가 바라봐 주길 원할 만한 그런 눈빛으로요. 그것이 너무나 낭만적으로 느껴져서 그때 일을 지금까지도 기억하고 있어요. 그의 이름 은 제이 개츠비였고, 그 후 거의 5년 동안 그를 다시 보지 못 했죠—롱아일랜드에서 그를 다시 만났을 때조차 그가 같은 남자라는 걸 알아채지 못했어요.

그게 1917년도의 일이었죠. 그다음 해에 저도 몇 명과 연 애하게 되었고, 토너먼트에 참가하기 시작해서 데이지를 자 주 보진 못했어요. 그녀는 조금 더 나이 든 사람들과 어울렸 죠—어울렸다면 말이죠. 그녀에 대한 다소 과장된 소문들이

돌기 시작했어요—어느 겨울밤, 그녀가 해외로 파병을 가는 한 군인에게 작별 인사를 전하러 뉴욕으로 가려고 짐을 싸다가 그녀의 어머니에게 들켰다고 하더라고요. 결국 그녀는 가지 못하게 되었지만, 그 일로 몇 주간 가족과 말을 섞지 않았대요. 그 사건 이후 그녀는 더 이상 군인들과 어울리지 않았고, 군대에 입대하지 못하는 평발이거나 근시인 젊은 남자들 몇 명과만 어울리게 되었죠.

그다음 가을이 되자, 그녀는 다시 활기를 되찾았고 언제나처럼 밝은 모습을 보였어요. 휴전 후 그녀는 사교계에 처음 모습을 드러냈고, 2월에는 뉴올리언스 출신 남자와 약혼한 것으로 보였죠. 6월에는 시카고 출신 톰 뷰캐넌과 결혼했어요. 그때까지 루이빌에서 본 적 없을 만큼 회려하고 성대한 결혼식이었죠. 톰은 시카고에서 전용 열차 네 량에 지인 백 명을 태워 내려왔고, 뮬바흐 호텔의 한 층을 통째로 빌렸어요. 그리고 결혼 전날, 그는 그녀에게 75만 달러짜리 진주 목걸이를 선물했죠.

제가 신부 들러리였어요. 결혼 전야 만찬이 시작되기 30분 전에 그녀의 방에 들어갔는데, 그녀는 꽃무늬 드레스를 입고 침대에 누워 있었어요. 6월의 밤처럼 아름다웠지만, 고주망태처럼 술에 잔뜩 취해 있었죠. 한 손에는 소테른 백포도주 병을, 다른 한 손에는 편지를 들고 있었어요.

“축하해줘.” 그녀가 중얼거렸어요. “전에 술을 한 번도 마셔본 적 없는데, 아, 이렇게 잔뜩 마셔버렸지 뭐야.”

“무슨 일이에요, 데이지?”

저는 겁이 났어요. 정말로요. 이 정도로 취한 여자를 전에는 한 번도 본 적이 없었거든요.

“이것 봐, 자기야.” 그녀는 침대 위에 놓여 있던 쓰레기통을 뒤져서 그 진주 목걸이를 꺼냈어요. “이거 가져가서 주인한테 돌려주며 데이지가 마음을 바꿨다고 전해줘. ‘데이지가 마음을 바꿨어요’라고 말해줘!”

그녀는 울기 시작했어요―계속해서 울었죠. 저는 서둘러 나가서 데이지 어머니의 하녀를 찾았고, 우리는 방을 잠근 채 그녀를 차가운 욕조로 데려갔어요. 그녀는 편지를 놓으려 하지 않았어요. 그 편지를 욕조로 가져가서는 그것을 꽉 움켜쥐고 물에 젖은 공처럼 뭉쳤어요. 편지가 눈처럼 조각조각 부서지는 것을 보고서야 비누 받침대에 두게 했죠.

하지만 그녀는 아무런 말도 하지 않았어요. 우리는 그녀에게 암모니아 냄새를 맡게 하고 이마에 얼음을 올려준 후, 다시 드레스를 입혀주었죠. 그리고 반 시간쯤 지나 우리가 방을 나섰을 때, 진주 목걸이는 그녀의 목에 걸려 있었어요. 이렇게 그 소동은 끝났죠. 그다음 날 오후 5시에 그녀는 한 번도 망설이거나 떠는 모습을 보이지 않고 톰 뷰캐넌과 결혼했

고, 남태평양으로 3개월간 신혼여행을 떠났어요.

그 부부가 샌타바버라에서 돌아왔을 때 봤는데, 그렇게 남편에게 푹 빠진 신부는 처음 본 것 같았어요. 톰이 잠시 방을 나가 있기만 해도 그녀는 불안한 듯 주위를 두리번거리며 "톰 어디 갔어?"라고 묻곤 했고, 그가 문을 열고 들어올 때까지 무척이나 멍한 표정을 짓고 있었죠. 그녀는 톰의 머리를 무릎에 얹고 모래사장에 앉아 몇 시간이고 그의 눈을 손가락으로 문지르며 헤아릴 수 없이 즐거운 표정으로 그를 바라보곤 했어요. 그 둘이 함께 있는 모습은 정말 감동적이었고, 조용히 웃음이 나올 만큼 매력적이었죠. 그때가 8월이었어요. 내가 샌타바버라를 떠난 지 일주일쯤 지난 어느 날 밤, 톰이 몰던 차가 벤투라 도로에서 마차와 부딪쳐 앞바퀴 하나가 완전히 망가졌어요. 그와 함께 있던 여자는 샌타바버라 호텔의 객실 담당 여직원이었는데, 팔이 부러지는 바람에 신문에 나왔죠.

다음 해 4월에 데이지는 딸을 낳았고, 그 후 프랑스에 가서 1년 동안 있었어요. 저는 어느 해 봄 칸에서 그 부부를 만났고, 이후에는 도빌에서 만났어요. 그 후 그들은 시카고로 돌아와 정착했죠. 아시다시피, 데이지는 시카고에서도 인기 있었어요. 그들은 모두 젊고 부유하며 화려함만을 좇는 무리와 어울렸지만, 그녀의 평판은 계속해서 좋았어요. 아마도

 위대한 개츠비

그녀가 술을 마시지 않기 때문일 거예요. 술을 많이 마시는 사람들 사이에서 술을 마시지 않는 건 큰 장점이죠. 술을 마시지 않으면 말수를 줄일 수 있고, 게다가 실수를 하더라도 술에 취한 다른 사람들이 무감각해서 눈치채지 못하거나 신경 쓰지 않을 테니 말이죠. 어쩌면 데이지는 연애라는 것에 전혀 관심이 없었는지도 몰라요—그런데 그녀의 목소리에는 뭔가 특별한 게 있죠….

한 달 전쯤 그녀는 수년 만에 처음으로 개츠비라는 이름을 들었어요. 제가 당신한테 물었을 때였죠—기억해요? 웨스트 에그에 사는 개츠비를 아느냐고 물었을 때 말이에요. 당신이 집에 돌아간 후 그녀가 내 방에 들어와 날 깨우고는 "어떤 개츠비를 말하는 거야?"라고 물었어요. 제가 반쯤 잠에 취해 그 사람에 대해 설명하니, 그녀는 무척이나 생소한 목소리로 그가 예전에 알던 사람일 거라고 말했어요. 그제야 저는 이 개츠비라는 사람과 그녀의 흰 차에 타고 있었던 그 장교를 연관 짓게 되었어요.

* * *

조던 베이커가 이러한 이야기를 마쳤을 때, 우리가 플라자 호텔을 떠난 지 이미 30분이 지나 있었다. 우리는 빅토리아

마차[38]를 타고 센트럴 파크를 지나가고 있었다. 태양은 영화 배우들이 사는 웨스트 50번 대 거리의 고층 아파트 너머로 저물어갔고, 이미 잔디밭에 모여 귀뚜라미처럼 재잘대는 아이들의 맑은 목소리가 후덥지근한 황혼 속에서 울려 퍼지고 있었다.

"나는 아라비아의 족장
너의 사랑은 내 것이야.
밤에 네가 잠들면
너의 텐트에 몰래 들어갈 거야."[39]

"그것참 이상한 우연이네." 내가 말했다.

"그건 우연이 전혀 아니었어요."

"왜 아니라는 거지?"

"개츠비는 데이지가 만(灣) 건너편에 살고 있어서 그 집을 산 거예요."

그가 6월의 그날 밤에 동경했던 것이 단지 별들만은 아니었다는 것을 깨달았다. 갑자기 그가 의미 없이 화려하기만 한 자궁에서 벗어나 내 눈앞에 생생하게 태어난 듯 느껴졌다.

"그가 알고 싶어 해요—" 조던이 이어서 말했다. "—당신

위대한 개츠비

이 어느 날 오후에 데이지를 집으로 초대하고 자기를 방문하게 할 수 있겠는지."

그 요구가 너무 소박해서 나는 충격받았다. 그는 저택을 사고 우연히 찾아오는 나방들에게 빛을 비추며 5년을 기다렸는데, 정작 그가 바랐던 것은 어느 날 오후에 낯선 사람의 정원을 찾아가는 거였다니 말이다.

"그가 이처럼 사소한 것을 부탁하기 전에, 내가 이런 내용을 모두 알아야만 하는 거였소?"

"그는 두려워하고 있어요. 너무 오래 기다렸거든요. 당신이 기분 나빠할지도 모른다고 생각한 거예요. 그가 겉모습은 거칠어 보이지만, 사실 속은 달라요."

무언가가 나를 불안하게 했다.

"왜 당신에게 만남을 주선해 달라고 하지 않은 걸까?"

"그는 그녀에게 자기 집을 보여주고 싶은 거예요." 그녀가 설명했다. "그런데 당신 집이 바로 그 옆에 있잖아요."

"아!"

"그는 그녀가 어느 날 밤 파티에 우연히 나타나길 어느 정도 기대하고 있었던 것 같아요." 조던이 계속해서 말했다. "하지만 그녀는 단 한 번도 나타나지 않았죠. 그래서 그는 사람들에게 그녀를 아는지 태연스레 물어보기 시작했고, 처음으로 찾은 사람이 저였던 거예요. 그가 저를 무도회에서

따로 불러냈던 그날 밤이었죠. 그가 얼마나 정성껏 그걸 계획했는지 들어보셨다면 좋았을 것 같아요. 물론 저는 바로 뉴욕에서 점심을 먹자고 제안했어요. 그러자 너무 흥분해서 어쩔 줄 몰라 하더군요.

'저는 상식 밖의 일을 하고 싶지는 않습니다!' 그가 계속해서 말했어요. '그저 그녀를 바로 옆집에서 만나고 싶을 뿐이오.'

내가 당신이 톰의 특별한 친구라고 말하자, 그는 계획 전부를 포기하려고 했어요. 그는 톰에 관해 아는 게 전혀 없어요. 하지만 그녀의 이름이 나올지도 모른다고 생각해 몇 년 동안 시카고 신문을 계속 읽어왔다고 하더군요."

이제 어둠이 깔렸다. 작은 다리 밑을 지나면서 나는 조던의 어깨에 팔을 둘러 가까이 끌어당기고 저녁 식사를 제안했다. 그 순간 데이지와 개츠비에 대한 생각은 사라졌다. 보편적인 회의주의를 지닌 깨끗하고 강인한, 하지만 편협한 이 사람만을 생각하게 되었다. 그녀는 내 팔에 유쾌하게 등을 기댔다. 그리고 그 순간, 어떤 짜릿한 흥분과 함께 한 경구가 내 귀에 울리기 시작했다. "세상에는 쫓기는 자와 쫓는 자, 바쁜 자와 지친 자만 있을 뿐이다."

"데이지는 자기 삶에 뭔가가 있어야 해요." 조던이 내게 속삭였다.

위대한 개츠비

“데이지가 개츠비를 만나고 싶어 할까?”

“데이지가 이 일에 대해 알아선 안 돼요. 개츠비는 모르게 하고 싶어 해요. 당신은 그냥 차 마시러 오라고 초대해 주기만 하면 돼요.”

우리는 어둠이 드리워진 장벽 같은 나무들을 지나 건물들이 펼쳐진 59번가에 이르렀다. 센트럴 파크 쪽으로 부드럽고 옅은 빛이 한 블록가량 내리쬐고 있었다. 개츠비나 톰 뷰캐넌과는 달리, 나는 어두컴컴한 처마 밑이나 눈부신 간판 사이로 형체 없이 얼굴만 어른거리는 여자의 환영을 마음에 품고 있지 않았다. 그래서 나는 내 옆에 있는 여자를 가까이 끌어당겼다. 창백하고 비웃는 듯한 그녀의 입술이 미소를 지었다. 나는 다시 그녀를 더 가까이, 이번엔 내 얼굴 쪽으로 끌어당겼다.

제5장

그날 밤 웨스트 에그에 돌아왔을 때, 나는 잠시 내 집이 불타고 있는 줄 알고 겁이 났다. 그때가 새벽 두 시였는데, 반도의 구석구석이 환하게 빛나고 있었다. 그 빛이 관목들에 비쳐 비현실적으로 보였고, 길가 전선에 비칠 때는 가늘고 길게 반짝거렸다. 모퉁이를 돌자, 그 빛이 개츠비의 저택에서 나오는 것임을 알게 되었다. 꼭대기부터 지하실까지 온 집이 환하게 불을 밝히고 있었다.

처음에는 또다시 파티가 벌어진 줄 알았다. '숨바꼭질'이나 '깡통 속의 정어리'[40] 같은 게임을 온 집 안에서 진행해 난잡한 소동이 벌어진 거로 생각했다. 하지만 아무 소리도 들리지 않았다. 나무 사이로 바람이 불어 전선이 흔들리고, 그 바람에 불빛이 깜박거리며 마치 집이 어둠 속에서 윙크하는 듯했다. 내가 타고 온 택시가 삐걱거리며 멀어질 때, 나는 개츠비가 잔디밭을 가로질러 나에게 걸어오는 모습을 보았다.

"당신 집이 세계 박람회장 같군요." 내가 말했다.

"그렇소?" 그는 무심하게 뒤를 돌아보며 말했다. "방 몇 군

데를 둘러보고 있었소. 코니 아일랜드에 함께 가겠소, 친구? 내 차로 말이오."

"전 자야 해요."

"알겠소."

그는 기대감을 억누른 채 나를 바라보며 기다렸다.

"베이커 양과 얘기했어요." 나는 잠시 후 말했다. "내일 데이지에게 전화를 걸어 여기로 차 마시러 오라고 초대할 겁니다."

"아, 그거 좋군." 그가 무심하게 말했다. "귀찮게 하고 싶지는 않소."

"어느 날이 괜찮으십니까?"

"어느 날이 괜찮소?" 그가 재빨리 되물었다. "정말로 귀찮게 하고 싶지 않소"

"모레는 어떠십니까?"

그는 잠시 생각하더니, 마지못해 말했다.

"잔디를 정리해야겠군."

우리는 둘 다 잔디밭을 내려다보았다. 우리 집 허름한 잔디밭이 끝나는 지점과 잘 관리되어 빛깔이 더 어두운 그의 저택 잔디밭이 시작되는 경계선이 선명하게 보였다. 나는 그의 말이 우리 집 잔디밭을 의미하는 것으로 생각했다.

그날 밤 나는 기분이 들떠서 행복했다. 아마도 나는 집 문

을 열고 들어가자마자 깊은 잠에 빠져들었을 것이다. 그래서 그가 코니 아일랜드에 갔는지, 아니면 몇 시간 동안 온 집에 화려하게 불을 밝힌 채 '방들을 둘러봤'는지 알 수 없었다. 다음 날 아침, 사무실에서 데이지에게 전화를 걸어 차를 마시러 오라고 초대했다.

"톰은 데려오지 마." 내가 말했다.

"뭐라고요?"

"톰은 데려오지 말라고."

"'톰'이 누구죠?" 그녀가 순진한 척 물었다.

약속한 날에는 비가 쏟아졌다. 11시쯤, 비옷을 입은 한 남자가 잔디 깎는 기계를 끌고 와 우리 집 문을 두드리며, 개츠비 씨가 잔디를 정리하라고 보냈다고 말했다. 이 말에 니는 핀란드인 가정부에게 다시 와서 차를 준비해 달라고 부탁하는 걸 깜빡 잊었다는 것을 떠올렸다. 그래서 나는 차를 타고 웨스트 에그로 가서, 하얗게 회칠 된 건물이 늘어선 비에 젖은 골목을 돌아다니며 그녀를 찾아다니다가 찻잔과 레몬, 꽃을 샀다.

꽃은 필요 없었다. 두 시에 개츠비가 자기 집 온실에 있는 꽃들을 한가득 배달했기 때문이다. 무수히 많은 꽃다발을 꽂아둘 수 있는 화병과 함께. 세 시쯤 현관문이 조심스럽게 열리더니, 하얀 플란넬 양복에 은색 셔츠와 금색 넥타이를 맨

개츠비가 허둥지둥 들어왔다. 그의 얼굴은 창백했고, 잠을 못 잤는지 눈 밑에 어두운 기색이 드러나 있었다.

"모든 게 잘 진행되고 있소?" 그가 집에 들어오자마자 물었다.

"잔디는 잘 다듬어졌습니다. 그걸 물으신 거라면요."

"무슨 잔디 말이오?" 그가 멍한 표정으로 물었다. "아, 마당에 있는 잔디 말이군." 그는 창밖을 내다보았지만, 그의 표정을 보아하니 아무것도 보지 못한 듯했다.

"매우 좋아 보이오." 그가 막연하게 말했다. "무슨 신문에서 보니 비가 네 시쯤 그칠 거라고 했던 것 같소. 아마도《타임스》였을 거요. 준비는 다 되었소? 그러니까 차 마실 준비 말이오."

나는 그를 식료품 저장실로 데리고 갔는데, 그는 약간 언짢은 표정으로 핀란드인 가정부를 쳐다보았다. 우리는 함께 델리[41]에서 배달 온 레몬 케이크 열두 개를 살펴보았다.

"이 정도면 괜찮겠습니까?" 내가 물었다.

"물론이지, 물론! 아주 훌륭해!" 그러더니 덧붙였다. "⋯친구."

비는 세 시 반쯤 잦아들어 축축한 안개가 되었고, 가끔 가느다란 빗줄기가 이슬처럼 흩날렸다. 개츠비는 멍하니 클레이가 쓴 『경제학 원론』을 훑어보다가, 주방 바닥을 뒤흔드는

듯한 핀란드인 가정부의 발소리에 깜짝 놀라곤 했다. 때때로 흐릿해진 창문 쪽을 바라보며, 마치 눈에 보이지 않지만 불안한 사건들이 바깥에서 일어나고 있기라도 한 듯한 표정을 지었다. 마침내, 그는 일어나서 망설이는 듯한 목소리로, 나에게 이제 집에 가겠다고 말했다.

"왜 그러시는 겁니까?"

"아무도 차를 마시러 오지 않잖소. 너무 늦었소!" 그는 마치 다른 곳에 급히 가기라도 해야 하는 듯 시계를 들여다보았다. "온종일 기다릴 수는 없소."

"너무 조급해하지 말아요. 이제 4시까지 2분 남았을 뿐이잖아요."

그는 마치 내가 밀어다 앉히기라도 한 듯 힘 없이 의자에 주저앉았다. 동시에 차 한 대가 우리 집 앞 차도에 들어오는 소리가 들렸다. 우리는 둘 다 벌떡 일어섰고, 나도 약간 초조해하며 마당으로 나갔다.

빗방울이 떨어지는 잎 없는 라일락 나무들 아래로 커다란 오픈카가 다가오고 있었다. 차는 멈췄고, 세모 모양의 라벤더색 모자를 쓴 데이지가 고개를 옆으로 돌려 내게 밝고 황홀한 미소를 지어 보였다.

"내 소중한 오빠, 사는 곳이 여기예요?"

그녀의 목소리는 빗속에서 마시는 강렬한 강장제처럼 짜

 위대한 개츠비

릿하게 울려 퍼졌다. 나는 아무 말도 하지 못한 채 그녀의 목소리 파동을 따라 잠시간 귀 기울였다. 그녀의 젖은 머리카락이 뺨을 가로질러 마치 푸른색 물감처럼 흩날렸고, 내가 그녀를 차에서 내리도록 도우려고 손을 잡았을 때 그녀의 손은 반짝이는 빗방울로 젖어 있었다.

"오빠, 나를 사랑하기라도 하는 거예요?" 그녀가 낮은 목소리로 내 귀에 속삭였다. "아니면 왜 나 혼자 와야 한다고 했던 거예요?"

"그건 『래크렌트 성』[42]의 비밀 같은 거야. 운전사에게 어디 멀리 가서 한 시간 정도 있다가 오라고 해."

"한 시간 후에 다시 와요, 퍼디." 그리고 나지막하게 속삭이며 말했다. "그의 이름은 퍼디예요."

"휘발유 냄새로 코에 문제가 있는 건 아니지?"

"그런 것 같진 않아요." 그녀가 순진하게 대답했다. "왜요?"

우리는 안으로 들어갔다. 놀랍게도, 거실은 텅 비어 있었다.

"이거 참 재밌군!" 내가 외쳤다.

"뭐가 재밌다는 거예요?"

그녀는 문에서 가볍지만 위엄 있는 노크 소리가 들리자 고개를 돌렸다. 나는 밖으로 나가 문을 열었다. 개츠비는 죽은

사람처럼 창백한 얼굴로, 마치 돌덩이처럼 무거워 보이는 손을 코트 주머니 깊숙이 찔러 넣은 채 물웅덩이에 서서 비극적인 눈빛으로 나를 응시하고 있었다.

그는 손을 여전히 코트 주머니에 찔러 넣은 채 나를 지나쳐 복도로 걸어 들어가더니, 마치 줄에 매달린 것처럼 갑자기 몸을 돌려 거실로 사라졌다. 전혀 우스운 상황이 아니었다. 내 심장이 요란하게 뛰고 있음을 느끼며, 나는 쏟아지는 비를 막으려고 문을 닫았다.

삼십 초간 아무 소리도 들리지 않았다. 그러다가 거실에서 숨이 막힌 채 떠드는 듯한 웅얼거리는 소리와 웃음소리가 들렸고, 곧이어 맑지만 어딘가 부자연스러운 데이지의 목소리가 들렸디.

"다시 만나게 되어 정말 기뻐요."

잠깐의 침묵이 이어졌고, 그 순간은 끔찍할 정도로 길게 느껴졌다. 복도에서는 딱히 할 일이 없어, 나는 거실로 들어갔다.

개츠비는 여전히 손을 주머니에 넣은 채, 마치 완전히 편안하다거나 심지어 지루해 보인다는 듯한 태도를 억지로 보이며 벽난로 선반에 기대어 있었다. 너무 뒤로 젖혀서 작동하지 않는 벽난로 선반 위 시계에 머리를 기댄 모양새가 되었다. 그는 그런 자세에 초조한 눈빛으로, 긴장했지만 여전히 우아

 위대한 개츠비

하게 의자 가장자리에 앉아 있는 데이지를 내려다보고 있었
다.

"우리 예전에 만났었지." 개츠비가 중얼거렸다. 그의 눈이
순간적으로 나를 쳐다봤고, 그의 입술은 마치 억지로 웃어보
려고 시도라도 한 듯 약간 벌어져 있었다. 다행히도 그 순간,
그의 머리에 닿았던 시계가 위험할 정도로 기울어졌고, 그는
급히 돌아서 떨리는 손가락으로 그것을 잡아 제자리에 다시
놓았다. 그런 다음 그는 어색하게 소파에 앉아 팔꿈치를 소
파 팔걸이에 올리고 턱을 손에 괴었다.

"시계는 미안하게 됐군." 개츠비가 말했다.

내 얼굴은 이제 열대 지방에서 화상을 깊게 입은 듯 빨갛
게 달아올라 있었다. 머릿속에 떠오르는 수많은 평범한 말
중에서 아무것도 꺼내지 못했다.

"그건 오래된 시계예요." 나는 그들을 향해 바보같이 말했
다.

우리는 모두 잠시간 그 시계가 바닥에 떨어져 산산조각 났
다고 믿었던 듯하다.

"우린 3년 넘게 만나지 못했죠." 데이지가 가능한 한 무덤
덤한 목소리로 말했다.

"올해 11월이면 5년이 되지."

자동적이다시피 흘러나온 개츠비의 이와 같은 대답에 우

리는 잠시 멈칫했다. 나는 간절한 마음으로, 그들에게 부엌에서 차를 준비하는 것을 도와달라고 제안했는데, 그때 마귀 같은 핀란드인 가정부가 쟁반에 차를 담아 들어왔다.

차와 케이크가 오가는 반가운 혼란 속에서 자연스레 서로 간에 안정감이 자리 잡았다. 개츠비는 그림자 속에 몸을 숨긴 채 데이지와 내가 이야기를 나누는 동안 긴장된 눈빛으로 우리를 번갈아 바라보았다. 그러나 차분한 분위기가 이 만남의 목적은 아니었기에, 나는 가능한 한 서둘러 핑계를 대고 일어섰다.

"어디 가는 거요?" 개츠비가 즉각적으로 경계하며 물었다.

"금방 돌아오겠습니다."

"그 진에 꼭 해야 할 말이 있소."

그는 다급하게 나를 따라 부엌으로 들어와 문을 닫고는, 비참한 표정으로 "오, 맙소사!"라고 속삭였다.

"왜 그러십니까?"

"이건 끔찍한 착오일세." 그는 고개를 좌우로 흔들며 말했다. "끔찍한, 정말 끔찍한 착오요."

"단지 당황하신 거예요. 그뿐입니다." 다행스럽다는 듯 나는 덧붙여 말했다. "데이지도 마찬가지로 당황했고요."

"데이지가 당황했다고?" 그는 믿기지 않는다는 듯 되물었다.

위대한 개츠비

"당황하신 것만큼 말이죠."

"너무 큰 소리로 말하지 마시오."

"지금 어린애처럼 굴고 있는 겁니다." 나는 참지 못하고
말했다. "게다가 무례하기까지 하네요. 데이지가 저기에 혼
자 앉아 있잖아요."

그는 손을 들어 내 말을 막더니, 나무라는 듯한 표정으로
나를 바라보았다. 그 눈빛은 지금도 잊을 수 없다. 그러더니,
조심스럽게 문을 열고 다시 거실로 돌아갔다.

나는 30분 전에 개츠비가 불안한 듯 집을 돌아다녔을 때처
럼 뒷길로 나갔다. 그리고 검은색 매듭을 단 거대한 나무로
달려갔다. 그 나무는 잎이 빽빽해 빗속에서 천막을 친 듯했
다. 비는 다시 쏟아지고 있었고, 개츠비의 정원사가 깔끔하
게 다듬었으나 여전히 울퉁불퉁한 우리 집 잔디밭은 작은 진
흙 웅덩이와 선사시대의 늪 같은 것으로 가득했다. 그 나무
아래에서 보이는 건 개츠비의 거대한 저택뿐이었다. 나는 칸
트가 교회 첨탑을 바라본 것처럼 그 저택을 30분 동안 응시
했다.[43] 한 양조업자가 10년 전 '당시' 유행했던 양식에 따라
붐이 일어난 초기에 그 집을 지었다. 그가 이웃 오두막 주인
들에게 지붕을 짚으로 덮어준다면 5년 치 세금을 대신 내주
겠다고 약속했었다는 이야기가 전해진다. 아마 그들이 거절
하면서 일가를 일구려던 그의 계획이 무산되었을 것이다—

그는 급격히 쇠퇴했고, 그의 자녀들이 그 집을 팔았을 때 현관문에는 여전히 검은 화환이 걸려 있었다. 미국인들은 기꺼이 농노가 되려 했을 뿐만 아니라 심지어 열망하기까지 했으면서도, 소작농이 되는 것은 완강히 거부해 왔던 것이다.

30분이 지나자 다시 햇살이 비쳤고, 식료품점 주인의 자동차가 개츠비 집의 차도를 따라 돌며 그의 하인들을 위한 저녁 재료를 실어 나르기 시작했다. 나는 개츠비가 한 숟갈도 먹지 않을 것으로 확신했다. 하녀 한 명이 그의 집 위쪽 창문들을 열기 시작하더니, 창마다 잠깐 모습을 드러냈다. 그러다가 커다란 중앙 창에 멈춰 서서는 뭔가 골똘히 생각하는 듯한 표정으로 몸을 기울여 정원으로 침을 뱉었다. 이제 돌이갈 시간이었다. 비가 계속해서 내리는 동안 그들의 목소리는 빗소리에 따라 속삭이는 듯하다가도 이따금 감정의 격류와 함께 조금씩 높아지기도 했다. 하지만 다시금 찾아온 고요함 속에서, 집 안에도 침묵이 찾아왔음을 느꼈다.

나는 부엌에서 일부러 소음을 내며 들어갔다. 오븐을 밀어 넘어뜨리는 것만 빼고는 다 해본 것 같았지만, 그들은 그 소리를 듣지 못한 듯했다. 그들은 소파 양쪽 끝에 앉아 서로를 바라보고 있었고, 마치 어떤 질문을 공중에 띄워 놓기라도 한 듯한 분위기였다. 두 사람 사이의 어색함은 완전히 사라진 상태였다. 데이지의 얼굴은 눈물로 얼룩져 있었고, 내가

들어오자 그녀는 황급히 일어나 거울 앞에서 손수건으로 눈물을 닦기 시작했다. 그런데 개츠비에게는 단순히 놀랍다고 할 정도로 무언가 변화가 있었다. 그는 문자 그대로 빛나고 있었으며, 환희의 말 한마디나 몸짓도 없이 그에게서 발산된 새로운 행복감이 작은 방 안에 가득했다.

"오, 어서 오게, 친구." 개츠비가 마치 나를 오랜만에 만난 듯 말했다. 순간 그는 나와 악수라도 하려는 듯 보였다.

"비가 그쳤군요."

"정말 그렇소?" 내 말의 의미를 깨닫고 반짝이는 종소리같이 방 안에 햇살이 비추자, 그는 크게 기뻐하며 그것을 데이지에게 전했다.

"어떤 것 같소? 비가 그쳤다는데."

"정말 기뻐요, 제이." 그녀는 아픔과 슬픔이 가득한 아름다운 목소리로, 뜻밖에 찾아온 기쁨만을 드러냈다.

"자네와 데이지가 내 집에 와줬으면 좋겠어." 개츠비가 말했다. "그녀에게 집을 보여주고 싶군."

"제가 함께 가도 괜찮겠습니까?"

"물론이지, 친구."

데이지는 세수하러 위층으로 올라갔다. 나는 수건 상태가 엉망이라는 사실을 뒤늦게 떠올리며 민망함을 느꼈다. 그동안 개츠비와 나는 잔디밭에서 기다렸다.

"내 집 멋져 보이지 않소?" 그가 물었다. "정면 전체가 햇빛을 받는 걸 보시오."

"정말 멋지네요."

"그렇지." 그는 아치형 문과 사각형 탑을 포함해 집 전체를 훑어보았다. "이 집을 사는 데 3년이나 걸렸소."

"유산을 물려받으신 줄 알았습니다."

"하지만 대공황 때 거의 다 잃어버렸소, 친구—전쟁으로 인한 공황 때 말이오."

데이지가 집에서 나왔다. 그녀의 드레스에 두 줄로 달린 황동 단추가 햇빛을 받아 반짝였다.

"저 커다란 저택이 당신 집이에요?" 그녀가 손가락으로 가리키며 외쳤다.

"맘에 들어?"

"정말 사랑스러운 집이네요. 그런데 어떻게 저 집에서 혼자 사는 거예요?"

"늘 흥미로운 사람들을 집에 초대해 밤낮으로 북적거리지. 흥미로운 일을 하는 사람들, 유명한 사람들 말이야."

우리는 롱아일랜드 해협을 따라가는 지름길 대신 도로로 내려가 커다란 후문을 통해 들어갔다. 데이지는 하늘을 배경으로 한 중세 봉건 시대 성 같은 저택의 실루엣 여기저기를 보고 매혹적인 말을 속삭이며 감탄했다. 아울러 정원과 싱그

럽고 향긋한 수선화 향기, 비누 거품 같은 산사나무와 자두
꽃 향기, 그리고 분홍 여뀌[44]의 은은하면서도 풍성하게 퍼지
는 향기를 찬미했다. 대리석 계단에 도착했다. 화려하게 펄
럭이며 문을 드나드는 드레스 자락이 보이지 않는 데다가,
나무 사이에서 지저귀는 새소리 외에 아무 소리도 들리지 않
아서 이상하게 느껴졌다.

우리가 마리 앙투아네트풍의 음악실과 복고풍의 응접실을
지나갈 때, 마치 각 가구 뒤와 탁자 아래에 손님들이 숨어 있
는 것만 같았다. 우리가 지나갈 때까지 숨죽이며 조용히 있
으라는 지시를 받은 듯 말이다. 개츠비가 '머튼 칼리지[45] 도
서관 같은 서재'의 문을 닫을 때, 나는 그 올빼미 눈 모양 안
경을 낀 남자가 유령처럼 내지르는 웃음소리를 들은 듯했다.

우리는 장미색과 라벤더색 실크로 둘러싸인 특정 시대 양
식이 반영된 침실을 지나, 새로운 꽃으로 장식해 생기 넘쳐
보이는 드레스룸과 당구장, 그리고 깊은 욕조가 있는 욕실들
을 지나 2층으로 올라갔다. 그러다가 파자마 차림에 단정치
못한 남자가 바닥에서 복부 운동을 하고 있는 방에 들어가
게 되었다. 그는 '하숙인'인 클립스프링어 씨였다. 나는 그날
아침, 그가 해변을 정신없이 배회하는 모습을 보았다. 마침
내 우리는 개츠비의 거주 공간에 도착했다. 침실과 욕실, 그
리고 르네상스풍의 서재로 되어 있었다. 우리는 그곳에 앉아

그가 벽 안쪽에 있는 찬장에서 꺼내 온 샤르트뢰즈[46] 술을 한 잔씩 마셨다.

그는 한순간도 데이지에게서 눈을 떼지 않았고, 그녀의 사랑스러운 눈에서 나오는 반응에 따라 자기 집에 있는 모든 것의 가치를 새롭게 평가내리는 것 같았다. 그는 종종 그녀가 실제로 그 앞에 있는 것이 놀라워 마치 모든 게 비현실적으로 느껴진 듯한 멍한 표정으로, 자기 소유물들을 둘러보았다. 한번은 계단에서 거의 넘어질 뻔하기도 했다.

그의 침실은 모든 방 중에서 가장 단순했다. 다만, 화장대 위에 있는 순도 높은 무광 금으로 된 화장 도구 세트만은 예외였다. 데이지는 기쁨에 젖어 머리빗으로 머리를 매만졌다. 그러자 개츠비는 자리에 앉아 눈을 가리더니 웃음을 터뜨리기 시작했다.

"정말 미친 듯이 재밌군." 그가 웃으며 말했다. "나는 할 수 없었거든—하려고 해봤지만 말이야."

그는 분명히 두 가지 상태를 지나 세 번째 상태에 접어들고 있었다. 처음에는 당황스러워했고, 그다음에는 비이성적인 환희를 겪는 상태를 지나, 이제는 그녀가 눈앞에 있다는 사실 자체에 경이로움을 느끼고 있었다. 그는 오랫동안 이 순간을 고대하며 마음에 가득 품고 실현되길 꿈꿔 왔다. 말하자면, 극도로 강렬한 기대감 속에서 이를 악물고 기다렸던

것이다. 그런데 이제 감정의 반동을 겪으며, 태엽이 과하게 감긴 시계처럼 점점 지쳐가고 있었다.

그는 잠시 후 정신을 차리고, 커다란 특제 캐비닛 두 개를 열어 우리에게 보여주었다. 그 안에는 양복, 드레싱 가운, 넥타이들이 가득 들어 있었고, 셔츠는 벽돌처럼 한 다스씩 높이 쌓여 있었다.

"잉글랜드에 내 옷을 사다 주는 사람이 있소. 그가 봄과 가을, 계절이 바뀔 때마다 여러 가지를 한꺼번에 보내주지."

그는 셔츠 한 무더기를 꺼내더니 하나씩 테이블 위에 던지기 시작했다. 셔츠들은 떨어지면서 주름이 풀렸고, 천연 리넨, 두꺼운 실크, 고급 플란넬 재질의 셔츠들이 색색깔로 테이블을 덮었다. 우리가 감탄하는 사이 그는 더 많은 셔츠를 가져왔고, 부드럽고 고급스러운 셔츠 더미는 점점 더 높아졌다―산호색, 밝은 녹황색, 라벤더색, 옅은 주황색 줄무늬, 소용돌이 무늬, 체크무늬 등의 셔츠들에는 그의 머리글자로 만든 문양이 남색으로 새겨져 있었다. 갑자기 데이지는 셔츠에 고개를 묻더니 울음을 억누르지 못하고 격렬하게 흐느끼기 시작했다.

"정말 아름다운 셔츠들이네요." 그녀는 흐느끼며 말했다. 두꺼운 셔츠 더미 속에 파묻고 있어, 그녀의 목소리는 흐릿하게 들렸다. "이런―이렇게 아름다운 셔츠들은 한 번도 본 적이 없어요. 그래서 슬퍼요."

* * *

저택을 둘러본 후에는 정원과 수영장, 수상 비행기, 그리고 한여름에 피는 꽃들을 보러 가기로 했다. 하지만 개츠비 저택의 창밖에 다시 비가 내리는 게 보이기 시작해서, 우리는 나란히 서서 물결치는 롱아일랜드 해협의 수면을 바라보았다.

"안개만 아니었으면, 만 건너편에 있는 당신 집을 볼 수 있었을 텐데." 개츠비가 말했다. "당신 집의 부두 끝에는 초록색 불빛이 항상 밤새도록 켜져 있지."

데이지가 갑자기 그의 팔에 팔짱을 꼈지만, 그는 방금 자신이 한 말에 몰두해 있는 듯했다. 아마도 이제 그 초록 불빛이 지녔던 중요한 의미가 영원히 사라져 버렸다는 생각을 떠올렸을 것이다. 그동안 데이지와 그를 가로막았던 엄청난 거리에 비하면, 그 불빛은 그녀에게 거의 닿아 있는 듯 매우 가까워 보였으리라. 달 곁에 떠 있는 별처럼 가깝게 느껴졌을 것이다. 하지만 이제 다시 그 불빛은 그저 부두에 있는 초록 불빛이 되었을 뿐이었다. 마법에 걸린 듯 느끼게 했던 사물의 목록에서 하나가 사라진 셈이었다.

나는 방 안을 돌아다니며, 어스름 속에서 모호해 보이는 여러 물건을 살펴보기 시작했다. 그의 책상 위 벽에 걸린 사진이 내 눈길을 끌었다. 요트 복장을 한 나이 든 남자의 커다

란 사진이었다.

"이 사람은 누구입니까?"

"저 사진 말이오? 그분은 댄 코디 씨요, 친구."

그 이름은 어딘가 익숙하게 들렸다.

"지금은 돌아가셨소. 몇 년 전에는 내 가장 친한 친구였지."

서랍장 위에는 요트 복장을 한 개츠비의 작은 사진도 있었다. 그는 도전적으로 고개를 젖힌 모습이었다. 아마도 그가 열여덟 살 때쯤 찍은 사진 같았다.

"너무 멋진걸요!" 데이지가 외쳤다. "퐁파두르[47] 스타일이라니! 당신이 그런 머리 모양을 했었다는 말을 예전에는 한 적 없잖아요. 요트 이야기도 해준 적 없고요."

"이것 좀 봐." 개츠비가 서둘러 말했다. "당신에 대한 신문 기사를 모아 놓은 책자야."

두 사람은 나란히 서서 그것을 살펴보았다. 내가 루비를 보고 싶다고 말하려던 순간, 전화벨이 울렸고 개츠비가 수화기를 들었다.

"지금은 통화할 수 없소… 오늘은 안 됩니다… 아니, 절대 불가능하오… 좋아요, 그럼 안녕히."

"어서 이리 와봐요!" 창가에 있던 데이지가 소리쳤다.

비는 여전히 내리고 있었지만, 서쪽에서 어둠이 걷히며 바

다 위에 분홍색과 금빛으로 물든 구름이 피어오르고 있었다.

"저것 좀 봐요." 그녀가 속삭였다. 잠시 후, 덧붙여 말했다. "저 구름 하나를 가져다가 당신을 그 안에 태우고 여기저기 밀고 다니고 싶어요."

그때 나는 떠나려고 했지만, 그들은 들어주지 않았다. 어쩌면 내가 있어서 그들은 오히려 두 사람만의 특별한 순간을 더 강하게 느끼게 되었는지도 모르겠다.

"좋은 생각이 있소." 개츠비가 말했다. "클립스프링어에게 피아노를 치게 합시다."

그는 "유잉!"이라고 누군가를 부르며 방을 나갔다가, 몇 분 후 어색해하고 약간 지쳐 보이는 젊은 남자와 함께 돌아왔다. 옅은 금빛에 뿔테 안경을 쓴 그 청년은 목깃이 젖혀진 스포츠 셔츠에 흐릿한 색조의 면바지를 단정하게 입고 스니커즈를 신은 모습이었다.

"우리가 운동하시는 걸 방해한 건 아니죠?" 데이지가 정중하게 물었다.

"자고 있었습니다!" 클립스프링어 씨가 당황스러워하면서 소리쳤다. "그, 그러니까 잠들어 있었어요. 그러다가 일어난 겁니다…."

"클립스프링어가 피아노를 칠 줄 알지." 개츠비가 그 말을 끊으며 말했다. "그렇지, 유잉?"

"저, 저 잘 못 쳐요. 정말로⋯ 거의 치지 않아서요. 연습을
안 해서⋯."

"우리 아래층으로 내려가세." 개츠비가 다시 그의 말을 끊
으며 말했다. 그리고 스위치를 켜자 창문 밖으로 보이던 회
색빛 풍경은 사라지고, 집 안이 환하게 빛나기 시작했다.

개츠비는 음악실의 피아노 옆에 있는 작은 램프 하나를 켰
다. 그는 떨리는 손으로 성냥을 그어 데이지의 담배에 불을
붙여주고, 방 저편에 있는 소파에 그녀와 함께 앉았다. 그곳
에는 빛이 거의 비치지 않았고, 오직 복도에서 들어온 약간
의 빛만이 바닥에 반사되어 보일 뿐이었다.

클립스프링어는 〈사랑의 보금자리〉[48]를 연주한 후, 피아노
벤치에서 몸을 돌려 불안한 듯 어둠 속에서 개츠비를 찾았
다.

"연습이 부족하다고 말씀드렸잖아요. 못 친다고 했죠. 정
말 연습이 부족해서—"

"말이 많군, 친구." 개츠비가 명령하듯 말했다. "계속 연주
하게!"

"아침에도,

저녁에도,

즐겁지 아니하였던가—"

창밖에는 바람이 거세게 부는 소리가 들렸고, 롱아일랜드 해협을 따라 희미하게 천둥소리가 울려 퍼졌다. 웨스트 에그의 모든 집이 불을 밝히기 시작했고, 사람들을 태운 전동열차가 비를 뚫고 질주하며 뉴욕에서 저마다의 집으로 실어 나르고 있었다. 인간에게 심오한 변화가 일어나는 시간이 찾아와, 공기 중에 흥분감이 감돌고 있었다.

"한 가지는 확실하지

이보다 더 확실한 건 없어.

부자들은 더 부유해지고,

가난한 사람들에겐 자식들만 늘어나지.

그리는 동안,

그러는 사이에—"

작별 인사를 하러 갔을 때, 개츠비의 얼굴에 다시 당혹스러운 표정이 떠오른 것을 보았다. 마치 그가 지금 느끼는 행복의 본질에 어렴풋이 의심이 들기라도 한 듯 말이다. 거의 5년이나 되는 세월이다! 그날 오후에도 데이지가 그의 꿈에 미치지 못한 순간들이 있었을 것이다—그녀의 잘못이 아니라 그의 환상이 지닌 거대한 생명력 때문이었으리라. 그 환상은 그녀뿐만 아니라 모든 것을 초월했다. 그는 그 환상에

창조적인 열정을 쏟아부어 그 자신을 그 속에 내던졌고 매 순간 환상을 덧붙였으며, 그의 길에 떠도는 온갖 찬란한 깃털로 장식해 왔다. 꿈에 갇힌 영혼 속에 쌓아 올린 그 환상을 아무리 타오르는 열정이나 신선함으로도 한 인간이 이겨낼 수는 없었으리라.

그를 지켜보는 동안, 그는 눈에 띄게 자세를 살짝 고쳐 앉았다. 그의 손이 그녀의 손을 잡았고, 그녀는 그의 귀에 나지막한 목소리로 무언가를 속삭였다. 그러자 그는 격한 감정에 휩싸인 듯 그녀를 향해 몸을 돌렸다. 그는 그녀의 목소리에 완전히 사로잡혔던 듯하다. 그 목소리는 변화무쌍하고 강렬한 열기를 띠면서도 따스해서, 아무리 꿈꿔도 지나치지 않을 목소리였다―그 목소리는 불멸의 노래와도 같았다.

그들은 나를 잊고 있었지만, 데이지는 흘긋 쳐다보며 손을 내밀었다. 개츠비는 나를 전혀 의식하지 않는 듯했다. 나는 그들을 다시 한번 바라보았다. 그들은 강렬한 삶의 순간에 사로잡혀 나를 멀리서 응시하듯 돌아보았다. 그리고 나서 나는 방을 나와 대리석 계단을 내려가 빗속으로 걸어 들어갔다. 그들을 함께 그곳에 남겨둔 채.

제6장

며칠 뒤, 누군가 톰 뷰캐넌을 데리고 개츠비의 집에 마실 것을 얻으러 왔다. 그전에는 이런 일이 없었기에, 나로서는 이상하게 느껴졌다.

그날은 일요일 오후였다. 말을 탄 세 명이 진입로를 따라 속보로 개츠비의 집에 다가왔다—톰과 슬론이라는 이름의 남자, 그리고 전에 한 번 왔던 갈색 승마복을 입은 예쁜 여성이었다.

"너무 반갑습니다." 개츠비가 현관에 서서 말했다. "어서 들어오십시오. 와주셔서 정말 기쁩니다."

그들이 정말 신경 쓰기라도 한다는 듯이!

"편히 앉으십시오. 담배나 시가 한 대 피우시지요." 그는 방을 빠르게 돌아다니며 벨을 눌렀다. "곧 마실 것을 내오겠습니다."

그는 톰이 찾아온 게 영 불안했다. 하지만, 그들이 뭔가를 얻으러 왔다는 걸 어렴풋이 알고 있었기에, 그 뭔가를 내놓기 전까지는 어차피 불안했을 것이다. 슬론 씨는 아무것도

요구하지 않았다. 레모네이드는 어떠신가요? 아니요, 괜찮습니다. 샴페인 한잔 어떠신가요? 아무것도 필요 없습니다, 고맙습니다. 죄송합니다—

"오시는 데 불편하지는 않으셨습니까?"

"주변 도로가 아주 잘 닦여 있더군요."

"자동차로 다니기엔 괜찮지요—"

"그렇더군요."

개츠비는 낯선 사람처럼 대하고 있는 톰을 향해 돌아섰다.

"어디선가 만나 뵌 적이 있는 것 같군요, 뷰캐넌 씨."

"아, 그렇습니다." 톰이 무뚝뚝하게 예의를 차리며 말했다. 하지만 분명 기억하지 못하는 듯했다. "그랬었지요. 기억하고 있습니다."

"약 2주 전이었지요."

"맞습니다. 그때 닉과 함께 뵀지요."

개츠비가 잠시 망설였다.

"부인께선 제 지인이더군요." 그가 말했다.

"그렇습니까?"

톰은 나를 바라보며 물었다.

"닉, 여기 근처에 사는 거야?"

"옆집에 살고 있어."

"그렇군."

슬론 씨는 대화에 끼지 않고 의자에 거만하게 기대앉아 있었다. 그 여성도 아무 말 하지 않았다—예상치 못하게 하이볼 두 잔을 마신 후 다정해지긴 했지만 말이다.

"다음 파티에는 저희 모두 갔으면 해요, 개츠비 씨." 그녀가 제안했다. "그러면, 어떨까요?"

"좋습니다. 와주시면 굉장히 기쁠 겁니다." 개츠비는 톰과 슬론 씨에게 고개를 끄덕여 보였다.

"아주 재밌겠군요." 슬론 씨는 고맙다는 기색 없이 말했다. "자— 이제 슬슬 집에 가야 할 것 같군."

"부디 서두르지 마십시오." 개츠비가 그들을 만류하며 말했다. "저녁도 같이하시지요. 뉴욕에서 다른 사람들도 느닷없이 방문하곤 하니, 그리 놀랄 일도 아닙니다."

"저희와 저녁 함께해요." 여자가 들뜬 목소리로 말했다. "두 분 다요."

나도 포함한 말이었다. 슬론 씨는 일어섰다.

"갑시다." 그가 말했다—하지만 오직 그녀에게만 한 말이었다.

"진심이에요." 그녀가 거듭 말했다. "정말 초대하고 싶어요. 자리는 많아요."

개츠비는 나를 바라보며 어떻게 해야 할지 묻는 듯한 표정을 지었다. 그는 함께하고 싶은 듯했지만, 슬론 씨는 그가 빠

져주기를 바라는 것이 분명했다.

"저는 함께할 수 없겠네요." 내가 말했다.

"그래도 함께해요." 여자는 개츠비에게 관심을 집중하며 계속해서 권했다.

슬론 씨가 그녀의 귀에 무언가를 속삭였다.

"지금 출발하면 늦지 않을 거예요." 그녀가 재촉하며 말했다.

"저는 말을 갖고 있지 않습니다." 개츠비가 사과하며 말했다. "군대에서 말을 타보긴 했지만, 말을 산 적은 한 번도 없군요. 차로 따라가겠습니다. 잠시만 실례하겠습니다."

나머지 사람들은 현관을 지나 밖으로 나섰는데, 슬론 씨와 그 여인은 한쪽에서 열띤 대화를 나누기 시작했다.

"맙소사, 저 사람 따라오려고 하잖아." 톰이 끼어들어 말했다. "함께하길 원치 않는다는 걸 모르는 건가?"

"이 여자가 그러자고 말했잖은가."

"대규모 만찬 파티를 열 거고, 거기에 아는 사람도 없을 텐데 말이야."

슬론 씨와 그 여인은 서둘러 계단을 내려가 말을 탔다.

"어서 갑시다." 슬론 씨가 톰에게 말했다. "늦었어. 이제 가야 해."

톰과 나는 악수했고, 나머지 사람들은 고개를 끄덕이며 형

식적으로 인사했다. 그들은 말을 타고 빠르게 진입로를 따라 내려가며, 8월의 무성한 나무 그늘 아래로 사라졌다. 바로 그때, 개츠비가 모자를 쓰고 얇은 외투를 손에 든 채 집 밖으로 나왔다.

"그 사람들 기다리지 않고 가버렸습니다." 내가 말했다. "솔직히 말하면, 우리를 위한 자리가 없었을 것 같군요. 그녀는 나중에 다시 연락하겠다고 했습니다."

"그것참 재밌군." 그가 실망스러운 목소리로 말했다. "사실, 좀 무례한 것 같소."

"그런 것 같군요."

"어떻게 된 일인지 알겠소, 친구?"

"그냥 우리를 초대하려던 게 아니었던 겁니다, 그게 다에요. 그 여자가 술에 좀 취해서 한 말을 밖에 나오고 나서야 깨달은 거죠."

그는 얼굴을 찡그린 채 앉았다. 그는 데이지가 아는 누군가의 손님으로 자연스럽게 그녀와 마주치길 바랐을 것이다.

"그 친구 잘생겼더군, 그렇지 않소?" 그가 잠시 후 말했다.

"누구 말씀입니까?"

"뷰캐넌 말이오. 꽤 특출난 미식축구 선수였지 않소?"

"최고 중 하나였죠."

"그리고 폴로 선수로도 유명하지 않았소?"

"그렇습니다. 그런데 그가 동부로 데려온 조랑말들은 형편없다고들 하더군요. 그런데도 그는 너무 고집이 세서 괜찮다고 생각한답니다."

그는 톰에게 깊은 인상을 받은 듯했다—이는 그가 말에 관해 이야기할 때 드러났다.

"오늘 밤 말을 타고 싶군." 그가 생각에 잠긴 듯 말했다. "뉴욕에 있는 마구간에 전화해서 큰 밴에 실어 보내 달라고 하면 되겠지."

* * *

톰이 새로운 재밋거리를 찾으려고 데이지를 데리고 온 것인지, 아니면 데이지가 톰에게 제안한 것인지는 모르겠지만, 그들은 그다음 주 토요일 밤에 개츠비의 집에 방문했다. 그 파티는 다른 파티들보다 좀 더 섬세하게 꾸며져 있었다. 예를 들어, 오케스트라 두 팀이 마련되어 있었다. 정원에서는 재즈가 연주되었고, 위쪽 베란다에서는 간간이 '고전 음악'이 흘러나왔다. 파티장은 고대 농작물 수확 축제를 연상시키듯 밀 이삭, 교차해 놓은 갈퀴, 옥수수로 만든 기하학적인 무늬로 장식되어 있었다. 바닥에는 짚이 무릎까지 깔려 있었고, 한 흑인이 들판에서 일하는 일꾼처럼 차려입은 채 짚으

로 덮인 바에서 아무도 마시지 않는 사과주를 서빙하고 있었다. 진짜 바는 야외에 있는 풍차 아래에 마련해 놓았다. 색색의 불빛으로 번쩍이는 풍차 날개가 여름 바람에 천천히 회전하고 있었다.

‘마을 경찰’ 복장을 한 오케스트라 단원들을 포함해 손님 중 약 3분의 1만이 의상을 차려입었다. 다른 손님 대부분도 마을 경찰로 분장하고 있었기 때문에, 오케스트라 단원들이 중간중간 자리에서 일어나 파티에 참석한 여성들과 춤을 추는 듯한 착각을 불러일으켰다—이러한 착각은 그 장면에 유쾌한 혼란을 더해주었다. 농촌 관련 복장을 하지 않고 온 사람들을 위해 문 앞에서 밀짚모자와 선 보닛[49]이 제공되었다.

나는 화려한 복장을 극도로 싫어하지만, 가장 가까운 이웃으로서 협조하겠다는 마음으로 멜빵바지를 입고 가짜 회색 염소수염을 얼굴에 붙였다. 그 염소수염이 저녁 내내 자꾸 입속으로 들어와서, 결국 나는 화가 나 거칠게 뜯어버렸는데 내 턱에 난 수염 대부분이 함께 딸려 뜯겼다. 내 턱에는 깊이 파인 부분이 있는데, 면도할 때마다 항상 신경 쓰인다. 그 염소수염이 그 부분에 단단히 붙어 있었던 것이다.

톰은 디너 재킷을 입고 들어왔지만, 데이지는 프로방스 농민 느낌의 몸에 꼭 맞는 의상을 입고 있었다. 그녀의 모습은 내가 본 것 중에서 가장 사랑스러워 보였다. 그녀의 눈은 반

위대한 개츠비

짝였고, 그녀의 목소리는 유쾌하고 부드러운 음색을 띠고 있었다.

"정말 멋져요." 그녀가 속삭였다. "이런 분위기는 정말 나를 흥분시켜요. 닉, 오늘 밤 저한테 키스하고 싶으면, 말만 해요. 기꺼이 키스하게 해줄게요. 제 이름을 말하거나, 아니면 초록색 카드를 내미세요. 지금 초록색 카드 나눠주고 있으니—"

"당신이 좋아할 줄 알았소." 개츠비가 행복에 겨운 눈빛으로 말했다. "주변을 한번 둘러봐."

"알아요. 정말 멋져요—"

"내 말은 사람들 말이오." 그가 말을 끊었다. "이름을 들어봤을 법한 사람들이 다수 보일 거요."

톰의 눈이 여기저기 손님들 사이를 훑었다.

"우린 이런 파티가 좀 익숙지 않습니다." 그가 말했다. "사실, 여기에 아는 사람이 하나도 없다는 생각이 들더군요."

개츠비는 처음에는 믿을 수 없다는 듯이 그를 쳐다보다가, 곧 이해했다는 눈빛으로 바라봤다.

"제 말은 사진으로 봤을 만한 사람들 말입니다." 그가 더 격식을 차려 설명했다. "예를 들어, 저쪽에—"

그는 낮은 목소리로 더 유명한 사람들의 이름을 나열하기 시작했다.

"하지만 여러분을 소개하는 것이 저에게는 영광스러운 일입니다." 그가 말했다. 우리가 자리를 옮길 때, 그는 안심시키듯 덧붙였다. "그 사람들은 무척이나 가식 없고 격의 없이 어울리는 사람들이니 걱정하지 마십시오."

그는 정중하게 우리를 모인 사람들에게 데려가서 톰과 데이지가 정원에 있는 주요 인사를 모두 만날 수 있도록 했다. 그러다가 우리는 내가 전에 본 적 있던 영화배우에게 다가갔다. 그녀는 적어도 열두 명이나 되는 남성들에게 둘러싸여 있었는데, 멀리서는 그들이 그녀에게 열렬히 구애하는 듯 보였다. 하지만 가까이 가서 보니 그 남자들은 영화 업계에서 별로 중요하지 않은 인물들이었고, 그녀에게 깊은 존경심을 드러내고 있었다. 그들은 열렬한 애정을 품고 그녀에게 다가간 것이 아니라, 그녀가 즐겨 하는 농담을 놓치지 않으려고 그녀에게 몸을 기울이고 있었다. 그리고 그들은 크게 웃으며 박수로 그녀의 농담에 화답했다. 개츠비는 이 경건한 호위무사들 사이로 길을 열었다.

"이쪽은 뷰캐넌 부인입니다—" 그가 그녀를 소개했다. "그리고 뷰캐넌 씨입니다—" 그는 잠시 머뭇거리다가 덧붙였다. "폴로 선수지요."

"아, 아닙니다." 톰이 재빨리 말했다. "그렇지 않습니다."

하지만 개츠비는 그렇게 소개하는 것이 마음에 든 듯했다.

 위대한 개츠비

그 이후로 계속 톰을 '폴로 선수'로 소개했으니 말이다.

"이렇게 많은 유명 인사를 한 번에 만난 적은 처음이에요." 데이지가 말했다. "저는 그 남자가 마음에 들어요. 이름이 뭐였죠? 코가 푸르스름한 남자—"

"오거스터스 웨이즈." 개츠비가 말했다. "작은 제작사 소속 제작자일 뿐이지. 1년에 한 편만 제작하거든."

"어쨌든 그 사람 맘에 들어요. 이렇게 많은 사람을 알게 되는 건 정말 즐거운 일인 것 같아요."

"그들도 여기 오는 걸 좋아하지." 그가 인정했다. "나도 그들과 함께하는 게 즐겁소."

"저는 폴로 선수로 불리지 않는 게 나을 것 같군요." 톰이 부드럽게 말했다. "그저 이 모든 유명인을 신경 쓰지 않고 조용히 구경이나 하는 게 낫겠소."

그가 말하려던 건 '익명으로'였겠지만, 어쨌든 개츠비는 놀랐다. 개츠비는 톰을 다른 화려한 인물들 사이에서 돋보이게 소개하는 것이 톰에게 도움이 되리라고 생각했다.

데이지와 개츠비가 춤을 추기 시작했다. 나는 그가 춤추는 것을 처음 봤다. 그는 격식을 차리고, 어색하지도 우아하지도 않게 전형적인 폭스트롯을 추며 무대를 빙빙 돌았다. 그들은 마치 의식을 치르는 듯 매우 진지하게 춤을 추었다. 어쩌면 그들은 과거 전쟁 시절 슬프고 애틋했던 어느 여름날

밤에 함께 춤췄던 기억을 떠올리고 있었을지도 모르겠다. 한 번은 데이지가 그를 올려다봤는데, 그 눈빛에 나도 모르게 톰이 보고 있는 건 아닌지 주위를 둘러봤다. 하지만 톰은 다른 데서 재밋거리를 찾은 듯했다―그는 바에서 한 여자에게 칵테일을 건네고 있었다.

음악이 멈추자 데이지와 개츠비가 내 쪽으로 천천히 걸어왔다.

"톰은 어디 있나요?" 그녀가 물었다. 그러다 그를 발견했다. "아, 음, 그 사람 방해하지 말죠. 저 여자 예쁘네요, 그렇죠? 천박해 보이긴 하지만―"

그녀는 갑자기 말을 멈췄다. 하지만 개츠비는 정원 이곳저곳을 둘러보느라 그 말을 신경 쓰지 않았다.

"당신에게 소개하고 싶은 사람이 몇 명 더 있소." 그가 말했다. "그런데 그중 한 명이 아직 도착하지 않았군."

"모두 모일 때까지 기다려요." 그녀가 제안했다. "화재나 홍수를 대비해 닉을 여기 남겨 두고 우리가 돌아다니면 되잖아요. 닉, 화재나 홍수, 혹은 천재지변 같은 게 생기면 우리에게 알려줄 거죠? 지난주에 집 보험 들었거든요. 그 생각이 나서―"

혼란스러운 소음은 마치 끊임없이 신경을 자극하는 뉴욕의 소리처럼 나를 안정시켰고, 나는 집에 온 듯 편안함을 느

껐다. 하지만 나는 데이지에게 이 파티가 어떻게 보일지, 두 달 전 6월 그날 밤에 나에게는 어떻게 보였는지 생각해 보려고 했다. 지금은 덜 기이하게 느껴졌다—이 파티는 그 자체로 완전한 하나의 세계처럼 보였다. 그 자체로 원칙과 주요 인물들을 갖추고 있으며, 그들의 만족만을 위해 세운 벽에 둘러싸인 세계 말이다. 이 파티는 다른 것에 뒤처질 게 없었다. 왜냐하면, 그 자체로 부족하다고 할 만한 것이 아무것도 없었기 때문이다. 하지만 데이지는 이 파티를 우주의 괴상하고 다소 음산한 변두리에서나 벌어질 만한 일로 여겼을지도 모르겠다.

"저기, 닉—" 그녀가 내 옆으로 다시 다가왔다. "저희가 오빠 집에 가서 계단 같은 데에 앉아 있어도 괜찮을까요?"

"너랑 톰?"

"아니요, 제이와 저요."

그녀는 자기중심적으로 유머를 즐겼다—항상 그런 건 아니지만.

"여긴 너무 시끄러워요." 그녀가 설명했다. "제 고막이 좀 안 좋아서요. 오빠 집 계단에 앉아 있으면 좀 나을 것 같아요. 그런데 저 여자 왜 소리 지르고 있죠?"

"술에 취해서 히스테리를 부리는 거야."

"아!… 아무튼, 우리 오빠네 집 계단에 앉아 있었으면 해

요." 그녀가 잠시 망설이다 말했다. "톰이 정원을 돌아다니며 저를 찾으면 와서 알려줄 거죠? 그이가 저를 나쁜 사람으로 생각하지 않았으면 해요."

그녀가 진지하게 윙크를 하자 나는 웃음이 나왔다. 그녀는 그 집 쪽으로 몸을 돌려 걸어갔다.

한 시간쯤 후, 톰이 데이지를 봤냐고 아무렇지 않게 물었다. 나는 그가 집 안에 들어가도록 했다. 두 집 사이 잔디밭을 가로질러 가보니, 그들은 밝은 달빛 아래 계단에 앉아 있었다.

"닉." 그녀가 나를 불렀다.

"그래."

"우린 말다툼하고 있었어요."

"뭐 때문에?"

"아, 여러 가지로요." 그녀가 모호하게 대답했다. "미래에 대해서요─흑인들의 미래요. 그들을 억눌러야 한다는 게 제 생각이에요."

"당신이 뭘 원하는지도 모르잖소." 개츠비가 끼어들어 말했다.

그녀는 대답하지 않았다. 우리는 어두운 잔디밭을 가로질러 다시 흥취가 피어오르는 쪽으로 서두르지 않고 천천히 걸어갔다. 데이지와 나는 춤을 추었다. 개츠비는 정원 여기저

기를 한 바퀴 돌아다니며 사람들과 이야기를 나누었다. 그런 다음 평소 익숙한 자리인 계단 위에 잠시 홀로 서 있었다.

"내가 실수하고 있다고 생각해요?" 데이지가 몸을 뒤로 젖히고 내 얼굴을 올려다보며 물었다.

"무슨 말인지 모르겠어."

"실은, 나 톰을 떠나려고 해요."

나는 느닷없는 이 말에 깜짝 놀랐다.

"지금 당장 말이야?"

"아니, 준비가 되면요. 그게 가능해지면." 그녀의 눈빛은 진지했고, 목소리에는 슬픔이 가득했다.

"톰에게 말했어?"

"아니, 아직이요. 한두 달 동안은 아무것도 하지 않을 거예요. 그 후에 결정하려고요."

"이미 결정한 줄 알았어."

"맞아요. 하지만… 세부 사항이나 다른 모든 건 그때 가서 정하려고요." 그녀는 웃었다. "알잖아요, 겪어보지 않았으면 이런 일은 하기가 그리 쉽지 않다는 걸. 사실, 톰에게 아무 말도 하지 않고 그냥 떠나고 싶어요.

내가 실수하고 있는 걸까요?"

"나는 개츠비를 잘 몰라." 나는 신중하게 말했다. "그가 마음에 들긴 하지만, 조언할 만큼 잘 알지는 못하지."

"그는 정말 멋진 사람이에요." 그녀가 자신 있게 말했다.

우리가 테이블 쪽에 가서 앉았을 때, 나는 그녀가 한 말에 터무니없이 우울해졌다는 것을 깨달았다. 아무리 정당하고 지혜로운 일일지라도, 이런 이별은 항상 나름의 비극적인 역설을 안고 있다.

저녁 식사가 나오고 있었다. 개츠비가 우리 테이블에 합류했고, 톰은 우리를 발견하고 정원을 가로질러 다가왔다.

"나는 저쪽에 있는 사람들과 합석해도 될까?" 그가 물었다. "코가 푸르스름한 남자 말이야. 재밌는 얘기를 하고 있더군."

"그럼요, 마음대로 해요." 데이지가 친근하게 말했다. "주소라도 받아 직고 싶으면, 내 금빛 연필을 가저가요."

톰은 웃으며 서둘러 떠났다.

개츠비는 유명한 영화배우와 이야기하던 중 갑자기 그녀가 데이지를 칭찬했다고 말했다. 그의 목소리에는 자부심과 기쁨이 묻어 있었다.

"그리고, 당신이 유명해질 기회가 생겼소—그녀가 당신이 어디서 머리를 잘랐는지 알고 싶어 하더군."

"나도 그녀가 아주 사랑스러워 보인다고 전해줘요." 데이지가 상냥하게 말했다.

개츠비는 연필과 수첩을 꺼냈다.

 위대한 개츠비

"어디서 머리를 잘랐소? 내가 물어봐 주겠다고 그녀에게 약속했거든."

"비밀이에요." 데이지가 속삭였다. "내가 직접 찾아낸 남자 미용사에게서 했어요. 절대 누구에게도 말하지 않을 거예요."

"당신은 이해하지 못하고 있소." 개츠비가 중요한 말이라도 하듯 말했다. "그녀도 아마 똑같이 머리를 자를 테고, 당신이 전국적으로 새로운 유행을 만들어 낼 거요."

"사양할게요." 데이지가 가볍게 말했다. 그녀는 그의 얼굴에 드러난 실망감에 마음이 불편한 듯 보였다. 그리고 덧붙여 말했다. "그 여자가 내 머리 스타일을 똑같이 하고 다니는 걸 내가 좋아할 거로 생각했어요? 나한테는 그게 더 기분을 망치는 일이에요."

개츠비는 말없이 수첩을 주머니에 넣었다.

"우리가 지금 당신의 집 정원에 함께 있다니, 제이―이 아름다운 정원에 말이에요" 데이지가 불쑥 말했다. "믿을 수 없지 않나요? 정말 믿기지 않아요. 이게 정말 사실인지 누구든 시켜 백과사전에서 찾아보라고 해줄래요? G 항목에서 찾아보라고요."

잠시간 나는 이게 그냥 가벼운 대화라고 생각했다. 하지만 곧 그녀가 우리 쪽으로, 자신에게도 들리는 저속한 대화를

덮어버리려고 애쓰고 있다는 걸 깨달았다. 바로 뒤 테이블에서 네 명의 여자가 그런 대화를 나누고 있었다.

"늙고 노쇠해졌을 때나 우리가 만날 거라고 생각—" 그녀는 말을 멈추고 겁먹은 듯 주위를 둘러보았다.

"무슨 일이에요?" 그녀가 속삭였다. "저 여자 왜 저러는 거죠? 술에 취했나요?"

"내 생각엔 당신이 너무 신경 쓰는 것 같소." 개츠비가 말했다. "그녀는 그냥 즐기고 있는 것뿐이오." 그는 잠시 머뭇거렸다. "오늘 밤은 어쩐 일인지 모르겠군; 즐기는 사람이 거의 없는 것 같소."

방황하던 그녀의 눈이 그의 눈과 마주쳤다. 그리고 그가 뭔기에 실망했음을 알아치렸다.

"왜 그래요, 제이." 그녀가 급히 외쳤다. "모두 즐겁게 보내고 있잖아요. 내가 한 말 때문인지… 여기 있어요!"

그녀는 작은 금빛 연필로 식탁보에 어떤 곳의 주소를 적었다. "이게 그녀가 알고 싶다던 건가요? 내가 머리 자른 곳이에요."

하지만 그들 사이에는 서로의 친구를 비판할 정도의 친밀함은 없었다. 개츠비는 자기 연필을 꺼내 그녀가 적은 글씨를 천천히 덧칠하며 지웠다.

* * *

우리는 새벽 1시에 달빛이 비치는 현관 계단에 앉아, 개츠비가 작별 인사 하러 오기를 기다리고 있었다.

"도대체 이 저택 주인은 뭐 하는 사람이야?" 톰이 물었다. "거물급 밀주 업자라도 되는 건가?"

"조용히 말해요!" 데이지가 날을 세워 주의를 줬다. "근거 없이 그런 말 하는 거 아니에요."

"어쨌든—" 톰은 태연하게 하품하며 말했다. "그는 틀림없이 이 사람들을 모으려고 온갖 수단과 방법을 다 동원했겠군."

"적어도 뭔가를 이루어 낸 사람들이잖아요. 우리가 어울리는 사람들보다 더 흥미롭고요."

"그다지 흥미로워하는 것으로는 보이지 않던데."

"흥미로웠어요." 그녀가 단호하게 말했다. "난 정말 즐거웠어요."

톰은 비웃듯이 웃었다.

"저 여자가 데이지에게 자기를 침대에 눕혀 달라고 했을 때 데이지 얼굴 봤어?"

데이지는 그를 아예 무시한 채 낮은 목소리로 노래를 부르기 시작했다. 그러다 미간을 찌푸리고 갑자기 노래를 멈추더

트리말키오

니, 개츠비는 파티에 참석한 사람들과 다른 부류라면서 이야
기했다.

"초대받지 않고 오는 사람도 많대요." 그녀가 말했다. "개
츠비 씨가 직접 나한테 말해줬어요. 그 웃기는 여자도 초대
받지 않고 온 거예요. 그냥 막무가내로 들어와도, 개츠비 씨
는 너무 착해서 막지 못해요." 그녀는 잠시 머뭇거렸다. "어
쨌든, 그 사람은 그가 초대한 사람들보다 훨씬 좋은 사람이
에요."

"그도 똑같아." 톰이 말했다.

"조용히 해요!"

개츠비가 계단을 내려오고 있었다. 데이지는 의도적으로
과장히며 그에게 즐거운 시간을 보낸 것에 대해 감사를 표했
다.

"이 파티는 늦게까지 계속되겠죠?" 그녀가 말했다.

"아, 그렇소. 조금 더 계속되겠지."

데이지는 리무진에 올라탔다.

"잘 있어요—" 그녀는 입술로 '자기'라는 단어를 만들어
보였지만, 그녀의 손가락은 그의 손등을 가볍게 스쳤을 뿐이
었다. 톰은 졸린 듯 눈을 감은 채 이미 차 한쪽 구석에 기대
어 있었다.

"잘 있어요." 데이지가 다시 말했다. 그녀의 시선은 개츠

비를 떠나, 계단 꼭대기 불빛이 비치는 곳으로 향했다. 그곳에서는 콘트랄토로 노래하는 누군가의 목소리가 열린 문을 통해 흘러나오고 있었다. 결국, 아무런 격식 없는 개츠비의 파티에는 데이지의 세계에 전혀 존재하지 않는 낭만적 가능성이 있었던 것이다. 저 노래 속 무엇이 그를 다시 안으로 불러들이는 듯한 느낌을 주었을까? 앞으로 다가올 이 어둡고 예측할 수 없는 시간 속에서 무슨 일이 일어날까? 아마도 믿기 힘든 손님—어디에서도 다시 볼 수 없을 만큼 경이로운 인물이 나타날지도 모르고… 아니면, 진정으로 눈부신 젊은 여인이 나타나 개츠비를 한번 새롭게 바라보는 순간, 그 마법 같은 만남으로 그가 지난 다섯 해 동안 품어온 한결같은 연정(戀情)을 완전히 덮어 지워버릴지도 모른다.

차가 출발하자 데이지는 갑작스러운 불안감에 휩싸여, 그의 손을 다시 한번 잡으려고 손을 뻗었다.

제7장

바로 이 무렵, 야심 찬 젊은 기자가 뉴욕에서 개츠비의 집으로 아침 일찍 찾아와 개츠비에게 무언가 공개할 말이 있냐고 물었다.

"무슨 말을 하라는 겁니까?" 개츠비가 정중하게 물었다.

"아, 뭐든—공개하실 거라도 있는지 해서요."

혼란스러운 대화를 5분간 나누고 나서야, 그 기자가 자기 사무실에서 개츠비의 이름을 들은 적 있다는 사실이 드러났다. 하지만 어떤 맥락에서였는지는 밝히지 않았거나 정확히 이해하지 못한 듯했다. 그날은 그가 쉬는 날이었는데도, 감탄할 만한 적극성으로 서둘러 '직접 확인해 보러' 찾아온 것이었다.

그것은 우연이었지만, 기자의 본능은 정확했다. 그의 환대를 받은 사람 수백 명이 개츠비의 과거를 잘 아는 척하며 그를 악명 높은 인물로 소문냈다. 여름 내내 그 악소문은 점점 부풀려져 거의 뉴스거리가 될 정도에 이르렀다. 그와 관련하여 '캐나다에 연결된 지하 비밀 통로'[50]처럼 당대의 전설 같

은 소문도 얽혀 있었고, 그가 집이 아니라 집처럼 생긴 배에서 살며 롱아일랜드 해안을 따라 몰래 오간다는 이야기도 끊임없이 나돌았다. 그에 대한 호기심이 최고조에 달했을 때였다. 어느 토요일 밤 그의 집에 불이 켜지지 않았다—그렇게 트리말키오[51]처럼 시작된 그의 삶은 시작될 때만큼이나 갑작스럽게 막을 내렸다.

몇 주 동안 나는 그를 보지 못했다. 그의 저택으로 기대에 들떠 들어오던 자동차들이 잠시 머물렀다가 투덜거리며 떠나는 모습이 점차 눈에 띄었다. 그가 아픈 건 아닌지 궁금해서 확인하러 갔는데, 낯선 집사가 문을 열더니 나를 의심스럽다는 듯 곁눈질로 쳐다보았다.

"개츠비 씨가 어디 아프신가요?"

"아닙니다." 그는 이렇게 대답하며, 마지못해 '손님'이라고 덧붙였다.

"그가 안 보여서 좀 걱정이 됐습니다. 옆집에 사는 캐러웨이가 다녀갔다고 전해 주세요."

"누구라고요?" 그가 무례하게 물었다.

"캐러웨이요."

"캐러웨이. 알겠습니다. 전해드리죠."

그는 갑자기 문을 쾅 닫아버렸다.

우리 집 핀란드인 가정부가 말하길, 개츠비가 일주일 전

에 모든 하인을 해고한 후 대신 하인 여섯 명 정도를 새로 고용했다고 했다. 그들은 마을에 나가지도 않고 전화로 물건을 주문할 때 외에는 상인들과 말도 섞지 않는다고 했다. 식료품점 배달 소년은 주방이 돼지우리 같다고 알려줬고, 마을 사람들은 전반적으로 그 새로 온 사람들이 하인들이 아니라고 생각하는 듯했다.

그 이후, 나는 개츠비가 모습을 보이길 기다렸다. 그런데 며칠 후 저녁에 그가 우리 집 잔디밭을 가로질러 오는 것을 발견했다. 햇볕에 살짝 그을린 그의 피부는 옅어졌고, 눈은 반짝였지만 피곤해 보였다. 우리는 마당에 있는 벤치에 앉았다.

"여길 떠나실 겁니까?" 내가 물었다.

"그렇지 않네, 친구. 왜 묻는 건가?"

"하인을 모두 해고하셨다고 들었습니다."

그는 잠시 망설였다.

"데이지가 가끔 오후에 방문하지. 그래서 우리가 할 일을 결정할 때까지 소문을 내지 않을 사람들이 필요했소. 여기 두 마을은 꽤 가깝거든."

"어디서 구한 사람들입니까?" 나는 데이지에 대해 아무런 호기심도 보이지 않겠다고 결심하며 물었다.

"울프심이 도와주려 했던 사람들이오." 그가 모호하게 말

했다. "그들 모두 형제자매들이고, 원래 작은 호텔을 운영했었지. 뭐, 요리와 침대 정리만 할 수 있으면 무슨 상관이겠소?"

이러한 것은 개츠비에게서 본 새로운 면모였다. 그의 집안은 그의 화려한 생활 방식에 걸맞게 모범적으로 잘 운영되었기 때문이다.

"우울해 보이시네요." 내가 말했다.

"매우 슬프군, 친구." 그가 잠시 망설였다. "데이지는 우리 둘이 함께 도망가길 원하오. 오늘 오후 그녀가 가방에 짐을 싸서 차에 싣고 가져왔소." 개츠비는 지친 듯 고개를 저었다. "그렇게 할 수는 없다고 설명하려 했는데, 결국 그녀를 울리고 말았지."

"다시 말해서, 이제 그녀를 가질 수 있게 되었는데 원하지 않으신다는 거군요."

"물론 그녀를 원하오." 그가 심각한 표정으로 외쳤다. "왜 아니겠소. 데이지는 너무도 아름다웠던 시절 내게 남은 마지막 사람이오. 그걸 생각하면 온몸이 아플 정도지." 그는 후회에 찬 눈으로 주위를 둘러보았다. "하지만 5년 전처럼 그냥 도망갈 수는 없소." 그가 잠시 멈췄다가 말했다. "그렇게 해서는 안 되지."

그는 예전에 데이지가 품었던 사랑의 가치를 회복하려

면, 그녀가 속죄해야 한다고 생각하는 듯했다. 몇 년 후에 누구든 나타나 그녀를 톰에게서 빼앗아 갈 수도 있었을 것이다—그는 이러한 일이 운명적인, 불가피한 일로 느껴지길 바랐다—멈춰버린 춤을 다시 추기 시작하는 것처럼 말이다. 그리고 먼저 데이지가 그사이의 세월을 청산하여 자신을 정화해야 한다고 생각했다.

"하지만 그녀가 어떻게 해야 한다는 건가요?" 내가 의아해하며 물었다.

"그녀가 남편에게 가서 그를 한 번도 사랑한 적 없다고 말하면 돼. 그 정도라면 바로잡을 수 있을 것이오. 그런 후 루이빌로 돌아가 그녀의 집에서 결혼하고, 새로운 삶을 시작하면 되지."

그는 벌떡 일어나 마치 자신이 되돌리고 싶은 과거가 손에 닿지 않을 정도의 거리, 바로 그의 저택 그림자 아래 숨어 있기라도 한 듯 안절부절못하며 이리저리 서성였다. 그는 격정적인 감상에 완전히 사로잡혀, 마치 공간과 시간을 초월한 신비로운 교감을 나누고 있는 듯 보였다—그것들이 달빛 아래에서 그에게 답을 내려주기라도 한 듯, 그는 갑자기 자리에 앉아 얼굴을 두 손으로 감싸고 흐느껴 울기 시작했다.

"미안하네, 친구." 그가 목이 멘 듯 말했다. "하지만 그녀를 이해시킬 수 없으니, 너무나 슬프군."

나는 멍하니 그의 등을 두드리기 시작했다. 그리고 얼마 후 그는 몸을 뒤로 기대며 자기 집을 응시했다.

"그녀는 저 집에서도 떠나고 싶어 하지." 그가 쓰라린 감정을 담은 목소리로 말했다. "나는 그녀를 위해 이 모든 걸 구했는데, 그녀는 그저 도망치고 싶어 하는군."

"개츠비, 현실을 있는 그대로 받아들이세요." 내가 그를 설득하려 했다. "데이지는 현실의 사람이에요—단순히 당신 꿈속에 머무는 존재가 아니라고요. 아마 그녀는 당신에게 빚진 게 있다고 생각하지도 않을 겁니다."

"그녀는 그렇다고 생각할 걸세." 그가 단호하게 말했다. "왜 아니겠는가—나는 겨우 서른둘이야. 데이지를 잃은 후 그 사실을 잊을 수만 있었다면, 나는 위대한 사람이 될 수도 있었을 거야. 하지만 내 인생은 이렇게 흘러갈 수밖에 없네—" 그는 손가락으로 잔디에서 별까지 비스듬히 선을 그으며 말했다. "계속 올라가야만 해. 그녀를 만나기 전에는 멋진 일들이 나에게 일어날 거로 생각했지. 그리고 나 같은 사람이 사랑에 빠지는 건 엄청난 실수라는 걸 알고 있었어—그런데 어느 날 밤, 나 자신을 놓아버렸고, 그때는 이미 너무 늦어버렸지."

그들은 5년 전 나뭇잎이 떨어지는 어느 가을밤, 함께 길을 걷고 있었다. 그들은 나무 한 그루도 없는 곳에 이르렀고, 보

도는 달빛에 하얗게 물들어 있었다. 그곳에서 그들은 걸음을 멈추고 서로를 향해 몸을 돌려 바라보았다. 지금은 선선한 밤이었다. 해가 바뀔 때마다 찾아오는 신비로운 흥분이 깃들어 있었다. 집 안의 고요한 불빛이 은은한 소리를 내듯 어둠 속으로 퍼져나갔고, 별들 사이에도 어디선가 소란스럽고 분주한 움직임이 느껴졌다. 개츠비는 무심코 보도블록을 바라보았다. 보도블록이 마치 사다리처럼 나무 위 비밀스러운 장소로 이어져 올라가기라도 하는 듯 말이다―그는 혼자였다면 그곳에 오를 수 있었을 테다. 그리고 그곳에서 인생의 진수를 빨아들이고 비할 데 없는 경이로움을 마음껏 누릴 수 있었겠지.

그의 심정은 데이지의 하얀 얼굴이 자기 얼굴 가까이 다가올수록 점점 더 빠르게 뛰었다. 그는 이 소녀에게 키스하는 순간, 말로 다할 수 없는 자기 환상이 그녀의 덧없는 숨결과 영원히 결합되면서, 그의 마음이 더는 신의 마음처럼 자유롭게 나아가지 못하리라는 것을 알고 있었다. 그래서 그는 잠시 더 기다리며, 별에 부딪혀 울린 소리굽쇠 울림을 듣고 있었다. 그리고 그녀에게 키스했다. 그의 입술이 닿자 그녀는 마치 꽃처럼 그를 위해 피어났고, 그 순간 그의 환상은 완성되었다.

그가 하는 모든 말 속에서, 심지어 그가 지나치게 감상적

 위대한 개츠비

으로 말하는 순간에도, 나는 어디선가 오래전에 들었던 무언
가를 떠올렸다—잡아내기 어려운 리듬, 오래전 어딘가에서
들었던 잃어버린 단어의 조각 말이다. 한순간, 내 입안에서
한 구절이 흘러나오려는 듯하여, 벙어리처럼 입술을 벌렸다.
마치 공기 한 조각이 깜짝 놀라 그 위에서 몸부림치는 것 같
았다. 하지만 아무 소리도 내지 못했고, 거의 기억해 낼 뻔한
그것을 영원히 말로 표현할 수 없게 되었다.

8월 30일은 반나절만 일하는 날이었고, 나는 이스트 에그
에서 함께 점심을 먹기로 톰 뷰캐넌과 약속했다. 데이지가
'개츠비라는 그 사람'을 초대했는데, 톰은 내가 오지 않으면
그 자리가 견디기 힘들 것 같다고 했다.

그날의 날씨는 찌는 듯했다. 여름의 끝자락이자, 틀림없이
그해 가장 더운 날이었을 게다. 기차가 터널을 벗어나 햇빛
속으로 나오자, 내셔널 비스킷 컴퍼니[52] 공장의 뜨거운 증기
경적이 끓어오르는 정오의 정적을 깨뜨렸다. 객차의 짚 시트
는 불이 붙을 듯 뜨거웠다. 내 옆에 앉은 여자는 한동안 하얀
셔츠웨이스트가 은근히 비칠 만큼 송글송글 땀을 흘리며 버
티다가 손에 쥔 신문이 축축해지자, 결국 절망적으로 뜨거운
열기에 스러지듯 쓸쓸히 신음을 냈다. 그러다 지갑을 바닥에
떨어뜨렸다.

"오, 세상에!" 그녀가 숨을 헐떡이며 말했다.

나는 지친 몸을 구부려 그것을 주워 그녀에게 건넸다. 팔을 길게 뻗어 모서리 끝을 잡은 채 그것에 전혀 관심이 없음을 표시하려 했지만, 그 여자를 포함해 심지어 주위의 모든 사람이 나를 미심쩍어했다.

"덥네요!" 차장이 익숙한 얼굴들을 향해 말했다. "엄청난 더위네요!… 덥습니다!… 더워요!… 대단한 더위지 않습니까? 정말 덥지 않나요? 정말로…?"

돌려받은 내 통근 승차권에는 그의 손에서 묻은 듯한 짙은 얼룩이 묻어 있었다. 이 더위 속에서 그가 누군가의 달아오른 입술에 키스했든, 누군가 머리로 그의 셔츠 가슴 부위에 달린 주머니를 땀으로 적셨든, 누가 신경이나 쓰겠는가!

… 개츠비의 네기 문 앞에서 기다리는 동안 뷰캐닌의 집 복도를 따라 불어오는 미풍에 실려 전화벨 소리가 우리에게까지 들렸다.

"주인님의 시신이라니요!" 집사가 전화 수화기에 대고 큰 소리로 말했다. "죄송합니다, 부인. 그건 제가 할 수 있는 일이 아닙니다—정오에는 너무 뜨거워서 손도 댈 수 없습니다!"

물론 그가 실제로 한 말은 "네… 네… 알아보겠습니다"였다.

그는 수화기를 내려놓고 조금 번들거리는 모습으로 우리

에게 다가와 우리의 뻣뻣한 밀짚모자를 받아 들었다.

"부인께서 응접실에서 기다리고 계십니다!" 그는 불필요하게 문을 가리키며 외쳤다. 이 더위 속에서 불필요한 몸짓은 생명력을 낭비하는 일과 같았다.

차양으로 잘 가려놓아서 방 안은 어둡고 서늘했다. 데이지와 조던은 마치 은으로 만든 우상처럼 거대한 소파에 누워서, 노래하듯 불어오는 선풍기 바람에 하얀 드레스가 날리지 않도록 꼭 누르고 있었다.

"우린 움직일 수가 없어요." 그들이 함께 말했다.

하얀 분가루를 묻힌 햇볕에 그을린 조던의 갈색 손가락이 잠시 내 손안에 머물렀다.

"그런데 운동선수 토머스 뷰캐넌 씨는?" 내가 물었다.

그와 동시에 나는 복도에서 전화 통화하는 그의 목소리를 들었다. 그 목소리는 걸걸하고 먹먹하며, 쉰 듯했다.

개츠비는 붉은 카펫 한가운데에 서서 매료된 듯한 눈으로 주위를 둘러보았다. 데이지는 그를 바라보며 그녀 특유의 달콤하고 신이 난 듯한 웃음을 터뜨렸다. 그녀의 가슴에 묻은 분가루가 공중에 살짝 날렸다.

조던이 속삭이듯 말했다. "소문에 따르면, 전화 건 여자가 톰의 애인이라더군요."

우리는 침묵했다. 복도에서 들려오는 목소리가 짜증에 찬

톤으로 높아졌다. "좋아, 차를 아예 팔지 않겠어… 내가 당신에게 팔 의무는 없으니… 점심시간에 그런 일로 나를 귀찮게 하다니 더는 참을 수 없군!"

"수화기를 막고 하는 소리겠죠." 데이지가 비꼬듯 말했다.

"아니, 그렇지 않을걸." 나는 확신한 듯 말했다. "말 그대로 어떤 거래에 관한 대화거든. 그 일에 대해 우연히 알게 되었지."

톰은 문을 확 열고 그의 두툼한 몸으로 문을 막고 잠시 서 있다가, 서둘러 방으로 들어왔다.

"오셨군요, 개츠비 씨!" 그는 넓고 큼직한 손을 내밀며 말했다. "만나서 반갑습니다… 닉, 자네도…"

"차가운 음료 한 잔씩 가져다줘요." 데이지가 외쳤다.

그가 방을 나가자마자 데이지는 일어나 개츠비에게 다가가 그의 얼굴을 끌어내려 입을 맞추었다.

"사랑해요." 그녀가 자신감 있게 속삭였다.

"여기에 숙녀가 있다는 걸 잊은 거 아니야?" 조던이 말했다.

데이지는 의심스럽다는 듯 주위를 둘러보았다.

"너도 닉에게 키스해."

"정말 질 낮고 저속한 여자군!"

"상관없어!" 데이지가 이렇게 외치며 벽난로 주변에 놓인

벽돌 위에서 춤을 추기 시작했다. 그러다 그녀는 무더위가 떠올라 죄책감에 사로잡힌 듯 소파에 주저앉았다. 그때 갓 세탁한 듯한 옷을 입은 한 보모가 어린 소녀를 데리고 방 안으로 들어왔다.

"온-세상 축복 받은 사-랑스러운 아가." 그녀가 팔을 벌리며 다정하게 속삭였다. "널 사랑하는 엄마에게 오렴."

보모가 아이를 놓아주자, 아이는 방을 가로질러 달려와 부끄러운 듯 엄마의 드레스 속으로 파고들었다.

"사-랑스러운 우리 보물! 엄마가 네 노란 머리에 분가루를 묻혔구나? 이제 일어서서 '안녕하세요'라고 해봐."

개츠비와 나는 차례로 몸을 굽혀 그 조그마한, 주저하며 내민 손을 잡았다. 이후 개츠비는 계속해서 아이를 놀란 듯한 눈빛으로 바라보았다. 그는 아마도 이 아이가 실제로 존재한다고 믿지 않았던 것 같았다.

"저 점심 먹기 전에 옷 입었어요." 아이가 이렇게 말하며, 신나서는 데이지를 향해 돌아섰다.

"그건 엄마가 너를 자랑하고 싶었기 때문이야." 데이지는 아이의 작고 하얀 목에 난 주름 쪽으로 얼굴을 숙였다. "넌 꿈만 같구나, 작고 완벽한 꿈 말이야."

"네." 아이는 차분하게 대답했다. "조던 이모도 하얀 드레스 입었네요."

"엄마 친구들 어때?" 데이지는 아이를 돌려 개츠비를 마주 보게 했다. "멋지지 않니?"

"아빠는 어디 있어요?"

"이 앤 아빠를 닮지 않았어요." 데이지가 설명했다. "나를 닮았어요. 머리카락이며, 얼굴 모양까지 나를 닮았죠. 난 그 래서 참 기뻐요."

톰이 방으로 돌아왔다. 그는 얼음이 가득한 진 리키 네 잔 을 받쳐 들고 딸랑거리며 들어왔다.

"뭐라고 했어?" 그가 물었다. "패미가 나를 안 닮았다고?"

"그래요, 안 닮았어요. 나랑 똑같이 생겼지."

"알아. 그런데 마치 저주라도 피한 것처럼 말하잖아. 무슨 의미로 하는 말이야?"

데이지는 소파에 몸을 기댔다. 보모가 앞으로 한 걸음 나 와 손을 내밀었다.

"이리 와, 패미."

"잘 가, 사랑스러운 아가!"

잘 훈육된 듯 아이는 주저하는 눈길로 뒤돌아보면서도, 보 모의 손을 꼭 잡은 채 문밖으로 나갔다.

개츠비는 자기 잔을 들어 올렸다.

"참 시원해 보이는군." 톰이 긴장감이 역력한 표정으로 말 했다.

우리는 갈증을 느낀 듯 길게 한 모금씩 마셨다.

"어딘가에서 읽었는데, 햇볕이 매년 더 뜨거워지고 있다고 하더군." 톰이 다정하게 말했다. "곧 지구가 태양에 떨어질 거라고—아니, 잠깐만—그 반대였나 보군. 태양이 매년 더 차가워지고 있다던가."

"밖에 나가 봅시다." 그가 개츠비에게 제안했다. "저희 집을 구경시켜 드리겠습니다."

나도 함께 베란다로 나갔다. 무더위 속에 고인 초록빛 해협 위로, 작은 돛단배 하나가 서서히 더 시원한 바다를 향해 나아가고 있었다. 개츠비는 잠시 눈으로 그것을 따라가다가, 손을 들어 만(彎)을 가로질러 가리켰다.

"제 집은 당신네 집 바로 건너편에 있지요."

"그렇군요."

우리의 시선은 장미 화단과 뜨거운 잔디, 그리고 해안가를 따라 늘어선 한여름의 잡초가 방치된 흔적 너머에 닿았다. 하늘의 푸른 경계를 따라 하얀 배의 돛이 천천히 움직였다. 그 앞에는 물결이 굽이치는 바다와 축복받아 풍요로운 섬 무리가 펼쳐져 있었다.

"저거야말로 진짜 레저지." 톰이 고개를 끄덕이며 말했다. "나도 저 사람과 함께 한 시간쯤 바다에 나가서 즐기고 싶군."

우리는 더위를 피하려고 그늘진 식당에서 점심을 먹었고, 차가운 에일 맥주와 함께 긴장감이 스며든 유쾌함을 마셨다.

"오늘 오후엔 우리 뭐 할까요?" 데이지가 외쳤다. "그리고 그다음 날은, 또 그 이후 30년 동안은?"

"너무 침울해하지 마." 조던이 말했다. "가을이 돼 서늘해지면, 삶은 다시 새롭게 시작되잖아."

"하지만 너무 더워." 데이지는 눈물을 흘릴 듯한 목소리로 말했다. "모든 게 다 엉망이야. 우리 모두 시내로 가요!"

그녀의 목소리는 무더위를 뚫고 나오려 애쓰며, 무료한 분위기를 어떻게든 무마하려는 듯했다.

"마구간을 개조해서 차고로 만든다는 이야기는 들어보셨겠지만, 차고를 개소해 마구간으로 만든 사람은 제가 처음일 겁니다." 톰이 개츠비에게 말했다.

"시내에 가고 싶은 사람 있어요?" 데이지가 계속해서 물었다. 개츠비가 머리를 들어 그녀를 보았다.

"아, 당신 참 멋져 보이네요." 그녀가 외쳤다.

그들은 눈을 마주쳤고, 마치 이곳에 둘만 존재하는 듯 서로를 바라보았다. 그녀는 애써 시선을 내려 테이블을 보았다.

"당신은 늘 그렇게 멋져 보이네요." 그녀가 다시 말했다.

그녀의 그 말은 그에게 사랑 고백한 것과 거의 같은 말이

위대한 개츠비

었다. 그리고 톰 뷰캐넌이 그 사실을 알아차렸다. 그는 큰 충격을 받은 듯 입을 약간 벌린 채 그녀를 바라보았다. 그러다가 개츠비와 데이지를 번갈아 보았다. 마치 오랫동안 알고 지내왔던 그녀를 이제 막 제대로 알아보기라도 한 것처럼 말이다.

“당신은 어디 광고에 나오는 남자 같아요.” 그녀는 천진하게 말을 이어갔다. “당신도 알 만한 광고예요—”

“좋아, 알겠어.” 톰이 재빨리 끼어들며 말했다. “난 시내에 가는 거 찬성이야. 자, 다 같이 시내에 가자고.”

그는 자리에서 일어섰다. 그의 눈은 여전히 개츠비와 아내 사이를 오갔다. 아무도 움직이지 않았다.

“자, 갑시다!” 그의 목소리에 짜증이 약간 묻어났다. “도대체 뭐가 문제야? 시내에 갈 거면 빨리 출발하자고.”

그는 마지막 남은 자제력을 꾹 참고 있는 듯 손을 떨며, 맥주잔을 들어 남은 맥주를 입에 털어 넣었다. 그때 데이지의 목소리가 우리를 자리에서 일으켜 뜨거운 자갈길로 이끌었다.

“그냥 가는 거예요?” 그녀가 불만스럽게 말했다. “이대로? 담배 한 대 피우고 가야 하지 않나요?”

“점심 내내 다들 담배 피웠잖아.” 톰이 퉁명스럽게 말했다.

“아, 그냥 재밌게 즐겨요.” 그녀가 그에게 애원하듯 말했다. “너무 더워서 다투기도 힘들어요.”

톰은 대답하지 않았다. 그녀는 그냥 바로 가는 게 최선이라고 판단했다.

“조던, 이리 와.”

그들은 외출 준비를 하러 위층으로 올라갔다. 그동안 우리 세 남자는 발로 뜨거운 자갈을 이리저리 굴리며 그 자리에 서 있었다. 서쪽 하늘에는 은빛 초승달이 이미 떠 있었다.

“여기에 마구간이 있습니까?” 개츠비가 물었다.

“도로를 따라 약 4분의 1마일쯤 내려가면 있소.”

“아, 그렇군요.”

잠시 침묵이 흘렀다.

“시내에 가서 뭘 하겠다는 건지 모르겠군.” 톰이 갑자기 거칠게 말했다. “여자들 생각은 도통 알 수가 없단 말이야.”

“술이라도 가져갈까요?” 데이지가 위층 창문에서 소리쳤다.

“내가 위스키 좀 챙겨 올게.” 톰이 대답하고는 안으로 들어갔다.

개츠비가 나를 향해 돌아서며 말했다. 그의 목소리는 떨리고 있었다.

“견딜 수가 없어, 정말 고통스럽군. 점심때 그가 그런 식으

로 얘기하기 시작했을 때 그녀를 꼭 끌어안고 싶었어. 그녀가 그에게 진실을 말해야만 해.”

“그녀는 당신을 사랑합니다. 목소리에서 그게 느껴져요.”

“그녀의 목소리는 돈으로 가득하지.” 개츠비가 갑자기 이렇게 말했다.

바로 그거였다. 나는 이제껏 이해하지 못했었다. 그녀의 목소리는 돈으로 가득했다—그 속에서 리듬을 타듯 끊임없이 오르내리는 매력, 짤랑거리는 듯한 소리, 심벌즈 같은 노랫소리… 하얀 궁전 꼭대기에 있는 왕의 딸, 황금에 둘러싸인 소녀…

톰이 1리터 들이 병을 수건에 싸 들고 집 밖으로 나왔다. 데이지와 조던은 금속사 원단으로 만든 작고 딱 맞는 모자를 쓰고 가벼운 망토를 팔에 걸친 채 그 뒤를 이어 나왔다.

“모두 제 차에 타시겠습니까?” 개츠비가 제안했다. 그는 뜨겁게 달아오른 초록색 가죽 시트를 만졌다. “그늘에 놔둘 걸 그랬군요.”

“수동 변속기인가요?” 톰이 그를 쳐다보며 재빨리 물었다.

“그렇습니다.”

“그럼, 제가 당신 쿠페를 몰고 시내에 가면 어떻겠습니까? 제 차를 몰고 오시죠.”

“좋습니다. 그렇게 하고 싶으시다면 그리하시지요.” 개츠

비가 딱딱하게 말했다. "기름이 얼마나 남았는지 모르겠군
요—"

"자, 데이지!" 톰이 그녀의 허리를 감싸며 말했다. "이 서
커스 마차에 태워줄게."

그가 그녀를 위해 문을 열어주었지만, 그녀는 그의 팔에서
벗어났다.

"닉과 조던이 당신과 함께 갈 거예요." 그녀가 가볍게 말
했다. "저는 개츠비 씨와 함께 쿠페에 타고 스릴을 즐길래
요."

그녀는 개츠비 곁에 서서 손으로 그의 코트를 살짝 만졌
다.

마지못해 톰은 노란 차에 올라탔고, 조던과 내가 앞자리에
앉을 수 있도록 자리를 내주었다.

그는 수동 변속기가 낯선지 시험 삼아 조작해 본 후 출발
했다. 우리는 오후의 숨 막히는 무더위를 뚫고 시내로 향했
다. 그들은 뒤쪽 멀리 시야에서 벗어난 채 따라오고 있었다.

"대체 저 개츠비라는 인간은 어디서 그런 예의를 배워먹은
걸까?" 톰이 갑자기 말문을 열었다.

"옥스퍼드에 다녔다더라고요." 조던이 불편한 심기를 드
러내며 말했다. "들어본 적 있어요?"

"그랬다고?" 톰은 믿을 수 없다는 듯 말했다. "말도 안 돼!

 위대한 개츠비

분홍색 정장을 입고 다니잖아."

"어쨌든 옥스퍼드 출신이라잖아요."

"사우스다코타에 있는 옥스퍼드나 뉴멕시코에 있는 옥스퍼드, 뭐 그런 데겠지." 톰이 경멸스럽게 콧방귀를 뀌며 말했다.

"이봐요, 톰. 그렇게 속물이라면서 왜 그를 점심에 초대했어요?" 조던이 짜증을 내며 물었다.

"데이지가 초대한 거야. 결혼하기 전부터 알던 사이라더군—어디서 알게 된 건지는 신만이 아시겠지!"

에일 맥주의 취기가 점점 가라앉으며 짜증이 밀려오는 걸 인식한 채, 우리는 잠시간 움직이는 차 안에서 침묵을 지켰다. 그러다 도로 저편에 T. J. 에클버그 박사의 눈이 희미하게 보이기 시작했을 때, 나는 개츠비가 기름이 부족할지도 모른다고 경고했던 것을 떠올렸다.

"반 갤런 정도 남았어." 톰이 연료 게이지를 흘끗 보며 무심하게 말했다. "그 정도면 아마 시내까지 갈 수 있을 거야."

"하지만 바로 여기 주유할 곳이 있네요." 조던이 반대하며 말했다. "이렇게 더운 날 차가 멈춰 서는 건 싫어요."

톰이 화가 난 듯 브레이크를 세게 밟아, 우리는 먼지를 일으키며 윌슨 정비소 간판 아래에 갑자기 멈췄다. 잠시 후 가게 안에서 윌슨이 나타나 텅 빈 눈으로 차를 바라보았다.

“기름 좀 넣어봐!” 톰이 거칠게 말했다. “뭐 때문에 멈춘 줄 아나? 경치 구경하느라 멈춘 줄 알아?”

“아파서 그래요.” 윌슨은 꿈쩍하지 않은 채 말했다. “오늘 하루 종일 아팠어요.”

“무슨 일인데?”

“기운이 다 빠져버렸어요.”

“그럼 내가 직접 넣을까?” 톰이 참지 못하고 성급하게 물었다. “전화할 땐 멀쩡한 것 같더니.”

윌슨은 힘겹게 문간에서 몸을 떼고 그늘에서 벗어나 숨을 몰아쉬며, 기름 주입구의 뚜껑을 열었다. 햇빛 아래로 파랗게 질린 그의 얼굴이 보였다.

“점심을 방해하려던 건 아니었어요.” 그가 말했다. “하지만 지금 돈이 정말 필요해요. 그래서 그 오래된 차를 어떻게 하실 건지 궁금했어요.”

“이 차는 어떤가?” 톰이 물었다. “지난주에 샀어.”

“멋진 노란색 차네요.” 윌슨은 힘겹게 핸들을 돌리며 대답했다.

“사고 싶어?”

“좋은 기회겠네요.” 윌슨이 희미하게 미소 지었다. “아니에요. 다른 차로 돈을 좀 벌 수 있을 것 같아요.”

“갑자기 돈이 왜 필요해진 건가?”

위대한 개츠비

"여기 너무 오래 머물렀어요. 떠나고 싶어요. 아내와 저는 서부로 가려고 해요."

"당신 아내도!" 톰이 놀란 듯 소리쳤다.

"아내는 10년 동안 그 얘기만 했어요." 그는 잠시 펌프에 기대어 눈을 가린 채 쉬었다. "이젠 아내가 원하든 원하지 않든 떠나려고요. 아내를 데리고 떠날 거예요."

그때 쿠페가 우리 옆을 지나가며 먼지를 일으켰고, 손을 흔드는 모습이 보였다.

"얼마를 주면 되지?" 톰이 거칠게 물었다.

"지난 이틀 동안 뭔가 이상한 낌새를 알아챘어요." 윌슨이 말했다. "그래서 떠나려고 하는 겁니다. 그게 그 차 어떻게 하실 건지 귀찮게 한 이유예요."

"얼마를 주면 되냐니까?"

"1달러 20센트예요."

윌슨의 의심이 아직 톰에게로 향하지 않았다는 것은 분명했다. 그는 아내인 머틀이 다른 세상에서 자기와 동떨어진 삶을 살고 있다는 사실을 알게 되었고, 그 충격에 몸까지 아프게 된 것이었다. 나는 그를 보았다가, 불과 한 시간도 채 지나기 전에 비슷한 사실을 깨닫게 된 톰을 바라보았다— 그리고 문득, 병든 자와 건강한 자 사이의 차이만큼 지능이나 인종은 별 차이 없다는 생각이 스쳐 지나갔다. 윌슨은 너

무 아파 보였다. 그는 용서받을 수 없는 죄를 짓고 깊은 죄책감에 사로잡힌 듯한 얼굴을 하고 있었다—마치 어느 불쌍한 소녀를 임신시키기라도 한 것처럼.

"그 차 당신에게 넘기겠소." 톰이 말했다. "내일 오후에 보내주지."

그 지역은 언제나 나에게 막연한 불안을 안겨주었는데, 그날 한낮의 환한 햇빛 속에서도 마찬가지였다. 그리고 나는 마치 뒤에서 조심하라는 경고라도 받은 것처럼 고개를 돌렸다. 잿더미 위로는 T. J. 에클버그 박사의 거대한 눈이 계속해서 지켜보고 있었다. 잠시 후, 나는 20피트도 채 되지 않는 거리에서 다른 누군가가 강렬한 시선으로 우리를 바라보고 있는 것을 느꼈다.

정비소 위쪽 창문 중 커튼 하나가 약간 젖혀져 있었는데, 그 틈으로 머틀 윌슨이 우리 차를 내려다보고 있었다. 그녀는 너무 몰두한 나머지 누가 자신을 관찰하고 있다는 사실조차 인지하지 못했다. 그리고 사진이 현상되며 사물이 서서히 나타나듯, 그녀의 얼굴에 하나의 감정이 지나가고 또 다른 감정이 천천히 떠올랐다. 그 표정은 낯익은 것이었다—여성들의 얼굴에서 자주 보던 표정이었다. 하지만 머틀 윌슨의 얼굴에 나타난 그 표정은 목적이 없고, 좀체 이해할 수도 없는 것이었다. 그러다 나는 그녀가 질투와 공포로 눈을 부릅

위대한 개츠비

뜨고, 톰이 아니라 조던 베이커를 뚫어져라 쳐다보고 있음을
깨달았다. 그녀는 조던을 톰의 아내로 착각한 것이었다.

* * *

마음이 단순한 이는 혼란에 빠질 때, 무엇과도 비교할 수 없
는 극심한 혼란을 겪는다. 우리가 차를 몰고 떠날 때, 톰은 두
려움이 마치 뜨거운 채찍처럼 그를 내리치는 듯 느꼈다. 한
시간 전까지만 해도 안전하고 흔들림 없는 관계에 있다고 믿
었던 그의 아내와 정부(情婦)가 그의 통제에서 급격히 벗어나
고 있었다. 본능적으로 그는 가속 페달을 밟아 데이지를 따
라잡고 윌슨으로부터 멀어지려 했다. 우리는 시속 50마일로
애스토리아를 향해 질주했다. 그러다 고가 철도의 철제 기둥
들 사이로 느긋이 가고 있는 파란색 쿠페가 눈에 들어왔다.

"오십 번가 근처에 있는 대형 영화관들은 시원해요." 조던
이 제안했다. "어쨌든, 저는 인적 없는 무더운 여름 오후 뉴
욕이 참 좋아요. 뭔가 감각적이거든요—온갖 이상한 열매가
손에 떨어질 듯 농익은 느낌이랄까."

이 말은 톰을 더 불편하게 만들었지만, 그가 반대 의견을
내세우기도 전에 쿠페가 멈춰 섰고 데이지가 우리에게 나란
히 서라고 손으로 신호를 보냈다.

트리말키오 193

“어디로 가는 거예요?” 데이지가 외쳤다.

“아마 영화 보러 가는 거겠지.”

“너무 더워.” 그녀가 불평했다. “당신들끼리 가요. 우리는 차로 돌아다니다가 나중에 합류할게요.”

“여기서 이러쿵저러쿵할 수는 없어.” 톰이 성급하게 말했다. 뒤에서 트럭이 거칠게 경적을 울리고 있었다. “나를 따라와. 센트럴 파크 남쪽, 플라자 호텔 앞에서 보자고.”

그는 몇 번이나 고개를 돌려 그들이 탄 차를 뒤돌아보았고, 차가 교통 상황에 막혀 뒤처지면 그들이 다시 보일 때까지 속도를 늦추었다. 그는 그들이 갑자기 샛길로 빠져 그의 삶에서 영원히 사라질까 봐 두려워하는 듯했다.

“여자는 참 이상한 존재야.” 우리가 플라자 호텔에 도착하자 톰이 말했다. “젠장, 조금이라도 흥미로운 일이 생길 만하면 뭐든 하려고 든다니까.”

잠시 후, 쿠페가 우리를 느긋하게 지나쳐 앞에 주차했다. 데이지와 개츠비는 움직일 기미가 없었고, 우리는 차에서 내려 그들에게 다가갔다. 그러자마자 뷰캐넌 부부는 누가 뉴욕에 가자고 했는지를 두고 조심스럽게 논쟁을 벌였다. 조던과 나는 공원 입구에서 팝콘을 사서 낮은 담에 앉아 아작거리며 먹었다.

“여기 온 건 실수였어요.” 그녀가 말했다. “싸움 날 것 같

 위대한 개츠비

네요.”

우리는 기다렸다. 날씨가 너무 더워서 마차의 말들이 도로에 발굽 자국을 깊게 남겼고, 내 속옷은 축축한 뱀이 다리를 감듯 말려 올라갔다. 간헐적으로 땀방울이 등줄기를 타고 흘러내리며 서늘한 감촉을 남겼다. 그날은 뭔가 특별한 날인 것만 같아서, 나는 계속 그것이 무엇인지 떠올리려 애썼다. 무슨 기념일이었는지, 아니면 꼭 해야 할 중요한 일이 있었는지 알 수 없었다. 하지만 그 기억은 견딜 수 없이 강렬한 더위 속에 끈질기게 숨어 있었다.

“이쪽으로 와요!” 데이지가 불렀다. “모두가 결정하는 걸 도와줘요. 톰은 내가 상식이 없다고 말하네요.”

우리는 차 쪽으로 다가갔다.

“가장 가까운 곳은 플라자 호텔이에요.” 그녀가 농담조로 계속 말했다. “거기 방을 잡고 잠이나 잘까 해요. 아니면 타일로 된 욕실 다섯 개를 빌려서 찬물 목욕을 할 수도 있겠네요.”

톰은 잠시 생각에 잠겼다.

“좋아, 내가 정해주지.” 그가 말했다. “거기서 방을 잡고 민트 줄렙[53]을 마시면서 얘기해 보자고.”

“뭘 얘기해요?” 데이지가 불안한 듯 물었다.

“우리가 뭘 해야 할지.” 그가 무심하게 덧붙였다. “아니면 그게 뭐든 당신이 신경 쓰고 있는 거.”

"하지만 방을 잡고 싶지 않아요. 그건 내가 들어본 것 중에 가장 바보 같은 일이에요—"

"당신이 원하든 말든, 그게 우리가 할 일이야." 톰이 단호하게 끼어들며 말했다.

개츠비는 데이지를 의아한 눈빛으로 바라보았다.

"당신이 원하지 않으면—"

"그녀는 원하오." 톰이 말했다. "그리고 나도 아내와 할 말이 있소."

데이지는 당황한 듯 톰과 개츠비를 재빨리 번갈아 보며, 상황이 조금 어긋나고 있음을 알아차렸다. 당장 소동이 벌어지는 것을 피하려면, 그날 오후 그녀는 톰과 같은 방에 자신과 개츠비를 함께 가둬둬야만 했다.

"너도 같이 가자." 그녀가 조던에게 부탁했다.

"밀도 안 되는 생각이야." 내가 말했다. 하지만 이미 늦었다. 톰과 개츠비의 얼굴만 봐도 이미 늦었다는 걸 알 수 있었다. 우리는 플라자 호텔 10층에 있는 응접실이 딸린 스위트룸을 빌렸다.

방은 넓었지만 숨이 막힐 듯 더웠고, 창문을 열자 공원에서 불어오는 뜨거운 바람을 타고 덤불 냄새만이 들어왔다. 데이지는 거울 앞으로 가서 우리에게 등을 돌린 채 머리를 손질하고 있었다.

“끝내주는 스위트룸이네요.” 조던이 감탄한 듯한 목소리로 소곤대자 모두가 웃음을 터뜨렸다. 우리는 이 모든 상황이 정말 우스꽝스럽게 느껴졌다.

“다른 창문도 열어.” 데이지가 뒤돌아보지 않은 채 지시하듯 말했다.

“더는 창문이 없어.”

“그럼 하나 더 만들어야겠네. 전화로 도끼를 달라고 해서—”

톰은 수건으로 감싸두었던 위스키병을 꺼내어 테이블 위에 올려놓았다. 동시에 멘델스존의 〈결혼 행진곡〉이 창문 너머로 들려오기 시작했다. 아래층 무도회장에서 결혼식이 진행되고 있었던 것이다. 음악이 들리다가 예식이 시작되면서 곧 낮은 화음으로 잦아들었다.

“데이지, 이 곡 기억나?” 톰이 물었다. “우리 결혼식 날 이 곡이 연주될 때는, 당신이 이렇게 상식 없는 줄은 몰랐지.”

“그만 좀 내버려두시지요.” 개츠비가 부드럽게 말했다. “시내에 오자고 고집한 건 당신이잖소.”

잠시 침묵이 흘렀다. 전화번호부가 벽에서 쿵 소리를 내며 바닥에 떨어졌다. 그러자 조던이 속삭였다. “실례.” 그리고 우리는 다시 한번 웃음을 터뜨렸다.

“내가 주울게.” 내가 말했다.

"이미 주웠소." 개츠비는 끊어진 줄을 살펴보며 흥미로운 듯 "흠!" 하고 중얼거리고는 의자 위에 던져놓았다.

"개츠비 씨." 톰이 말했다. "언젠가 당신과 단둘이 대화하고 싶군."

"좋으실 대로 하시지요, 친구."

톰은 미소도 짓지 않고 웃었다.

"그거 당신이 자주 쓰는 말이던데, 그렇지 않소?"

"뭐가 말입니까?"

"그 '친구.' 하는 식의 말투 말입니다. 그런 건 어디서 배운 겁니까?"

"이봐요, 톰." 데이지가 거울 앞에서 돌아서며 말했다. "계속 무례하고 불쾌하게 굴 거면, 나 여기서 1분도 더 안 있을 거예요, 알겠어요? 바로 나가서… 영화나 보러 갈 거라고요. 얼음이랑 민트 줄렙 재료나 달라고 해요. 그러려고 여기 온 거잖아요."

톰이 전화 수화기를 들었을 때, 무도회장에서 긴 환호성이 들렸다. 이어서 "예-예-예!"라는 외침이 간헐적으로 들려왔다. 마침내 재즈 음악이 터져 나오자 춤을 추기 시작했다. 데이지와 나, 개츠비와 조던, 우리가 우스꽝스럽게 춤을 추는 동안, 톰은 전화기 앞에서 불안한 눈빛으로 우리를 지켜보고 있었다.

 위대한 개츠비

“나 여기서 나가고 싶어요.” 데이지가 속삭였다. “어떻게 좀 해줄 수 없어요? 톰이 술을 많이 마시면 무슨 일을 저지를지 모르겠어요.”

나와 조던은 그녀를 진정시키려고 애썼다. 우리는 한 시간 동안 틈틈이 노력했는데, 개츠비가 나서지 않았더라면 성공했을지도 모른다. 개츠비는 톰을 대놓고 무시한 채 나를 향해 몸을 돌렸다.

“갑시다, 친구. 우리가 여기서 더위에 시달릴 이유는 없잖소.”

톰을 제외한 모두가 일어섰다.

“잠깐만.” 톰이 조용히 말했다. “가기 전에 개츠비 씨에게 한 가지 질문할 게 있어.”

“뭡니까?”

“대체 우리 가정에 무슨 풍파를 일으키려는 거요?”

우리는 모두 그 자리에 가만히 서 있었다. 개츠비의 안색은 약간 창백해졌지만, 마침내 이런 일이 벌어진 게 기쁘기라도 한 듯 그의 눈에는 기쁨에 찬 의기양양함이 떠올라 있었다.

“그가 풍파를 일으키는 게 아니에요.” 데이지가 말했다. “풍파를 일으키는 건 당신이에요. 제발 좀 진정해요.”

“진정하라고?” 톰이 믿기지 않는다는 듯 되물었다. “어디

서 굴러왔는지 알 수도 없는 작자가 아내에게 사랑을 고백하도록 내버려두는 게 요즘 유행하는 방식이라는 거군. 그래, 만약 그게 당신들 방식이라면 나는 빠지겠어…. 요즘 사람들은 가정생활과 가족 제도를 비웃는 것도 모자라서, 이제는 모든 걸 내던지고 흑인과 백인 사이에 결혼이라도 하려는 모양이지.”

그는 데이지도 잊은 채 문명의 마지막 장벽에 홀로 서 있는 자신을 상상이라도 하듯, 격하게 말도 안 되는 소리를 늘어놓으며 얼굴을 붉혔다.

“여기 있는 사람들 다 백인이잖아.” 조던이 중얼거렸다. “톰은 아닌가 보네.”

“아, 나도 내가 인기가 없다는 건 알아. 대규모 파티 같은 건 열지 않으니까. 친구를 사귀려면 집을 돼지우리처럼 만들어야 하는 모양이군—현대 사회에서는 말이야.”

나는 다른 사람들처럼 화가 났지만, 톰이 입을 열 때마다 웃음이 터질 뻔했다. 방탕한 사람에서 완전히 고지식한 사람으로 돌변한 척했기 때문이다.

“제 집 관련 이야기는 나중에 하시지요.” 개츠비가 침착하게 말했다. “여자분들 없을 때 말입니다. 제가 하고 싶은 말은—”

“당신 정체가 뭐요, 대체?” 톰이 갑자기 끼어들며 말했다.

"메이어 울프심과 어울리는 무리 중 하나라는 건 알고 있다 만."

"더는 못 참겠어요." 데이지가 소리쳤다. "제발 밖으로 나 가요. 집에 가고 싶어요."

"좋아." 톰이 동의했고, 잠시 그녀가 그를 데리고 나가려 는 것처럼 보였다. "이자가 자기 멋대로 꾸민 작은 밀회가 끝장났다는 걸 깨닫기만 하면 말이야."

데이지는 두 사람 모두에게서 시선을 돌린 채 문 쪽으로 향했고, 조던과 나는 그녀를 따라갔다.

"잠깐만, 데이지." 개츠비가 말했다. "이 사람이 자기 멋대 로 꾸민 작은 밀회라고 하는군… 정말 그런가?"

데이지는 어쩔 줄 몰라 하며 주위를 둘러보았다.

"정말 그렇소?" 개츠비가 다시 물었다.

데이지는 그 질문을 피하고 싶어 하는 듯 보였지만, 그럴 수 없을 만큼 이미 늦어버린 상황이었다.

"아니에요." 그녀가 낮은 목소리로 인정했다.

톰은 입을 조금 벌린 채 의자에 몸을 기대앉았다. 그는 두 툼한 손가락을 마치 성직자처럼 맞부딪치며, 번뜩이는 오만 한 눈으로 우리 각자를 번갈아 쏘아보았다.

"자리에 앉아, 데이지." 그는 아버지처럼 말하려 했지만, 너무나 어색했다. "무슨 일이 있었던 거야? 난 알아야겠어."

우리는 모두 다시 자리에 앉았다.

"내가 말하겠소." 개츠비는 톰과 눈을 마주치며 말했다. "당신 아내는 당신을 사랑하지 않습니다. 그렇지, 데이지?"

"네." 그녀의 대답은 거의 들리지 않을 정도로 나지막했다.

"당연히 사랑하지!" 톰이 외쳤다.

개츠비조차도 그녀의 대답에 만족하지 못했다.

"당신이 그를 사랑하는지, 그렇지 않은지 분명하게 말해 줘."

"사랑하지 않아요."

하지만 그녀가 망설이고 있다는 게 너무도 분명해 보여서, 개츠비는 마치 배신당한 듯 자리에서 일어섰다.

"당신을 이해할 수 없군." 그가 자신감 없는 목소리로 말했다. "전혀 의심의 여지가 없는 줄 알았어."

아무도 말하지 않았다.

"만약 그렇다면, 물론… 내가 떠나겠소."

데이지가 조금이나마 망설였다는 사실을 인정했다는 것에 너무 충격을 받은 듯, 그는 문 쪽으로 한 걸음 다가갔다.

"아, 가지 마세요!" 데이지가 괴로운 듯 소리쳤다. "저는 당신도 사랑해요."

그는 천천히 몸을 돌리며 얼굴을 찡그렸고, 눈을 빠르게

깜박였다.

"나도 사랑한다라." 그가 되풀이했다.

"그런 뜻으로 한 말이 아니에요."

그러한 말은 그에게 너무 충격적이고 믿기 어려운 것이었다—그는 그녀가 그 말을 번복하자 안도감에 빠진 나머지 그 말의 의미를 붙잡으려다 놓치고 말았다.

"당연히 데이지는 날 사랑하지." 톰이 거칠지만 확신에 찬 목소리로 말했다. "문제는 그녀가 그걸 모른다는 거야. 가끔은 바보 같은 생각을 할 때가 있을 뿐이지." 그는 현명한 척 고개를 끄덕였다. "나도 데이지를 사랑해. 가끔 흥청망청 놀면서 멍청한 짓을 하곤 하지만, 난 언제나 그녀에게로 돌아가지. 마음속으로는 늘 그녀를 사랑하고 있거든."

"당신 정말 역겨워." 데이지가 한 음정 낮은 목소리로 말했다. 그 말은 방 안을 섬뜩한 경멸감으로 가득 채웠다.

하지만 톰은 이것이 복수심에 불타는 하늘에서 날아온 예측 불가능한 일격이 아니라, 단지 익히 알고 있는 욕망에서 비롯된 하나의 현상일 뿐이라는 것을 깨달으며 자신감을 되찾았다.

"당신 큰 실수 저지를 뻔했어, 데이지. 내가 제때 알아내서 다행이지."

"왜 신경 쓰는 척해요?" 그녀가 감정적으로 말했다.

"당연히 신경 쓰이지. 이제부터는 더 많이 신경 쓸 거야."

"당신은 이해하지 못하는군." 개츠비가 흥분하며 말했다. "당신은 이제 더는 그녀를 신경 쓰지 않게 될 거요."

"그래, 정말 그럴까?" 톰이 눈을 부릅뜨고 웃었다. 이제 그는 마음을 가라앉힐 여유가 생긴 듯했다. "무슨 이유로?"

"그녀가 당신을 떠날 테니까."

"말도 안 돼."

"하지만 당신을 떠날 거예요." 데이지가 힘겹게 말했다.

톰은 한 사람씩 번갈아 보며 생각에 잠겼다. 그는 그 말을 믿기 어려운 듯 보였다.

"데이지는 날 떠나지 않을 거야." 잠시 후 그가 말했다. "그녀는 나 말고 다른 누구도 사랑할 수 없어."

데이지는 그의 말을 가만히 듣고 있었고, 개츠비는 물끄러미 그런 그녀를 바라보았다. 그는 세상이 그의 눈앞에서 옆으로 미끄러지듯 기울어지기라도 하는 것처럼 계속해서 눈을 깜빡였다.

뜻밖에도 톰은 갑자기 쉰 목소리로 신혼여행 이야기를 다정하게 꺼내기 시작했다. 그때 아래층 무도회장에서 숨 막힐 듯 답답한 화음이 더운 공기를 타고 흘러들어왔다.

"데이지, 우리가 카피올라니[54]에서 아침 일찍 수영하곤 했던 거 기억나?"

"제발 그만해요." 그녀의 목소리에는 모든 원망과 경멸이 사라진 상태였다. 담배에 불을 붙이는 그녀의 손이 떨리고 있었다.

"그리고 그날 내가 당신을 안고 펀치볼[55]에서 내려왔었지. 당신은 신발이 비에 젖지 않길 바랐었어—"

"데이지, 당신과 단둘이 이야기하고 싶소." 개츠비가 서둘러 끼어들었다. "당신 너무 흥분했어—"

그녀만 바란다면, 오늘 밤에라도 당장 그녀와 함께 도망가겠다는 마음이 그의 얼굴에 드러나 있었다. 그는 매 순간 그 마음을 그녀에게 전하고 있었고, 그녀도 그걸 알고 있었다. 하지만 그녀는 더 이상 용기를 낼 수 없었다.

"당신은 너무 많은 걸 원해요." 그녀가 가냘픈 목소리로 말했다. "톰을 사랑하지 않았다고는 말할 수 없어요. 그건 사실이 아니니까요."

"데이지와 나 사이에는 당신이 절대 알지 못할 것들이 있어." 톰이 말했다. "우리 둘 다 절대 잊지 못할 일들이지."

개츠비는 계속해서 데이지를 바라보고 있었다.

"난 당신에게 어떤 말도 요구하지 않소. 난 당신만 있으면 돼, 데이지." 그녀는 대답하지 않았고, 그는 절망적으로 톰을 바라보았다.

"그녀는 당신을 사랑한 적이 없소. 난 압니다—그녀가 당

신을 사랑한 적이 없다는 걸 알 만한 이유가 있소. 그럴 만한 충분한 이유 말이오. 그녀가 당신과 결혼한 건 당신이 부자였고, 그녀가 지쳤기 때문이오."

개츠비의 비극적인 눈빛은 톰의 승리를 확증해 주는 듯했다. 그러나 이미 사그라든 꿈은 오후가 서서히 지나가는 동안에도 계속해서 발버둥 쳤다. 더는 손에 닿지 않는 것을 잡으려 애쓰며, 방 저편 잃어버린 목소리를 향해 불행하게도 포기하지 않고 계속해서 몸부림쳤다.

"그녀는 한 번도 나를 사랑하지 않았던 적이 없었어." 톰이 말했다. 그의 말은 마치 개츠비를 짓누르는 듯했다. "반지조차 훔쳐서 끼워준 게 분명한 당신같이 평범한 사기꾼 때문에 그랬을 리 없지."

하지만 개츠비는 너무 충격을 받아 그 말을 듣지도, 신경 쓰지도 않았다. 톰은 술만 마시면 사람을 괴롭혔다. 그리고 이쯤 했으면 충분하다는 것을 알았다. 이제 그는 아량을 베풀 수도 있었고, 약간 비꼴 수도 있었다.

"벌써 늦었군. 당신네 둘 먼저 집에 가도록 하시오." 그는 아내와 개츠비를 가리켰다. "서커스 마차—개츠비 씨의 차로 말이야. 그녀와 얘기하고 싶다고 했으니, 이제 기회가 왔군. 하지만 당신이 내 아내와 대화하고 있다는 건 이제 충분히 알겠지."

위대한 개츠비

그들은 거의 아무 말 없이 떠났다. 데이지의 이유를 알 수 없는 눈물과 함께. 잠시 후 톰은 자리에서 일어나 개봉하지 않은 위스키병을 수건에 싸기 시작했다.

“이거 좀 마실래? 닉?… 조던?”

“아니, 괜찮아.”

그는 나를 약간 애틋하게 바라보았다.

“개츠비 씨는 좀 불행해 보이더군.” 그가 말했다.

“방금 뭐라고 말했어?”

“내 말 안 듣고 있었나?”

“방금, 오늘이 내 생일이라는 게 떠올랐거든.”

나는 서른 살이었다. 내 앞에는 불길한 기운이 감도는 새로운 십 년의 길이 펼쳐져 있었다.

우리가 그와 함께 쿠페를 타고 롱아일랜드로 향했을 때, 내 시계는 저녁 7시를 가리키고 있었다. 톰은 끊임없이 말하며 자랑하고 웃어댔지만, 그의 목소리는 마치 보도 위 아이들이 재잘대는 소리나 머리 위 고가를 지나가는 열차 소음처럼 멀게만 느껴졌다. 조던과 나는 상쾌한 시골길을 함께 달렸고, 그들의 비극적인 말다툼은 도시의 불빛과 함께 희미해졌다. 서른 살—외로운 십 년이 시작되고, 알아갈 미혼 남성들은 점점 줄어들며, 품었던 환상도 사라지고, 머리카락까지 점점 빠져가는 나이. 우리가 어둠 속 매끄럽게 뻗은 다리를

지나는 동안, 조던과 나 사이에 남아 있던 모든 말은 속삭임과 서로 꼭 잡은 손의 감촉으로 전해졌다.

그렇게 우리는 점점 식어가는 황혼 속에서, 죽음을 향해 달려갔다.

* * *

잿더미 옆에서 커피숍을 운영하던 젊은 그리스인 미카엘리스가 그 사건 조사에서 주요 증인이었다. 그는 오후 5시가 넘을 때까지 더위를 견디며 잠을 자다가 정비소 쪽으로 산책하러 나갔고, 조지 윌슨이 그곳 사무실에서 고통스러워하고 있는 것을 발견했다. 그는 정말로 아파 보였다. 얼굴은 창백했고 온몸을 떨고 있었다. 미카엘리스는 그에게 침대에 가서 쉬라고 조언했지만, 윌슨은 그럴 수 없다며, 그러다가 손님 여럿을 놓칠 거라고 말했다. 이웃이 그를 설득하려던 중 갑자기 위층에서 큰 소란이 일어났다.

"위층에 아내를 가둬뒀어." 윌슨이 침착하게 설명했다. "모레까지 그곳에 가둬둘 작정이지. 그 후에 우리는 이사할 거야."

미카엘리스는 매우 놀랐다. 그들은 4년 동안 이웃으로 지냈지만, 윌슨이 그런 말을 할 수 있을 거로는 전혀 생각하지

 위대한 개츠비

못했다. 윌슨은 대체로 무기력해 보이는 사람이었다. 일하지 않을 때는 문간에 놓은 의자에 앉아 도로를 지나는 사람들과 차들을 멍하니 바라보곤 했다. 누군가 그에게 말을 걸면, 으레 감정을 드러내지 않으며 적당히 웃어넘기곤 했다. 그는 자기 자신을 버리고 아내의 남자로 살았다.

그래서 미카엘리스는 자연스럽게 무슨 일이 있었는지 알아내려고 했지만, 윌슨은 한마디도 하지 않았다. 대신 그는 미카엘리스를 의심스러운 눈빛으로 쳐다보며, 그에게 특정 날 특정 시간에 무얼 했는지 물어보기 시작했다. 미카엘리스는 점점 불안해지기 시작했다. 그때, 몇몇 일꾼이 문을 지나 그의 가게로 들어갔고, 그는 나중에 다시 올 생각으로 그 틈을 타 빠져나갔다. 그러나 그러지 않았다. 왜 그랬는지 이유를 알 수 없었고, 그저 잊어버렸다고 생각했다. 미카엘리스는 7시 조금 넘어 다시 밖에 나왔을 때 그 일을 떠올렸다. 윌슨 부인의 목소리가 정비소 아래층에서 크게 들려왔기 때문이다. 그녀는 고함을 치며 윌슨을 다그치고 있었다.

"어디 때려봐! 나를 바닥에 내던지고 때리라고, 비겁한 겁쟁이 자식아!"

잠시 후 그는 그녀가 황혼 속으로 뛰쳐나와 손을 흔들며 소리치는 것을 보았다. 그가 문밖으로 나오기도 전에 사건은 이미 끝나버렸다.

신문 보도에 따르면, 그 '죽음의 차'는 멈추지 않았다. 어둠 속에서 나타나 잠시 위태롭게 흔들리더니, 다음 모퉁이를 돌아 사라져 버렸다. 미카엘리스는 그 차의 색깔조차 확신하지 못했다—처음에는 경찰에게 그 차가 연한 녹색이었다고 말했다. 뉴욕으로 향하던 다른 차는 100야드쯤 앞에 멈춰 섰고, 운전자는 서둘러 돌아와 도로에 엎어져 있는 머틀 윌슨에게 달려갔다. 그녀의 생명은 처참하게 꺼져갔고, 그녀의 짙고 검은 피가 먼지 속에 섞여 들고 있었다.

미카엘리스와 그 남자가 가장 먼저 그녀에게 다가갔다. 하지만 땀으로 축축하게 젖은 블라우스를 찢어보니 그녀의 왼쪽 가슴이 마치 떨어진 덮개처럼 덜렁거리고 있었고, 심장 소리를 들을 필요도 없다는 것을 알 수 있었다. 그녀의 입은 크게 벌어져 있었고, 오랫동안 품어온 그 강렬한 생명력을 쏟아내느라 숨이 막혀버린 듯 입가가 약간 찢어져 있었다.

* * *

우리는 어느 정도 가까이 다가가기 전부터 자동차 서너 대와 사람들이 모여 있는 것을 보았다.

"사고가 났군!" 톰이 말했다. "좋아. 윌슨에게 드디어 손님이 좀 생기겠어."

그는 속도를 줄였지만, 멈출 생각은 없는 듯했다. 그런데 우리가 정비소에 가까워지자, 말없이 심각한 표정을 짓고 있는 사람들의 얼굴을 보고는 톰도 무의식적으로 브레이크를 밟았다.

"한번 살펴봐야겠군." 톰이 미심쩍은 듯 말했다. "그냥 구경만 하자고."

나는 그제야 숨을 헐떡이며 내는 신음이 정비소에서 끊임없이 새어 나오는 것임을 알아차렸다. 우리가 쿠페에서 내려 문 쪽으로 걸어가자, "오, 맙소사!"라는 처절한 울부짖음이 분명하게 들렸다.

"여기 무슨 큰일이 난 것 같군." 톰이 흥분하며 말했다.

그는 발끝을 세워 정비소에 모인 사람들 머리 너머로 고개를 내밀어 안쪽을 들여다보았다. 머리 위쪽에 매달린 철제 보호망 속 노란 불빛만이 정비소를 비추고 있었다. 그러더니 톰은 거칠고 쉰 목소리를 내뱉었고, 강력한 팔로 거칠게 밀어붙이며 사람들 사이를 뚫고 안으로 들어갔다.

사람들이 다시 밀착했고, 항의하는 듯한 웅성거림이 이어졌다. 무슨 일이 벌어졌는지, 내가 볼 수 있게 되기까지 잠시 시간이 걸렸다. 그러다 새로 온 사람들이 줄을 흐트러뜨렸고, 조던과 나는 느닷없이 밀려 안쪽으로 들어갔다.

머틀 윌슨의 시신은 이 무더운 밤에 마치 그녀가 추위에

떨기라도 하는 듯 담요 두 겹에 싸인 채, 벽에 붙어 있는 작업대 위에 놓여 있었다. 톰은 우리에게 등을 돌리고 그 위로 몸을 숙인 채 꼼짝도 하지 않았다. 그의 옆에는 한 교통경찰이 땀을 뻘뻘 흘리며 작은 수첩에 이름을 적고 있었다. 처음에는 텅 빈 정비소에 울려 퍼지던 그 가늘고 애처로운 신음이 어디서 나는지 알 수 없었다─그러다가, 사무실 문턱에 서서 두 손으로 문기둥을 붙잡고 앞뒤로 몸을 흔들고 있는 윌슨을 발견했다. 한 남자가 낮은 목소리로 그에게 말을 걸며 이따금 어깨에 손을 얹으려 했지만, 윌슨은 듣지도, 보지도 못하는 듯했다. 그의 시선은 흔들리는 불빛에서 시신이 놓인 테이블로 천천히 내려갔다가 다시 불빛 쪽으로 돌아갔다. 그러는 사이 그는 끊임없이 높은 소리로 처절한 비명을 내질렀다.

"오, 맙소사! 오, 맙소사! 오, 맙소사! 오, 맙소사!"

잠시 후 톰은 갑자기 고개를 들어 흐릿한 눈으로 정비소를 둘러본 뒤, 경찰관에게 웅얼거리며 알아들을 수 없는 말을 내뱉었다.

"마-브-" 경찰관은 이렇게 말하고 있었다. "-오-"

"아니, -르-" 상대 남자가 바로잡으며 말했다. "마-브-로-"

"내 말 좀 들어보시오!" 톰이 거칠게 중얼거렸다.

위대한 개츠비

“르-” 경찰관이 말했다. “오-”

“지-”

“지-” 그때 톰이 큼직한 손을 그의 어깨에 거칠게 얹고 나서야 그는 고개를 들었다. “무슨 일입니까?”

“무슨 일이 있었던 거죠?—그걸 알고 싶습니다.”

“차에 치였어요. 즉사했죠.”

“즉사했다고요?” 톰이 되풀이하며 멍하니 말했다.

“그녀가 도로로 뛰어들었어요. 그 자식은 차를 멈추지도 않았죠.”

“차가 두 대였어요.” 미카엘리스가 말했다. “하나는 오고 있었고, 다른 하나는 가고 있었어요, 이해돼요?”

“어디로 가고 있었는데요?” 경찰관이 예리하게 물었다.

“각기 다른 방향으로 가고 있었죠. 그녀가—” 미카엘리스가 손을 담요 쪽으로 들어 올리다가 중간쯤에서 멈추더니 다시 그의 옆으로 떨어뜨렸다. “그녀가 뛰쳐나왔고, 뉴욕에서 오던 차가 시속 30~40마일로 달려와 그녀를 바로 들이받았어요.”

“이 지역 이름이 뭐죠?” 경찰관이 물었다.

“이름은 딱히 없습니다.”

창백한 얼굴에 잘 차려입은 흑인이 가까이 다가왔다.

“노란 차였어요.” 그가 말했다. “큰 노란색 차, 새 차였죠.”

"사고를 목격했습니까?" 경찰관이 물었다.

"아니요, 하지만 그 차가 이 길을 따라 절 스치고 지나갔어요. 시속 40마일보다 더 빨랐죠. 5, 60마일은 됐을 겁니다."

"이리 와서 이름을 말해요. 비켜요. 이 사람 이름 적어야 하니까."

사무실 문간에서 몸을 흔들고 있던 윌슨이 이러한 대화 중 몇 마디를 들은 것 같았다. 그가 숨을 헐떡이며 울부짖는 와중에 갑자기 다른 말을 내뱉기 시작했다.

"그 차가 어떤 차였는지 말할 필요 없어! 어떤 차였는지 내가 다 아니까!"

톰을 지켜보던 나는 그의 코트 안 어깨 뒤쪽 근육에 단단히 힘이 들어가는 것을 보았다. 그는 윌슨 쪽으로 빠르게 걸어가더니, 그의 앞에 서서 위팔을 강하게 붙잡았다.

"정신 차려야 하네." 그가 거칠지만 다독이는 듯한 목소리로 말했다.

윌슨의 시선이 톰에게로 향했다. 그는 발끝으로 몸을 일으키려고 했는데, 톰이 그를 똑바로 잡아주지 않았다면 무릎을 꿇을 뻔했다.

"들어보게." 톰이 그를 살짝 흔들며 말했다. "난 방금 뉴욕에서 왔어. 자네에게 얘기했던 그 쿠페를 가져오던 중이었다고. 내가 오후에 몰고 다니던 그 노란 차는 내 차가 아니야,

 위대한 개츠비

알아듣겠나? 난 오늘 오후 내내 그 차를 본 적도 없어.”

그 흑인과 나만이 그의 말을 들을 수 있을 정도로 가까이 있었지만, 경찰관은 그 말투에서 뭔가를 감지하고는 싸늘한 눈빛으로 쳐다보았다.

“그게 무슨 소립니까?” 경찰이 물었다.

“나는 이 사람 친구요.” 톰은 고개를 돌렸지만, 여전히 윌슨의 몸을 단단히 붙들고 있었다. “이 사람이 말하길, 사고 낸 차를 안다고 합니다… 노란 차였다고.”

경찰관은 뭔가 미심쩍다는 생각이 스쳐 지나간 듯 톰을 의심스럽게 바라보았다.

“당신 차는 무슨 색입니까?”

“파란색이요, 쿠페입니다.”

“우린 뉴욕에서 방금 왔습니다.” 내가 말했다.

우리 조금 뒤쪽에서 운전해 오던 누군가도 이것을 확인해 주었고, 경찰관은 그쪽으로 돌아섰다.

“그럼 다시 한번 이름을 정확히 말씀해 주십시오—”

톰은 윌슨을 마치 인형처럼 들어 올려 사무실로 데려가 의자에 앉히고 돌아왔다.

“누군가 와서 이 사람 옆에 있어 주시오!” 그가 명령조로 소리쳤다. 가까이 서 있던 남자 두 명이 마지못해 서로 눈을 마주치더니 사무실 안으로 들어갔다. 그러자 톰은 그들을 뒤

로하고 문을 닫은 후 작은 계단을 내려왔다. 그의 눈은 일부러 그 테이블을 피했다. 그는 내 옆을 지나가며, 나지막이 속삭였다. "여기서 나가세."

그는 자의식을 드러내며 위세 있게 팔로 길을 텄고, 우리는 여전히 모여드는 사람들 사이를 헤치고 나왔다. 그때 의사가 가방을 든 채 우리를 지나쳐 서둘러 들어갔다. 그는 희미한 희망 속에서 반 시간 전에 급히 불려 온 의사였다.

톰은 천천히 운전하다가, 굽은 길을 지나자마자 페달을 세게 밟았다. 쿠페는 밤을 가르며 질주했다. 잠시 후, 나는 낮고 거친 울음소리를 들었고 그의 얼굴에 눈물이 흐르고 있는 것을 보았다.

"이 비겁한 자식!" 그가 말했다. "차를 멈추지도 않았어."

* * *

뷰캐넌의 집이 갑자기 어둠 속에서 바람에 흔들리는 나무들 사이로 우리에게 다가오는 듯했다. 톰은 현관 옆에 차를 세우고 덩굴 사이로 두 개의 창문에서 불빛이 환하게 새어 나오는 2층을 올려다보았다.

"데이지가 집에 있군." 그가 말했다. 우리가 차에서 내리자 그는 나를 흘끗 보더니 살짝 찡그렸다.

 위대한 개츠비

"닉, 자네를 웨스트 에그에 데려다줄 걸 그랬군. 오늘 밤엔 우리가 할 수 있는 일이 없을 테니 말이야."

그에게 변화가 찾아온 듯했다. 그는 진지하고 단호한 어조로 말했다. 우리는 달빛이 비추는 자갈길을 따라 현관으로 걸어갔다. 그러면서 그는 간단한 몇 마디 말로 상황을 정리했다.

"택시를 불러서 자네를 집에 데려다주라고 하겠네. 기다리는 동안 자네와 조던은 주방에서 저녁을 좀 들게나―원한다면 말이지."

그가 문을 열었다.

"들어오게."

"괜찮아. 택시만 불러주면 고맙겠네. 밖에서 기다릴게."

조던이 내 팔에 손을 올렸다.

"안 들어갈 거예요, 닉?"

"사양하겠소."

나는 약간 몸살 기운을 느꼈고 혼자 있고 싶었다. 하지만 조던은 잠시 더 머물렀다.

"아직 9시 반밖에 안 됐어요." 그녀가 말했다.

내가 안으로 들어갈 일은 절대 없을 것이었다. 그날 하루 동안 그들 모두에게 진절머리가 났다. 이젠 조던에게도 그렇게 느껴졌다. 내 표정에서 그것을 눈치챘는지, 조던은 갑

자기 몸을 돌려 현관 계단을 뛰어 올라가 집 안으로 들어갔
다. 나는 머리를 손에 묻은 채 몇 분 동안 앉아 있다가, 안에
서 집사가 전화로 택시를 부르는 소리가 들리자 천천히 일어
섰다. 그리고 정문 옆에서 기다리려고 천천히 진입로를 걸어
내려가 그 집에서 멀어졌다.

나는 20야드도 채 가지 못했을 때 내 이름을 부르는 소리
를 들었다. 개츠비가 덤불 사이에서 길 쪽으로 걸어 나왔다.
그 순간 그의 분홍색 정장이 달빛 아래에서 빛난다는 것 외
에는 아무것도 생각할 수 없었고, 그래서 몹시 기묘한 기분
이 들었던 것 같다.

"여기서 뭐 하는 겁니까?" 내가 물었다.

"그냥 서 있었네, 친구."

왠지 그것이 비열한 짓처럼 느껴졌다. 그가 곧 그 집을 털
어갈 것만 같았고, 어두운 관목림 속 그의 뒤에서 '울프심 일
당' 같은 음산한 얼굴들이 보여도 전혀 놀라지 않았을 것이
다.

"도로에서 사고 난 거 봤소?" 그가 잠시 후 물었다.

"네."

그는 망설였다.

"그 여자 죽었소?"

"네."

     위대한 개츠비

"그럴 줄 알았어. 데이지에게도 그럴 거라고 말했지. 충격은 한 번에 오는 게 낫소. 데이지는 꽤 잘 버티더군."

그는 마치 데이지의 반응만이 중요하다는 듯 말했다.

"나는 샛길로 웨스트 에그에 도착했고, 차는 차고에 두었지. 우리를 본 사람은 없는 것 같지만, 확신할 수는 없소."

이쯤 되니, 나는 그가 틀렸다는 걸 굳이 말할 필요를 느끼지 못할 정도로 그가 싫어졌다.

"그 여자는 누구였소?" 그가 물었다.

"윌슨이라는 사람입니다. 그녀의 남편이 정비소를 운영하고 있죠."

"참 운도 없었군." 그가 생각에 잠긴 듯 말했다.

"무슨 일이 있었던 겁니까?" 내가 따져 물었다. "어쩌다 그 여자를 치게 된 겁니까?"

"글쎄, 핸들을 꺾어보려고 했는데—" 그가 말을 멈추자, 순간 나는 진실을 짐작했다.

"데이지가 운전하고 있었습니까?"

"그렇소." 그가 잠시 후 말했다. "하지만 물론 내가 운전했다고 말할 거요. 알다시피, 우리가 뉴욕을 떠났을 때, 그녀는 신경이 날카로운 상태였소. 운전이라도 하면 좀 진정될 거로 생각했고, 한동안은 그랬지. 하지만 우리가 반대편에서 오던 차를 막 지나치려던 순간, 그 여자가 갑자기 우리 쪽으로 뛰

쳐나왔소. 너무 순식간에 벌어진 일이었지만, 그녀는 우리에게 말을 걸고 싶어 하는 것 같았소. 아는 사람인 줄 알았던 거지. 그런데 데이지는 운전을 잘하지 못해서 본능적으로 다른 차 쪽으로 핸들을 꺾었다가, 겁을 먹고 다시 방향을 틀었소. 내가 핸들에 손을 대는 순간 충격이 느껴졌지—그녀는 즉사한 게 틀림없소.”

“그녀는 온몸이 갈가리 찢겨—”

“말하지 마시오, 친구.” 그가 얼굴을 찡그리며 말했다. “어쨌든—데이지가 가속 페달을 밟았소. 내가 멈추라고 했지만, 그녀는 멈출 수 없었고, 내가 비상 브레이크를 당길 때까지 멈추지 않았소. 그러고 나서 그녀는 내 무릎 위로 쓰러졌지. 그래서 내가 계속 운전했소.”

“내일이면 그녀도 괜찮아질 거요.” 그가 잠시 후 말했다. “나는 여기서 기다리며 그가 오늘 오후에 벌어진 말다툼 때문에 그녀를 괴롭히지는 않을지 지켜볼 생각이오. 그녀는 방에 들어가 문을 잠갔소. 만약 그가 폭력을 쓰려고 하면, 불을 껐다가 다시 켤 거요.”

“그는 그녀를 건드리지 않을 겁니다.” 내가 말했다. “지금 그녀에게 신경 쓸 여유조차 없을 겁니다.”

“난 그를 믿지 않소.”

“얼마나 기다릴 겁니까?”

위대한 개츠비

"필요하다면 밤새워 기다릴 거요. 어쨌든 모두가 잠자리에 들 때까지 기다릴 생각이오."

그는 데이지와 함께 떠나겠다는 말을 한 적이 없었지만, 그녀가 집에 돌아가는 것을 원하지 않았던 것 같다. 그리고 또 다른 관점이 내게 떠올랐다. 만약 톰이 데이지가 운전하고 있었다는 사실을 알아챘다면 어떻게 될까? 그가 거기서 어떤 연관성을 찾았다고 생각할 수도 있었다—자기 멋대로 무엇이든 억측하곤 하니까. 나는 집 쪽을 바라보았다. 1층에는 창문 두세 개에서 빛이 환하게 비치고 있었고, 2층 데이지의 방에서는 분홍색 불빛이 새어 나오고 있었다.

"여기서 기다리세요." 내가 말했다. "제가 가서 소란이 일어날 낌새가 있는지 확인해 보겠습니다."

나는 잔디밭 가장자리를 따라 걸어가다가 자갈길을 조용히 가로지른 후, 발끝을 세워 현관 계단을 올랐다. 거실의 블라인드는 올라가 있었고, 방이 비어 있는 것이 보였다. 우리가 6월 어느 날 밤에 함께 저녁을 먹었던 그 베란다를 지나, 작은 직사각형 빛이 새어 나오는 곳으로 갔다. 아마도 그것은 식료품 저장실 창문인 것 같았다. 커튼이 드리워져 있었지만, 창틀에 있는 작은 틈을 발견했다.

데이지와 톰은 부엌 테이블에 마주 앉아 있었다. 그들 사이에는 차게 식은 프라이드 치킨 한 접시와 에일 맥주 두 병

이 놓여 있었다. 톰은 테이블 너머로 데이지에게 열심히 무언가를 이야기하고 있었고, 진지한 태도로 자기 손을 그녀의 손 위에 얹어 놓았다. 가끔 데이지는 톰을 올려다보며 고개를 끄덕여 동의하는 듯했다.

그들은 행복해 보이지 않았고, 치킨이나 에일에는 손도 대지 않았다—하지만 불행해 보이지도 않았다. 그들 사이에는 자연스러운 친밀감이 느껴졌고, 누가 보았다면 마치 함께 음모를 꾸미는 것처럼 보였을 테다.

나는 현관에서 발끝을 세우고 조심스레 내려가다가 내가 타야 할 택시가 어둠 속에서 집을 향해 다가오는 소리를 들었다. 개츠비는 내가 봤던 진입로 그 자리에서 여전히 기다리고 있었다.

"저 위쪽엔 별일 없소?" 그가 초조하게 물었다.

"네, 괜찮습니다." 나는 잠시 방설였다. "이제 집으로 가서 좀 쉬시는 게 좋겠군요."

그는 고개를 저었다.

"데이지가 잠자리에 들 때까지 여기서 기다리고 싶소. 안녕히 가시오, 친구."

그는 코트 주머니에 두 손을 찔러 넣고 돌아서서, 다시 그 집을 열심히 살펴보았다. 마치 나라는 존재가 그가 짊어진 성스러운 불침번을 방해하기라도 한 것처럼. 그래서 나는 달

빛 속에서 의미 없이 지켜보고 서 있는 그를 남겨두고 멀어
져 갔다.

제8장

나는 밤새 잠을 이루지 못했다. 해협에서 안개 경보가 끊임 없이 울려 퍼졌고, 나는 병에 걸린 듯한 상태로 괴상한 현실과 잔인하고 두려운 꿈 사이에서 몸을 뒤척였다. 새벽녘에 개츠비의 저택 진입로로 택시 한 대가 올라가는 소리를 듣고, 곧바로 침대에서 뛰쳐나와 옷을 입기 시작했다. 그에게 꼭 전해야 할 말이 있었고, 경고해야 한다는 느낌이 강하게 들었다. 아침이 되면 너무 늦을 것 같았다.

그의 저택 잔디밭을 가로질러 가보니 현관문을 여전히 열어눈 채였다. 그리고 그가 복도에 있는 테이블에 기대어 있는 것을 보았다. 그는 낙담했는지, 아니면 잠에 취했는지 무기력해 보였다.

"아무 일도 일어나지 않았소." 그가 힘없이 말했다. "기다렸지. 새벽 4시쯤 그녀가 창가에 와서 잠시 서 있다가 불을 껐소."

그의 저택이 그날 밤만큼 거대하게 느껴졌던 적은 없었다. 우리는 넓은 방을 돌아다니며 담배를 찾았다. 마치 장막 같

은 커튼을 옆으로 걷어내고, 어둠에 잠긴 수많은 벽을 더듬어 전등 스위치를 찾았다. 한 번은 내가 유령 같은 피아노 건반 위로 넘어져서 마치 물이 튀는 듯한 소리를 냈다. 설명할 수 없을 만큼 많은 먼지가 곳곳에 쌓여 있었고, 방 안에는 며칠 동안 환기를 하지 않은 듯한 곰팡내가 났다. 우리는 낯선 테이블 위에서 오래되어 마른 담배 두 개비가 들어 있는 휴미더[56]를 발견했다. 응접실의 프랑스식 창문을 활짝 열고, 어둠 속으로 담배 연기를 내뱉으며 앉아 있었다.

"떠나셔야 합니다." 내가 말했다. "그 차가 추적당할 게 거의 확실하니까요."

"지금 떠나라고, 친구?"

"일주일 정도 애틀랜틱 시티[57]에 가 있거나, 몬트리올[58]에 갔다 오세요."

그는 그런 것을 전혀 고려하지 않았다. 데이지가 어떻게 할 생각인지 알기 전에는 그녀를 떠날 수 없다는 것이었다. 나는 그에게 진실을 말할 수도 있었지만, 그가 마지막 희망에 매달려 있는 상황에서 그걸 끊어버릴 용기가 나지 않았다.

"알겠지만, 친구, 난 아무것도 가진 게 없소." 그가 불현듯 말했다. "한때는 내가 많은 걸 소유했다고 생각했는데, 사실은 다 빈 껍데기일 뿐이었지. 아마 사람들도 그걸 느끼는 것

같소. 그래서 나에 대해 이런저런 소문을 계속 만들어 내는 거겠지. 그리하여, 내가 빈 껍데기뿐인 사람이 아니라고 여기게 하려는 거겠지. 나 자신도 심지어 소문을 만들어 내곤 하오." 그는 솔직하게 말하며 나를 바라보았다. "나는 옥스퍼드 출신이 아니오."

"알고 있었습니다." 나는 드디어 이 중요한 사실이 명확히 밝혀져서 기뻤다.

"그저 몇 달 다녔을 뿐이지." 그는 예상치 않게 계속 말을 이었다. "전쟁이 끝난 후 해외에 파병된 장교들에게 옥스퍼드에 다닐 기회가 주어졌소."

나는 그의 등을 두드려 주고 싶었다. 나는 그에게서 다시 한번 완전한 신뢰감을 느꼈다. 예전에도 몇 번 느껴본 그런 믿음이었다.

"모든 걸 말해주겠소." 그가 거침없이 말했다. "모든 이야기 말이오. 그동안 누구에게도 말한 적이 없었소—데이지에게도 말하지 않았지. 하지만 거짓말도 많이 한 건 아니오. 다만 사람들로 하여금 궁금해하게 하려고 조금씩 바꿔 말했을 뿐이오."

예를 들어, 그가 돈을 상속받은 건 사실이었지만, 그 돈은 가난하고 명성 없던 부모에게서 상속받은 것이 아니었다. 사실 그는 그들이 자기 부모라는 것을 한 번도 믿어본 적이 없

 위대한 개츠비

었다.

이는 그가 허술하게 털어놓은 고백처럼 들리지만, 사실 그렇지 않았다. 나는 그가 한 말의 뜻을 이해했다—그는 분명 합법적으로 혼인한 부모 사이에서 태어났다는 사실을 상상조차 할 수 없었던 것이다. 인간에게 자기 과거를 만들어 낼 권리보다 더 정당한 권리가 또 있을까? 롱아일랜드의 웨스트 에그 출신 제이 개츠비는 그 자신이 품은 이상적인 자아상에서 탄생한 인물이었다. 그는 신의 아들이었다—이 말에 의미를 부여할 수 있다면, 바로 그 말 그대로의 의미일 것이다. 그리고 그는 거창하고 속되며 겉만 번지르르한 아름다움을 섬기는 아버지의 일[59]을 해야만 했다. 개츠비는 끝까지 그 일에 충실했다.

그는 열다섯 살 때부터 시작해 자신이 살아온 이야기를 나에게 들려주었다. 당시 유행하던 노래들이 애수와 낭만적인 아름다움을 지닌 곡조로 다가오기 시작했다고 한다. 그는 그 노래들을 그 자체만큼이나 덧없는 환상에 결부시켰고, 틴 팬 앨리[60]에서 상업적으로 가볍게 만들어진 선율과 가사에 깊은 의미를 부여했다. 한동안 이러한 환상은 그의 상상력을 해방해 주는 한편, 당대의 매혹적인 분위기를 담아내며 그가 믿고 있던 화려한 세계를 반영해 주었다. 그것들은 현실의 비현실성을 암시하는 만족스러운 단서였고, 세상이 마치 요

정의 날개 위에 안정적으로 자리 잡았다는 약속처럼 느껴졌다.

열여섯 살 때, 제임스 개츠—적어도 법적으로 그것이 그의 진짜 이름이었다—는 조개를 캐거나 연어 잡는 일 등 숙식을 해결할 수만 있다면 어떤 일이라도 하면서 슈피리어 호수[61] 남쪽 호숫가를 따라 떠돌아다녔다. 그의 갈색 피부는 점점 단단해졌고, 치열하다가 나태해지기도 하는 노동 속에서 힘든 나날을 자연스럽게 견뎌냈다. 그는 일찍부터 여자를 알았고, 여자들이 그를 지나치게 떠받들어 주자 점차 여자를 경멸하게 되었다. 젊은 처녀들은 무지해서, 그 외의 여자들은 지나치게 자기중심적인 그가 당연하게 여기는 일들에 예민하게 반응해서 그들을 경멸했다.

그러나 그의 마음은 끊임없이 소용돌이치는 혼란 속에 휩싸여 있었다. 밤이 되면 무척 기이하고 환상적인 상념들이 그의 침대를 찾아왔다. 위대한 국가와 화려한 도시들의 운명에 영향을 미칠 계획들이 그의 머릿속에서 쏟아져 나왔다. 세면대 위의 시계는 똑딱거리고 있었으며, 달빛은 축축한 빛으로 바닥에 엉켜 있는 그의 옷들을 적셨다. 그는 매일 밤 떠오른 생생한 모든 장면을 졸음이 찾아와 망각의 포옹으로 덮어버릴 때까지, 자신의 환상에 새로운 조각들을 계속해서 더해갔다.

그가 열일곱 살 때, 미래의 영광을 향한 본능이 그를 미네소타 북부에 있는 작은 루터교 대학인 세인트 올라프 대학으로 이끌었다. 그는 그곳을 2주 동안 다녔을 뿐이다. 자기 운명을 암시하는 북소리에, 운명 자체에 무관심한 그곳의 냉혹함에 실망했고, 학비를 벌기 위해 해야 했던 수위 일도 경멸하게 된 것이었다. 결국, 그는 슈피리어 호수로 돌아가 정규직 일자리를 구해 동부로 갈 돈을 모으기로 마음먹었다. 그가 무슨 일을 해야 할지 여전히 고민하던 어느 날, 댄 코디의 요트가 호숫가 얕은 물에 닻을 내렸다.

당시 쉰 살이었던 코디는 네바다의 은광과 유콘 지역을 비롯해 1875년 이후 일어난 모든 철광산 열풍이 만들어 낸 인물이었다. 그는 몬태나에서의 구리 사업 덕분에 여러 차례 큰 재산을 쌓으며 신체적으로는 건강했지만, 정신적으로는 점차 나약해지고 있었다. 그 점을 눈치챈 수많은 여성이 그의 돈을 가로채려고 했다. 신문 기자였던 엘라 케이는 마담 드 맹트농처럼 그의 허점을 파고들어, 요트를 타고 바다로 나가게 했다. 이러한 비도덕적인 수법은 1902년 당시 주로 자극적인 내용을 다루는 언론 보도의 단골 소재였다. 그는 다섯 해 동안 안전하고 쾌적한 해안을 따라 항해하다가 마침내 리틀 걸만[62]에 도착했다. 그리하여 제임스 개츠의 운명을 뒤바꿀 인물이 되었다.

트리말키오

"그날 아침 나는 호숫가를 어슬렁거리며 그의 배가 물을 받으러 들어오는 걸 지켜보고 있었소. 그 배는 내가 평생 본 것 중 가장 아름다운 것이었고, 그 배에 승선할 수 있다면 뭐든지 할 수 있을 것만 같았지. 그런데 그 배가 호숫가 중에서도 가장 험한 갯벌에 닻을 내리려는 걸 보았소—15분 안에 썰물로 물이 빠질 게 뻔했소. 그래서 노 젓는 배를 빌려 그 요트로 가서, 댄 코디에게 정오가 되기 전에 분명 배가 파손될 거라고 말했지. 그를 설득하는 데 꽤 애를 먹었지만, 결국 내 말을 듣고 나서 그는 은화 10달러를 주며 점심을 먹자고 나를 초대했소. 그는 내 이름을 물었고, 나는 제이 개츠비라고 대답했소—전날 밤에 내 이름을 바꾼 참이었지. 그는 나를 좋아했고, 나도 그를 좋아하게 되었소. 그래서 며칠 후 그는 나를 덜루스로 데려가 파란색 코트와 흰색 면바지 여섯 벌, 그리고 요트 모자를 사주었소. 그리고 '투올로미'[63]호가 서인도 제도와 바르바리 해안[64]으로 떠날 때, 나도 함께 떠났소."

그는 개인 비서로 고용되었으나 하는 일이 일정치는 않았다—코디와 함께하는 동안, 개츠비는 차례로 비서, 관리인, 선원, 선장, 심지어 간수 역할까지 맡았다. 코디는 술에 취하기만 하면 곧바로 어떤 사치스러운 짓을 벌일지 잘 알고 있어서, 그런 상황에 대비하여 점점 더 개츠비를 신뢰하게 되었다. 그들의 관계는 5년 동안 지속되었고, 그사이에 배는

위대한 개츠비

대륙을 세 바퀴나 돌았다. 그 관계는 어쩌면 무기한 지속되었을지도 모른다. 하지만 어느 날 밤 보스턴에서 엘라 케이가 배에 승선한 후, 일주일이 지난 뒤 댄 코디가 갑작스럽게 죽으면서 그 일은 끝이 났다.

나는 개츠비의 침실에 걸려 있던 그의 초상화를 떠올렸다. 잿빛으로 물든 얼굴에 강인하지만 텅 빈 인상을 지닌, 방탕한 개척자의 모습이었다—그는 미국 역사의 한 시기에 서부 개척지의 매음굴과 술집의 사나운 폭력을 동부 해안에 불러온 인물이었다. 나는 그에 대해 그렇게 말했고, 개츠비는 고개를 끄덕였다.

"그래서 나는 술을 많이 마시지 않게 된 거요. 누군가는 모든 일을 책임져야 했기 때문에, 자연스럽게 술을 멀리하는 습관이 생긴 거지. 나는 오래도록 맑은 정신으로 다른 사람들을 지켜봤소—때때로 여자들이 내 머리에 샴페인을 들이붓고 문질러 주기도 했지."

"그럼, 그 사람한테서 유산을 물려받은 건가요?"

"2만 5천 달러. 하지만 한 푼도 받지 못했소. 그때 나는 너무 어렸지. 엘라 케이 일당이 전부 가로챘는데, 나를 어떻게 속였는지 아직도 정확히 알지 못하오, 친구."

"1913년 봄의 일이었소." 그가 잠시 후 계속해서 말했다. "그 이후 한동안 운이 따르지 않았지."

그는 얼굴을 찡그리고 그 지난 5년을 지워버리려는 듯 손을 모호하게 휘젓더니 전쟁 시절 이야기를 시작했다.

"전쟁이 터졌을 때 기뻤소. 내가 완전히 빈털터리였던 것도 그 이유 중 하나요. 제1 장교 훈련 캠프에 들어갔고, 거기서 소위에 임관했소. 나는 특히 이른 아침 아직 별이 반짝일 때, 모두가 줄을 서서 관등성명을 외치는 순간이 정말 좋았소, 친구. 다시 어린아이가 된 것처럼 들떴었지. 마치 무슨 대단한 일이 벌어질 것 같은 기분이었소."

처음에는 당시의 많은 젊은이처럼 그도 평생 군대에 남을 생각이었다. 그는 매우 행복했다―군 생활은 고되고 엄격했지만, 목표가 매우 확실하고 성취할 수 있는 것이었기 때문이다. 그러다가 그는 루이빌 근처의 한 군사 기지로 배치되었고, 어느 날 밤 다른 장교들과 함께 시골 클럽에서 열린 무도회에 참석했다. 일주일도 채 되지 않아 그의 들뜬 마음은 새로운 음조로 가득 찼다. 그것은 바로 데이지 페이의 어둡고도 아름다운 목소리였다.

그녀는 그가 만나본 첫 번째 '품위 있는' 여자였다. 그는 다양한 방식으로 그런 사람들과 접촉해 왔지만, 항상 그들 사이에는 보이지 않는 철조망이 놓인 것처럼 느껴졌다. 그는 그녀의 매력에 푹 빠졌다. 처음에는 다른 장교들과 함께였지만, 곧 혼자서도 그녀의 집을 방문하기 시작했다. 그는 그 집

 위대한 개츠비

에 놀랐다―그렇게 아름다운 집은 한 번도 본 적이 없었다. 하지만 그 집에 숨 막힐 듯한 긴장감을 느끼게 한 것은 바로 데이지가 그곳에 살고 있다는 사실이었다―그녀에게는 그 집이 마치 그에게 있어 캠프에 있는 텐트만큼이나 익숙한 곳이었다. 그곳에는 농익은 신비가 감돌았다. 위층에 있는 침실들은 다른 침실보다 더 아름답고 산뜻할 것만 같았고, 복도 곳곳에서는 환희에 찬 즐거운 일들이 벌어지고 있을 것만 같았다. 그리고 그곳에는 라벤더 속에 묻어둬 곰팡내 나는 오래된 낭만이 아니라, 올해 출시된 반짝이는 자동차와 이제 막 시들기 시작한 무도회의 꽃처럼 신선하고 생명력 넘치는 낭만이 흐르고 있을 것만 같았다. 이미 많은 남자가 데이지를 사랑했다는 사실은 그에게 또 다른 흥분을 안겨주었다― 그것이 그녀를 더욱 특별하게 느끼도록 했다. 그는 그 남자들의 존재를 집 안 곳곳에서 느꼈으며, 아직도 생생한 감정의 그림자와 메아리가 공기 속에 퍼져 있는 것 같았다.

그러나 그는 엄청난 우연의 결과로, 자기가 데이지의 집에 있게 된 것을 알고 있었다. 그는 자신이 드러낼 수 없는 과거를 지닌 보잘것없는 사람이라는 것을 알고 있었고, 언제든지 유일한 보호막인 군복이 그의 어깨에서 미끄러져 내려갈 수 있다는 것도 알고 있었다. 그래서 그는 주어진 시간을 최대한 활용했다. 그는 손에 넣을 수 있는 것이라면 무엇이든

수단과 방법을 가리지 않고 탐욕적으로 얻으려 했다―결국, 어느 고요한 10월 밤에 그는 데이지를 차지했다. 그녀의 손을 잡을 권리조차 없었기에, 그는 그녀를 가진 것이다.

그는 자신을 경멸했을지도 모른다. 왜냐하면 분명히 그녀를 속였기 때문이다. 그렇다고 그가 백만장자의 아들이라고 주장했다는 뜻은 아니다. 자신이 그녀와 같은 사회적 계층에 속하며 충분히 그녀를 돌볼 수 있는 사람이라고 믿게 하면서, 의도적으로 데이지가 안도감을 느끼게 했다. 하지만 사실 그는 그런 능력이 전혀 없었다. 그를 뒷받침해 줄 안락한 가정도 없었고, 냉정한 정부의 명령에 따라 언제든지 세계 어느 곳으로든 떠나야 할 처지였다.

그러나 그는 자신을 경멸하지 않았다―모든 것이 그가 상상했던 것과 다르게 흘러갔다. 아마도 그는 얻을 수 있는 것을 얻고 떠나려 했을 것이다―그러나 이제 그는 자신이 마치 성배를 쫓는 데 전념하는 듯한 처지가 되었다는 사실을 깨달았다. 그는 데이지가 특별한 사람이라는 것을 알았지만, '품위 있는' 여자가 얼마나 더 특별할 수 있는지 완전히 깨닫지는 못했다. 그녀는 자신의 부유한 집과 풍요로운 삶 속으로 스며들어 버렸고, 개츠비에게는 아무것도 남지 않았다. 그저 그녀와 결혼한 듯한 기분에 사로잡혀 있었을 뿐, 그게 전부였다.

 위대한 개츠비

이틀 후 그들이 다시 만났을 때, 개츠비는 숨이 가빠오고 어쩐지 배신당한 듯한 느낌을 받았다. 그녀의 집 현관은 마치 별빛을 사들인 듯 화려하게 빛났고, 그녀가 그를 향해 몸을 돌리자 등나무 소파가 멋스럽게 삐걱거렸다. 그는 그녀의 호기심 가득한 아름다운 입술에 키스했다. 그녀는 감기에 걸려 목소리가 더 허스키해졌지만, 그 덕분에 더 매력적으로 들렸다. 개츠비는 감정에 압도되어 부유함이 감싸고 보존해주는 젊음과 신비, 다채로운 옷에서 느껴지는 신선함, 그리고 가난한 이들의 고된 삶과는 동떨어져 있어 안전하고 자부심 넘치며 은처럼 반짝이는 데이지의 모습을 강렬히 의식했다.

* * *

"내가 그녀를 사랑하고 있다는 사실을 깨닫고 얼마나 놀랐는지 말로 다 표현할 수 없소. 마치 내가 속은 것처럼 느껴졌지. 나는 그녀에게 가서 진실 일부를 말했소. 어쩌면 그녀가 나를 떠나주길 바라는 마음으로 말이요—하지만 아무 소용이 없었소. 그녀도 나를 사랑하고 있었거든. 그녀는 내가 인생에 대해 많은 걸 안다고 생각하는 듯했지만, 사실 그저 그녀와 다른 것들을 알고 있을 뿐이었지. 그러다가 어느 날 밤

함께 산책하며, 불현듯 깨달았소. 그녀가 바로 내가 줄곧 꿈꿔왔던 사람이라는 걸. 그걸로 모든 게 괜찮아졌소. 나는 데이지와 함께할 내 인생을 다시 계획하기 시작했지. 어떻게 매달 그렇게 많은 돈을 벌어 결혼해서 살아갈 수 있을지 고민했소. 더 이상 위대해지고 싶지 않았지. 왜냐하면 그녀와 함께하는 것보다 더 나은 게 있을 수 있다는 걸 인정하고 싶지 않았거든. 그녀를 품에 안고 내가 하려는 일을 말해주며 함께하면서 훨씬 즐겁게 보낼 수 있는데, 위대한 일을 하는 게 무슨 소용 있겠소?"

그가 해외로 파병 가기 전 마지막 날 오후, 그는 데이지를 무릎에 앉히고 오랫동안 아무 말 없이 앉아 있었다. 차가운 가을날이었다. 방 안에 불을 지펴두어서 그녀의 뺨은 붉게 상기되어 있었다. 가끔 그녀가 몸을 뒤척이면 그는 살짝 팔을 바꿔 감싸안았고, 한번은 그녀의 짙고 빛나는 머리카락에 키스했다. 다음 날 예정된 슬픔을 보상해 주기 위해 그들에게 잠시 평온을 주려는 듯, 그날 오후는 고요했다. 데이지가 아무 말 없이 그의 코트 어깨에 입술을 스쳤을 때, 그가 마치 잠든 듯한 그녀의 손끝을 살며시 만졌을 때, 그들이 사랑을 나눈 한 달 동안 이보다 더 가까웠던 적이 없었고 그 어느 때보다 서로 깊이 교감했다.

 위대한 개츠비

*　*　*

그는 전쟁에서 훌륭히 임무를 수행했다. 전선에 나가기 전 대위가 되었고, 아르곤 전투[65] 이후 소령으로 진급하며 사단의 기관총 부대를 지휘하게 되었다. 그는 군사 작전에서 천부적인 재능을 발휘했고, 전쟁이 오래 지속되었더라면 더 높은 위치까지 올라갔을 것이다. 휴전 후 그는 필사적으로 귀국하려 했지만, 어떤 복잡한 문제나 착오로 인해 옥스퍼드로 보내졌다. 그는 이제 불안감을 느꼈다—데이지의 편지에서 신경질적인 절망감이 느껴졌다. 데이지는 왜 그가 돌아오지 못하는지 이해하지 못했고, 세상의 시선에 짓눌리고 있었다. 그녀는 그를 그리워했고, 그의 존재를 곁에서 느끼며 자기 선택이 옳았다는 것을 확신하고 싶어 했다.

데이지는 어렸고, 그녀의 인위적인 세계에는 난초의 향기와 유쾌하고 기분 좋은 속물주의, 그리고 새로운 선율로 인생의 슬픔과 암시를 함축하며 한 해의 리듬을 이끄는 오케스트라로 가득했다. 밤새도록 색소폰은 〈빌 스트리트 블루스〉[66]의 절망에 찬 푸념을 울부짖었고, 백여 켤레의 금빛과 은빛 구두가 반짝거리는 먼지 속에서 춤췄다. 차를 마시는 어스름한 때에는 항상 방들에 차분하면서 감미로운 열기가 끊임없이 요동쳤고, 서글픈 듯한 관악기 소리에 장미 꽃잎이

트리말키오　　　　　　　　　　　　　　　　　　　　　237

바닥에 흩날리듯 갓 피어난 얼굴들이 이리저리 떠돌았다.

이 황혼의 세계 속에서 데이지는 계절의 변화와 함께 다시 활기를 되찾았다. 갑자기 그녀는 하루에도 남자 대여섯 명과 대여섯 번 데이트했고, 새벽이 오면 침대 옆 바닥에서 시들어가는 난초들 사이로 뒤엉켜 있는 이브닝드레스의 구슬 장식과 시폰을 내버려둔 채 졸다 잠들곤 했다. 그리고 그 모든 시간 내내 그녀의 내면 어딘가에서 무언가를 결정하라는 소리가 계속해서 울리고 있었다. 그녀는 이제 당장 자기 인생이 제 모습을 갖추길 바랐다—그러한 결정은 사랑이든, 돈이든, 의심의 여지 없이 실질적인 것이든, 분명 바로 곁에 있는 어떠한 힘으로 이루어져야만 했다.

그 힘은 봄이 절정에 달했을 때, 톰 뷰캐넌이 등장하면서 구체화되었다. 데이지는 그의 외모와 입지에서 든든함과 건실함을 느꼈고, 그런 그에게 마음이 흔들렸다. 틀림없이 그녀는 어느 정도 갈등과 안도감을 동시에 느꼈을 것이다. 그 편지가 개츠비에게 도착한 건, 그가 아직 옥스퍼드에 있을 때였다.

* * *

이제 롱아일랜드에는 새벽이 밝아오고 있었고, 우리는 아래

 위대한 개츠비

층에 있는 나머지 창문들을 열어 회색에서 황금색이 되어가
는 빛으로 집 안을 가득 채웠다. 유령 같은 나무 그림자가 갑
자기 이슬 위로 드리워졌고, 파란 나뭇잎 사이에서 새들이
조금씩 지저귀기 시작했다. 바람이라고 할 수 없을 만큼 잔
잔하고 기분 좋은 공기의 흐름이 느껴졌고, 선선하고 화창한
하루를 예고하고 있었다.

"그녀를 가질 수 없다는 사실을 머릿속에 각인시키는 데
거의 1년이 걸렸소." 개츠비가 조용히 이어서 말했다. "하지
만 결국에는 나 자신을 설득했지. 예전에는 내가 상류 사회
에 속하지 않은 것이 오히려 다행이라고 생각했소, 친구. 그
덕분에 그녀를 아는 사람이나 그녀의 이름을 언급할 만한 사
람을 만날 일이 없었으니까."

그는 한때 사업차 루이빌에 가야 할 일이 있었다. 그곳에
서 일주일 동안 머물며, 11월 어느 날 밤 그들이 발맞춰 걸
었던 거리를 걸었고, 그녀의 하얀 차를 타고 다녔던 조용하
고 인적이 드문 곳들을 다시 찾았다. 그가 늘 데이지의 집을
다른 집들보다 더 신비롭고 즐거운 곳으로 느꼈던 것처럼,
그녀가 떠나고 없었지만 그는 그 도시를 우울한 아름다움이
가득한 곳으로 느꼈다.

그는 더 열심히 찾아봤다면 그녀를 찾을 수 있었을지도 모
른다는 생각과 함께, 그녀를 남겨둔 듯한 기분을 안고 떠났

다. 풀먼 객차[67] 안은 더웠다. 그는 밖으로 나가 열린 연결 통로에서 차장이 쓰는 접이식 의자에 앉았다. 역에서 멀어졌고 낯선 건물들의 뒷모습이 스쳐 지나갔다. 그러다 봄 들판으로 나오니, 한순간 노란색 전차(電車)가 경주하듯 나란히 달렸다. 그 안에 탄 사람들은 어쩌면 한때 우연히 거리를 지나가다가 그녀의 하얗고 매력적인 얼굴을 본 적이 있을지도 몰랐다.

이제 열차는 곡선을 그리는 선로를 지나며, 해가 지는 방향에서 멀어지고 있었다. 마치 태양이 고개 숙여 그녀가 숨 쉬던, 점점 시야에서 사라져가는 도시에 축복을 퍼뜨리는 듯했다. 그는 마치 공기의 한 조각을 움켜쥐려는 듯, 그녀가 그를 위해 아름답게 꾸며준 그 장소의 한 조각이라도 손에 쥐려는 듯 필사적으로 손을 뻗었다. 하지만 이제 모든 것이 너무 빠르게 지나가 흐릿해진 그의 눈에 더는 담기지 않았고, 가장 생기 넘쳤던 최고의 순간을 영원히 잃어버렸다는 것을 깨달았다.

* * *

우리가 아침 식사를 마치고 현관 밖으로 나갔을 때는 아홉 시였다. 밤사이에 날씨가 급격히 변해서 공기 속에 가을의 기운이 느껴졌다. 개츠비와 오랫동안 함께해 온 하인들 가운

위대한 개츠비

데, 마지막까지 남은 정원사가 계단 아래로 다가왔다.

"오늘 수영장 물을 빼 드릴까요, 주인님? 곧 나뭇잎들이 떨어지기 시작할 텐데, 그러면 늘 배수관에 문제가 생깁니다."

"지금은 안 돼." 개츠비가 대답했다. "오늘은 아닐세. 오후에 잠깐 들어가고 싶네."

나는 시계를 보며 자리에서 일어섰다.

"기차 시간까지 12분 남았군요."

나는 뉴욕으로 가고 싶지 않았다. 일을 제대로 할 수 있을 만한 상태도 아니었지만, 그 이상으로 신경 쓰이는 일이 있었다—개츠비를 혼자 두고 떠나고 싶지 않았다. 나는 떠나지 못하고 머뭇거리다 기차를 놓쳤고, 그다음 기차까지 놓쳤다.

"전화하겠습니다." 마침내 나는 이렇게 말했다.

"꼭 그러게, 친구."

"정오쯤 전화하겠습니다."

우리는 천천히 계단을 내려갔다.

"데이지도 전화하겠지?" 그는 내가 이 말에 확증해 주길 바라는 듯 초조하게 나를 바라보았다.

"그럴 겁니다."

"그럼, 잘 가시게."

나는 그와 악수하고 걸음을 옮겼다. 울타리 근처에 다다랐을 때 문득 무언가 생각이 나서 돌아섰다.

"그 사람들 정말 형편없는 인간들입니다!" 잔디밭 너머로 나는 소리쳤다. "당신은 그 빌어먹을 사람들을 합친 것보다 훨씬 더 훌륭한 사람이에요."

나는 그렇게 말해주었던 게 늘 기뻤다. 나는 그를 처음 봤을 때부터 마지막까지 못마땅해했으니, 그때 그 말이 내가 그에게 해준 유일한 칭찬이었기 때문이다. 그는 먼저 정중하게 웃더니, 이내 그 말을 있는 그대로 받아들이고는 환한 미소를 지어 보이며 잠시 나를 바라보았다. 부자연스럽게 화려한 그의 분홍색 정장은 하얀 계단 위에서 강렬한 색채의 작은 점처럼 빛났고, 나는 석 달 전 처음 그의 저택에 방문했던 날 밤을 떠올렸다. 잔디밭과 진입로는 그가 부패한 인물이라고 의심하는 얼굴들로 가득했었다—그리고 그는 자신만의 순수한 꿈을 감춘 채 그 계단에 서서 그들을 향해 손을 흔들며 작별 인사를 건네고 있었다.

나는 그에게 환대에 대해 감사 인사를 건넸다. 우리는 언제나 그의 환대에 고마워했다—나와 다른 사람들 모두가.

"안녕히 계세요." 내가 외쳤다. "아침 식사 즐거웠습니다, 개츠비 씨."

* * *

뉴욕에 가서, 나는 한동안 끝없이 쌓인 주식 시세표를 정리하려고 노력했지만, 결국 회전의자에서 잠들어 버렸다. 정오가 되기 직전 전화 소리에 깨서는 이마에 땀이 맺힌 채 벌떡 일어났다. 전화 건 사람은 조던 베이커였다. 그녀는 종종 이 시간에 전화를 걸었다. 호텔과 클럽, 사택 사이를 옮겨 다니느라 생활이 불규칙해서 다른 시간에는 연락을 취하기가 힘들었기 때문이다. 평소에는 전화선을 타고 들리는 그녀의 목소리가 사무실 창문을 통해 푸른 골프장 잔디 조각이 날아든 듯 상쾌하고 시원하게 들렸지만, 그날 아침엔 거칠고 건조하게 느껴졌다.

"나 데이지 집에서 나왔어요." 그녀가 말했다. "지금 헴스테드[68]에 있는데, 오늘 오후에 사우샘프턴[69]에 갈 거예요."

아마 그녀가 데이지를 떠날 만한 충분한 이유가 있었겠지만, 그 사실은 나를 짜증 나게 했고, 이어진 그녀의 말이 나를 굳어버리게 했다.

"어젯밤에는 당신, 나한테 그다지 친절하지 않았죠."

"그때는 더 중요한 문제가 있지 않았소?"

잠시 침묵이 이어졌다. 그러다 이렇게 말했다—

“어쨌든, 당신을 보고 싶어요.”

“나도 당신을 보고 싶어.”

“그럼, 내가 사우샘프턴에 가지 않고 오늘 오후에 뉴욕으로 갈까요?”

“아니—오늘 오후는 안 될 것 같소.”

“알겠어요.”

“오늘 오후는 도저히 안 되겠어. 이런저런 일들이 있어서—”

우리는 그렇게 한동안 대화를 나누다가 갑자기 대화가 끊겼다. 누가 먼저 전화를 끊었는지, 누가 딸깍 소리를 내며 전화기를 내려놓고 통화를 끝냈는지 모르겠지만, 상관없었다. 다시는 이 세상에서 그녀와 얘기하지 못하게 되더라도, 그날은 그녀와 마주 앉아 차를 마시면서 대화할 수 없을 것만 같았다.

몇 분 후, 나는 개츠비의 집에 전화를 걸었지만 통화 중이었다. 네 번이나 시도했다. 결국, 화가 난 교환원이 디트로이트에서 걸려 올 장거리 전화를 받기 위해 전화선을 대기 상태로 둔 상황이라고 말했다. 나는 시간표를 꺼내 세 시 오십 분 기차 시간에 작은 동그라미를 그렸다. 그리고 의자에 몸을 기대어 생각에 잠겼다. 그때 막 정오가 되었다.

* * *

그날 아침 기차로 잿더미를 지날 때, 나는 일부러 객차 반대편으로 자리를 옮겼다. 하루 종일 그곳에 호기심 많은 사람들이 몰려 있으리라고 생각했다. 어린 소년들이 먼지 속에서 어두운 자국을 찾으려 헤매고, 어떤 수다스러운 남자가 무슨 일이 있었는지 반복해서 떠들어 댔을 것이다. 결국 그 이야기는 점점 더 그런 남자에게조차 현실과 동떨어진 일로 느껴져 더는 떠들 필요 없게 되고, 마침내 머틀 윌슨의 비극적인 사건은 잊히리라고 생각했다. 이제 조금 뒤로 돌아가, 그 전날 밤 우리가 그곳을 떠난 후 정비소에서 무슨 일이 있었는지 이야기하려고 한다.

사람들은 그녀의 여동생인 캐서린을 찾는 데 어려움을 겪었다. 그녀는 그날 밤 술을 마시지 않겠다는 원칙을 깬 것이 틀림없었다. 그녀는 술에 취해 정신없는 상태로 도착해, 이미 구급차가 플러싱[70]으로 떠났다는 사실을 이해하지 못했다. 사람들이 이러한 사실을 그녀에게 이해시키자, 그녀는 마치 그게 이 사건에서 가장 견딜 수 없는 일인 것처럼 곧바로 기절해 버렸다. 호의였는지, 호기심 때문이었는지, 누군가가 자기 차에 그녀를 태워 그녀의 언니 시신을 뒤따라가게 해주었다.

한밤중이 한참 지나도록 사람들이 계속해서 정비소 앞에

몰려들었고, 그 안에서 조지 윌슨은 소파에 앉아 몸을 앞뒤로 흔들고 있었다. 한동안 사무실 문이 열려 있어, 정비소에 들어온 사람들은 누구나 문 안쪽을 본능적으로 들여다보았다. 마침내 누군가가 보기 안쓰럽다며 문을 닫았다. 미카엘리스와 남자 몇 명이 윌슨과 함께 있어 주었다. 처음에는 네댓 명이었다가, 나중에는 두세 명으로 줄었다. 시간이 흘러 마지막으로 남은 낯선 사람에게 미카엘리스는 15분만 더 기다려 달라고 부탁해, 자기 가게로 돌아가 커피를 한 주전자 끓여 왔다. 그 후 그는 새벽까지 남아서 윌슨과 단둘이 있어 주었다.

세 시쯤 되자, 중얼거리던 윌슨이 달라지기 시작했다. 그는 중얼거림을 멈추고 노란색 차에 관해 이야기하기 시작했다. 그는 노란색 차가 누구 것인지 알아낼 방법이 있다고 말했다. 그리고 한 달 전 그의 아내가 얼굴에 멍이 들고 코가 부러진 채 뉴욕에서 돌아왔다고 불쑥 내뱉었다.

하지만 자신이 한 이 말로 무언가를 깨닫게 되었는지, 움츠러들며 다시 신음 섞인 목소리로 "오, 세상에!" 하고 외치기 시작했다. 미카엘리스는 서툴게 그를 진정시키려 했다.

"조지, 결혼한 지 얼마나 되셨어요? 자, 여기 앉아서 내 질문에 대답해 보세요. 결혼한 지 얼마나 되셨죠?"

"십이 년."

"아이를 가진 적은요? 어서요, 조지, 여기 앉아서 진정하시고—질문에 답해 보세요. 아이를 가져본 적 있으세요?"

딱딱한 갈색 딱정벌레들이 흐릿한 전등불에 계속 부딪히며 둔탁한 소리를 냈고, 미카엘리스는 바깥에서 빠르게 달리는 차 소리가 들릴 때마다 몇 시간 전 멈추지 않고 달아났던 바로 그 차 소리인 듯 느꼈다. 그는 작업대 위에 시신이 누워 있었던 흔적이 남아 있어 정비소에 들어가고 싶지 않았다. 그래서 새벽이 되기 전까지 편히 쉬지 못하고 사무실 안에 있는 모든 물건이 눈에 익을 만큼 그 주변을 서성였다. 그리고 가끔 윌슨 곁에 앉아 그를 진정시키려 애썼다.

"조지, 가끔 가는 교회라도 있어요? 오랫동안 안 갔더라도 말이에요. 내가 교회에 전화해서 목사님을 모셔 와 달라고 할 수 있을 것 같은데, 어때요?"

"소속된 교회는 없어."

"이런 때에는 교회가 도움이 돼요, 조지. 한 번쯤은 교회에 다녔을 거 아니에요. 교회에서 결혼식 치르지 않았어요? 들어봐요, 조지. 교회에서 결혼식 올리지 않았냐고요?"

"그건 오래전 일일세."

대답하려다 보니 그의 몸을 뒤흔들던 리듬이 깨진 듯했다—그는 잠시 침묵했다. 그러고 나서 교활하면서 혼란스러운 기색이 그의 흐릿한 눈에 다시 돌아왔다.

“저 서랍을 보게.” 그가 책상을 가리키며 말했다.

“어느 서랍이요?”

“저 서랍, 저거.”

미카엘리스는 그의 손에서 가장 가까운 서랍을 열었다. 그 안에는 가죽과 은사(銀絲)를 엮어 만든 값비싼 개 목줄 하나만 들어 있었다. 그것은 분명 새것이었다.

“이거요?” 미카엘리스가 그것을 들어 올리며 물었다.

윌슨은 멍하니 바라보더니 고개를 끄덕였다.

“어제 오후에 이걸 발견했지. 아내가 그게 뭔지 나한테 설명하려고 했지만, 난 뭔가 수상쩍다는 걸 알았어.”

“아저씨 부인이 산 거라고요?”

“휴지로 싸서 화장대 위에 두었더군.”

미카엘리스는 그 점에서 이상한 것을 느끼지 못하고, 윌슨의 아내가 개 목줄을 샀을 만한 이유를 열두 가지쯤 대주었다. 하지만 윌슨은 아내 머틀에게서 이런 몇 가지 해명을 이미 들어본 듯, 다시 “오, 세상에!”라고 하면서 중얼거리기 시작했다—위로해 주려던 미카엘리스의 몇 가지 해명은 공중에 떠돌게 되었을 뿐이었다.

“그가 그녀를 죽였어.” 윌슨이 입을 벌리며 갑자기 말했다.

“누가요?”

"알아낼 방법이 있어."

"정신이 약해지신 거예요, 조지." 그의 동료가 말했다. "지금 큰 충격을 받으셔서, 무슨 말을 하는지조차 모르시는 것 같아요. 아침까지 좀 진정하고 가만히 앉아계시는 게 좋겠어요."

"그가 그녀를 살해했어."

"그건 사고였어요, 조지."

윌슨은 고개를 저었다. 그는 모든 걸 아는 유령처럼 눈을 가늘게 뜨고 입을 약간 벌린 채 "흠!" 하는 소리를 냈다.

"이제 알겠군." 그가 확신에 차서 말했다. "나는 사람을 잘 믿는 놈이고 누구에게도 해를 끼칠 생각은 없지만, 내가 알게 된 건 무엇이든 확신하지. 그 차 안에 있던 놈이었어. 아내가 그놈에게 말을 걸려고 밖으로 뛰쳐나갔는데, 멈추지 않았던 거야."

미카엘리스도 그 장면을 보았지만, 거기에 특별한 의미가 있다고는 생각하지 않았다. 그는 윌슨 부인이 특정한 차를 멈추려던 것이 아니라 남편에게서 도망치려던 것이라고 믿었다.

"부인께서 어떻게 그럴 수 있었을까요?"

"속을 알 수 없는 여자지." 윌슨이 마치 그게 답인 듯 말했다. "아-아—"

그는 다시 몸을 흔들기 시작했고, 미카엘리스는 손에 든 개 목줄을 비틀며 서 있었다.

"혹시 전화할 만한 친구라도 있어요, 조지?"

미카엘리스는 거의 가능성이 없다는 걸 알면서도 그렇게 물었다. 윌슨에게 친구가 없으리라는 것을, 그의 아내조차 그를 부족한 존재로 여겼다는 것을 알고 있었기 때문이다. 잠시 뒤 그는 방 안에 변화가 일고 있음을 느꼈다. 창가로 푸르스름한 빛이 빠르게 살아나고 있었다. 그는 새벽이 머지않았음을 깨닫고 안도했다. 다섯 시쯤, 밖은 사방이 푸르게 물들어 전등을 꺼도 될 정도가 되었다.

윌슨의 흐릿한 눈이 잿더미 쪽으로 향했다. 그곳에는 여명 속에서 기묘한 형태로 변한 작은 회색 구름 조가들이 미약한 새벽바람에 여기저기 흩어져 있었다.

"내가 아내에게 말했지." 긴 침묵 끝에 그가 중얼거렸다. "나를 속일 수는 있어도, 신을 속일 순 없다고. 그녀를 창가로 데려가서—" 그는 힘겹게 일어나 뒤쪽 창가로 걸어가 얼굴을 창에 대고 기대섰다. "—아내에게 말했어. '네가 무슨 짓을 해왔는지, 신은 모두 알고 있어. 네가 나를 속일 수는 있어도 신을 속일 순 없어!'라고 말이야."

그의 뒤에 서 있던 미카엘리스는 그가 스러져 가는 밤을 뚫고 희미하게 거대한 모습을 드러내고 있는 T. J. 에클버그

위대한 개츠비

박사의 눈을 바라보고 있는 것을 깨닫고 깜짝 놀랐다.

"신은 모든 걸 보고 있어." 윌슨이 다시 말했다.

"저건 광고물일 뿐이에요." 미카엘리스가 그를 안심시키려 했다. 무언가 그를 창에서 돌려세우기라도 한 듯 방 안을 돌아보았다. 하지만 윌슨은 유리창에 얼굴을 가까이 대고, 어스름 속에서 고개를 끄덕이며 오랫동안 서 있었다.

＊＊＊

미카엘리스는 지칠 대로 지쳐 있었는데, 여섯 시쯤 자동차 멈추는 소리가 들리자 고마울 정도였다. 전날 밤 지켜보던 사람 중 다시 오겠다고 약속했던 사람이 온 것이었다. 미카엘리스는 세 사람분의 아침 식사를 준비했고, 그는 그 남자와 함께 아침을 먹었다. 윌슨은 이제 조금 진정한 상황이었고, 미카엘리스는 잠을 자러 집으로 돌아갔다. 네 시간 후, 잠에서 깬 그는 서둘러 정비소에 가봤지만 윌슨의 모습은 보이지 않았다.

그의 행적—그는 줄곧 걸어서 이동했다—은 이후 루스벨트항과 개즈 힐까지 추적되었다. 그곳에서 그는 샌드위치와 커피 한 잔을 샀는데, 샌드위치는 먹지 않고 커피만 마셨다. 그는 피곤해서 천천히 걸었는지 정오가 되어서야 개즈 힐에

도착했다. 거기까지 그의 행적을 파악하는 데 어려움은 없었다—'좀 이상하게 행동하는' 남자를 보았다는 소년들이 있었고, 도롯가에서 지나가는 운전자들을 이상하게 쳐다보는 모습을 봤다는 사람들도 있었다. 그 후로 그는 세 시간 동안 모습을 감췄다. 경찰은 그가 미카엘리스에게 '알아낼 방법이 있다'라고 한 말을 토대로 하여, 그가 그사이 근처 정비소를 돌아다니며 그 노란색 차에 관해 묻고 다녔을 거로 추정했다. 한편, 그를 보았다는 정비소 직원은 아무도 나타나지 않았다. 어쩌면, 그는 더 간단하고 확실한 방법으로 알고자 하는 것을 알아냈을지도 모른다. 두 시 반쯤 그는 웨스트 에그에 도착해서 누군가에게 개츠비의 집으로 가는 길을 물었다. 그러므로, 그때쯤 그는 개츠비라는 이름을 알고 있었던 것이다.

* * *

두 시에 개츠비는 수영복을 입고 누군가에게 전화가 오면 풀장 쪽으로 전해 달라고 집사에게 당부했다. 그는 여름 동안 손님들이 즐겼던 공기 주입식 매트리스를 가지러 차고에 들렀고, 운전사가 그 매트리스에 공기 채우는 것을 도와주었다. 운전사는 개츠비가 '매우 불안해하는 듯' 보인다고 생각

위대한 개츠비

했다. 개츠비는 차를 절대 밖으로 꺼내지 말라고 명확히 지시 내렸는데, 차 앞부분 오른쪽 펜더를 수리해야 하는 상태여서 이러한 지시는 이상하게 느껴졌다.

개츠비는 매트리스를 어깨에 메고 풀장으로 향했다. 중간에 한 번 멈춰 매트리스를 옮겨 메는 모습이 보이자 운전사가 도움이 필요하냐고 물었지만, 그는 고개를 저었고 이내 노랗게 변한 나무들 사이로 사라졌다.

전화 메시지는 끝내 오지 않았지만, 집사는 잠을 자지 않고 새벽 네 시까지 기다렸다—전화가 와도 전해 받을 사람이 없는 시간까지 말이다. 어쩌면 개츠비 자신도 전화가 올 거라고 믿지 않았고, 아마 더는 신경 쓰지 않았을지도 모르겠다. 만약 그게 사실이라면, 그는 너무 오랫동안 단 하나의 꿈을 품고 산 대가로 과거가 되어버린 포근했던 세계를 잃게 되었다고 느꼈을 것이다. 그는 두려움을 주는 나뭇잎 너머로 낯선 하늘을 올려다보며 장미라는 것이 얼마나 흉측한 것인지, 막 싹을 틔운 잔디 위로 내리쬐는 햇볕이 얼마나 예리한지 깨달으며 몸을 떨었을 것이다. 실체 없는 물질로 가득한, 꿈을 공기처럼 들이마시며 표류하는 가련한 유령들이 어지럽게 떠다니는 새로운 세계… 그 형태가 모호한 나무들 사이로 미끄러지듯 다가오는 잿빛 기괴한 형체와도 같은.

울프심의 비호 아래 있던 사람 중 한 명이었던 운전사는

총소리를 들었으나, 이후 별일 아니겠거니 생각했다고 말할 수 있을 뿐이었다. 나는 역에서 바로 개츠비의 집으로 차를 몰았고, 초조하게 현관 계단을 뛰어올랐다. 다른 사람들은 그런 내 모습을 보고 무슨 일이 일어났다는 걸 깨달았다. 하지만 그때 그들도 직감했으리라, 나는 확신한다. 운전사, 집사, 정원사, 그리고 나, 이렇게 네 사람은 아무런 말도 없이 서둘러 풀장으로 내려갔다.

한쪽 끝에서 흘러 들어오는 신선한 물줄기가 배수구를 향해 힘겹게 흘러가며 희미하고 거의 알아볼 수 없을 정도로 미약하게 잔물결을 일으켰다. 그림자처럼 흐릿하고 약한 잔물결이 일며 짐을 실은 매트리스가 풀장 안에서 불규칙하게 움직였다. 표면에 잔주름 하나 남기지 못할 만한 약한 바람만으로도, 그 우연히 발생하게 된 적재물을 싣고 떠다니게 된 매트리스의 흐름을 충분히 방해할 만했다. 나뭇잎 무더기가 매트리스에 닿자, 천천히 회전하며 컴퍼스의 다리처럼 얇고 붉은 원 모양을 물 위에 그렸다.

우리가 개츠비를 데리고 집으로 돌아가던 중, 정원사가 그 현장에서 조금 떨어진 잔디밭에서 윌슨의 시신을 발견했다. 그리하여 그 비극은 마침내 종결되었다.

제9장

2년이 지난 지금도 나는 그날 그 이후의 시간과 그날 밤, 그리고 그다음 날을 개츠비 저택 정문을 들락거리는 경찰과 사진사, 기자들의 끝없는 행렬로만 기억한다. 저택 정문을 가로질러 밧줄이 쳐졌고 그 옆에는 경찰이 서서 구경꾼들을 막았지만, 어린 소년들은 곧 우리 집 마당을 통해 들어갈 수 있다는 것을 알아챘고, 늘 몇몇이 입을 벌린 채 풀장 주변에 몰려들었다. 그날 오후, 아마도 형사로 보이는 어떤 사람이 윌슨의 시신 위로 몸을 숙여 살펴보며 단정적인 태도로 '미친 사람'이라는 표현을 사용했는데, 그 권위 있는 사람이 스치듯 던진 그 말이 다음 날 조간신문 기사의 주요 논조가 되었다.

신문 보도 대부분은 악몽과 같았다—기괴하고, 구체적이며, 집요했으나 거짓으로 가득했다. 조사 과정에서 미카엘리스의 증언으로 윌슨이 아내에게 품었던 의혹이 드러났을 때, 나는 곧 그 모든 이야기가 선정적이고 풍자적인 가십거리로 전락하리라고 생각했다—그러나 무슨 말이든 할 법했던 캐서린은 한마디도 하지 않았다. 그녀는 예상 밖으로 강단 있

는 모습을 보여주었다—다듬어진 눈썹 아래 결연한 눈으로 검시관을 바라보았다. 그러면서 언니가 개츠비를 본 적이 없고 남편과의 결혼 생활에 완전히 행복해했으며, 어떠한 부정한 행위도 저지르지 않았다고 맹세했다. 그녀는 스스로 그것을 사실이라고 믿으려 애썼고, 그 사실을 부정하는 듯한 암시만으로도 견딜 수 없다는 듯 손수건에 얼굴을 묻고 울었다. 그리하여 이 사건은 '슬픔에 빠져 미쳐 버린' 한 남자, 윌슨이 저지른 범죄로 축소돼 버렸다. 그리고 그렇게 마무리되었다.

하지만 이 모든 것은 동떨어진 데다 중요하지 않은 일처럼 느껴졌다. 나는 홀로 개츠비의 편에 서 있었다. 웨스트 에그 마을에 비극적인 소식을 알린 순간부터, 그와 관련된 모든 추측과 실질적인 질문이 나에게로 돌아왔다. 처음에는 당황스럽고 혼란스러웠지만, 그가 집 안에 누워 움직이지도, 숨 쉬지도, 말하지도 않은 채 시간이 흐르면서 나는 점점 더 내가 책임져야 한다고 생각하게 되었다. 아무도 관심을 보이지 않았기 때문이다—아니, 관심이 있긴 했다. 내 말은 누구나 삶의 끝자락에서 어렴풋하게나마 누릴 자격이 있는 강렬한 사적인 관심 말이다.

우리가 그를 발견한 지 반 시간 후, 나는 망설임 없이 본능적으로 데이지에게 전화를 걸었다. 그러나 그녀와 톰은 그날

  위대한 개츠비

오후 일찍 짐을 싸 이미 떠나고 없었다.

"주소도 남기지 않고 떠났나요?"

"네."

"언제 돌아온다는 말도 없었습니까?"

"그렇습니다."

"어디로 간 건지 알 수 있을까요? 연락할 방법 없을까요?"

"모릅니다. 뭐라고 드릴 말씀이 없군요."

나는 그를 위해 누구든 데려오고 싶었다. 그가 누워 있는 방으로 들어가 이렇게 안심시키고 싶었다. "걱정하지 마세요, 개츠비. 당신을 위해 누군가 데려올게요. 나만 믿어요. 내가 꼭 데려올게요—"

마이어 울프심의 이름은 전화번호부에 없었다. 집사가 브로드웨이에 있는 그의 사무실 주소를 알려주었고, 나는 교환원을 통해 전화번호 안내 서비스를 이용했다. 그러나 전화번호를 알아냈을 때는 이미 다섯 시가 훌쩍 지나 있었고, 전화를 받는 사람이 없었다.

"다시 걸어주시겠어요?"

"세 번이나 걸어봤습니다."

"정말 중요한 일입니다."

"죄송합니다. 아무도 없는 것 같네요."

나는 다시 응접실로 돌아갔다. 그곳에 우연히 찾아온 방문

객들이 갑자기 몰려든 걸로 잠시 착각했다. 하지만 그들은 시트를 걷어 개츠비를 충격에 찬 눈으로 바라보았다. 그런 와중에도, 내 머릿속에는 그의 절박한 외침이 계속 맴돌았다.

"이봐, 친구, 누군가를 꼭 데려와 줘야 해. 최선을 다해주게. 나 혼자서는 이 상황을 견딜 수가 없네."

누군가가 나에게 질문하려 했지만, 나는 뿌리치고 위층으로 올라가 잠기지 않은 그의 책상 서랍들을 급히 뒤져보았다—그는 부모님이 돌아가셨다고 확실히 말한 적이 없었다. 하지만 거기에는 아무것도 없었다—오직 잊힌 폭력의 상징처럼 벽에서 내려다보고 있는 댄 코디의 사진뿐이었다.

다음 날 아침 나는 집사를 뉴욕으로 보내 울프심에게 쓴 편지를 전달하게 했다. 그 편지에는 신상정보를 제공해 달라는 요청과 가능한 한 서둘러 다음 기차를 타고 내려와 달라는 부탁을 담았다. 하지만 편지를 쓰면서도 그런 요청이 불필요하다고 느껴졌다. 분명 그가 신문 기사를 본 후 바로 출발할 거라고 확신했으며, 데이지에게서 정오 전에 전보가 올 거라고도 확신했다—그러나 전보도, 울프심도 오지 않았다. 경찰과 사진사, 신문기자 외에는 아무도 오지 않았다. 집사가 울프심의 답장을 들고 돌아왔을 때 나는 반발심을 느꼈다. 개츠비와 나 사이에 형성된 경멸적인 연대감으로 그들

위대한 개츠비

모두에게 맞서고 있다고 느끼기 시작한 것이었다.

친애하는 캐러웨이 씨,
이 사건은 내 생애에 무척이나 충격적인 일 중 하나여서 도저히 사실이라고 믿을 수조차 없습니다. 그 남자가 저지른 그런 미친 짓으로 우리 모두 경각심을 느껴야 합니다. 지금은 매우 중요한 일들로 바빠서 내려갈 수 없고, 그 일에 얽힐 수도 없는 상황입니다. 좀 더 시일이 흐른 후 내가 할 수 있는 일이 있으면, 에드거를 통해 편지로 알려 주십시오. 이런 일을 전해 들으면 제정신을 차리기 힘들 정도로 완전히 맥이 풀립니다.

진심을 담아,
마이어 울프심

그리고 하단에 급히 쓴 듯한 다음과 같은 문구가 덧붙여 있었다.

장례식 관련 소식을 알려 주십시오. 그의 가족에 관해서는 아는 바가 전혀 없습니다.

사흘째 되던 날, 미네소타의 어느 마을에서 헨리 C. 개츠라는 이름이 서명된 전보가 도착했다. 전보에는 발신인이 즉시 출발할 것이니 자기가 도착할 때까지 장례식을 미뤄 달라는 내용만 적혀 있었다.

그는 개츠비의 아버지로 밝혀졌다. 장중한 모습의 나이 든 노인으로, 매우 무기력하고 당황한 듯 보였다. 9월의 따뜻한 날씨였지만 싸구려 얼스터코트[71]를 두르고 있었다. 극도로 흥분한 나머지 그의 눈에서는 끊임없이 눈물이 흘러내렸다. 내가 그의 손에서 가방과 우산을 건네받자 그는 드문드문 난 회색 수염을 쉴 새 없이 당겨댔고, 그래서 코트를 벗기는 데 애를 먹었다. 거의 쓰러지기 직전이라 나는 그를 음악실로 데려가 앉게 한 뒤 사람을 부내 무언가 먹을 것을 준비해 달라고 했다. 하지만 그는 음식을 입에 대지 않았고, 손을 떠는 바람에 손에 쥔 잔에 담긴 우유를 흘리고 말았다.

"시카고 지역 신문에서 봤소." 그가 말했다. "시카고 지역 신문에 전부 나왔더군. 그래서 바로 출발한 거요."

"어떻게 연락을 드려야 할지 몰랐습니다."

아무것도 눈에 들어오지 않겠지만, 그는 방 안을 쉴 새 없이 둘러보았다.

"정신이 나갔었나 보군." 그가 말했다. "정신이 나갔던 게 분명해."

 위대한 개츠비

나는 개츠비가 그 차를 운전하지 않았다는 진실을 말할까 잠시 망설였지만, 그를 더 흥분시키지는 않을지 염려가 됐다.

"커피라도 드시겠어요?" 내가 권했다. "아니면 샌드위치라도?"

"아무것도 필요 없소. 이제 괜찮아졌소, 저⋯."

"캐러웨이입니다."

"그렇군, 이제 괜찮아요. 지미는 어디 있소?"

나는 그를 아들이 누워 있는 응접실로 데려가 그곳에 남겨두고 나왔다. 어린 소년 몇몇이 계단으로 올라와 복도를 들여다보고 있었는데, 누가 도착했는지 알려주자 마지못해 돌아갔다.

잠시 후 개츠 씨가 문을 열고 나왔다. 입을 약간 벌린 채 얼굴은 조금 상기되어 있었으며, 눈에서는 이따금 눈물이 흘러내렸다. 그는 이제 더는 죽음을 섬뜩하게 느끼지 않을 만한 나이에 이르렀다. 그가 처음으로 주위를 둘러보며 높은 천장과 웅장한 홀, 그리고 그 홀에 이어진 여러 큰 방을 보자 슬픈 표정에 자부심이 섞여 보이기 시작했다.

나는 그를 위층 침실로 안내했고, 그가 코트와 조끼를 벗는 동안 그가 도착할 때까지 모든 준비를 미뤄두었다고 상기시켜 주었다.

“뭘 원하실지 몰라서요, 개츠비 씨—”

“내 이름은 개츠요.”

“—개츠 씨. 시신을 서부로 옮겨 가길 원하실지 모른다고 생각했습니다.”

그는 고개를 저었다.

“지미는 언제나 이곳 동부를 더 좋아했소. 동부에서 자수성가한 사람이지. 혹시 내 아들의 친구셨소, 저—”

“저희는 절친한 사이였습니다.”

“이 녀석은 앞날이 창창했어요. 아직 젊은 나이였지만 여기 이 머릿속에 많은 지혜가 담겼었지.”

그는 인상 깊게 머리를 가리켰고 나는 고개를 끄덕였다.

“이 아이가 살아 있었다면 위대한 인물이 되었을 겁니다. 제임스 J. 힐 같은 사람이 되었을 거요. 나라를 발전시키는 데 크게 기여했겠지.”

“그렇습니다.” 나는 어딘가 거북한 심정으로 대답했다.

그는 자수가 놓인 침대보를 서투르게 만지며 침대에서 치우려다가 뻣뻣하게 누운 후, 곧 잠에 빠져들었다.

* * *

그날 밤 전화벨이 울렸을 때, 나는 드디어 데이지가 전화한

위대한 개츠비

거라고 확신했다. 하지만 다소 불안해하는 듯한 남자 목소리가 들렸다—그는 자기 이름을 밝히기 전에 내가 누구인지 알고 싶어 했다.

"캐러웨이입니다."

"아—" 그의 목소리는 안도한 듯 들렸다. "클립스프링어입니다."

개츠비의 무덤에 방문할 또 다른 친구가 생겼다고 생각해서 나 역시 안도했다. 나는 신문에 올리면 원치 않게도 구경꾼들이 몰려들 것 같아서, 몇몇 사람에게 직접 전화를 걸어보고 있었다. 하지만 방문할 만한 사람을 찾기가 쉽지 않았다.

"장례식은 내일입니다." 내가 말했다. "세 시에 이 집에서 진행합니다. 혹시 관심 있을 만한 사람이 있으면 누구에게든 전해주셨으면 합니다."

"아, 물론이죠." 그가 황급히 말했다. "물론 그런 사람을 만날 것 같지는 않지만, 혹시라도 만나게 되면요."

그의 말투가 의심스러웠다.

"물론 당신은 참석하시겠죠?"

"음, 그래보도록 하겠습니다. 그런데 사실 제가 전화한 이유는—"

"잠깐만요." 내가 말을 막았다. "참석하겠다고 말해줄 수는 없어요?"

"그게, 사실—사실은 제가 그리니치[72]에서 사람들과 함께 지내고 있어서요. 그 사람들이 내일 함께해주길 기대하는 상황이거든요. 사실 소풍도 가고 이것저것 할 예정이라서요. 물론 최대한 빠져나와 보겠습니다."

나는 참을 수 없어 "하!" 하고 짧게 헛웃음을 쳤고, 그가 그 소리를 들었는지 긴장한 채로 이어서 말했다.

"제가 전화한 이유는 거기에 두고 온 신발 한 켤레 때문입니다. 번거로우시겠지만, 집사에게 말해서 그걸 좀 보내주실 수 있을지 해서요. 사실 그게 테니스화라서, 그게 없으면 아무것도 못 하겠거든요. 테니스도 못 치고요. 보내주실 땐 대신 받아줄 사람으로 B. F.—"

그 이름의 나머지 부분은 듣지 못했다. 수화기를 내려놓았기 때문이다.

그 후 나는 개츠비에게 무척이나 안타까움을 느낄 만한 일을 겪었다—어떤 비열한 인간은 내 전화를 받고, 그가 그렇게 된 것은 자업자득이라는 식으로 말했다. 그러나 그건 내 실수였다. 그는 늘 개츠비가 제공한 술로 용기를 얻어 무척 신랄하게 개츠비를 조롱하던 인물 중 하나였으니, 그런 사람에게 전화를 거는 게 아니었다.

* * *

장례식이 있던 날 아침, 나는 마이어 울프심을 만나기 위해 뉴욕으로 갔다. 다른 방법으로는 그에게 연락할 방법이 없었다. 엘리베이터 안내원에게 들은 대로 문을 열어 보니, '스와스티카 지주회사'라는 표지판이 붙어 있었다. 처음에는 안에 아무도 없는 듯했다. 하지만 허공에 대고 "계세요?" 하고 몇 번이나 불러도 아무 소용 없던 차에, 칸막이 뒤쪽에서 언쟁 소리가 들렸다. 이윽고 아름다운 유대인 여인이 안쪽 문가에 나타나 적대감 어린 검은 눈으로 나를 유심히 살펴보았다.

"안에 아무도 없어요." 그녀가 말했다. "울프심 씨는 시카고에 가셨어요."

처음 한 말은 분명 사실이 아니었다. 안쪽에서 음정도 맞지 않게 휘파람 부는 소리가 들리기 시작했기 때문이다.

"캐러웨이라는 사람이 뵙길 원한다고 전해주세요."

"시카고에 있는 그분을 당장 데려올 수는 없잖아요, 그렇겠죠?"

바로 그때 울프심의 목소리임이 틀림없어 보이는 말소리가 문 너머에서 들려왔다. "스텔라!"

"책상에 이름을 남겨두세요." 그녀가 재빨리 말했다. "돌아오시면 전해드릴게요."

"하지만 그분이 지금 여기 계신 걸 압니다."

그녀는 나에게 한 발짝 다가오더니 불만 가득한 표정을 지으며, 손을 허리춤에 대고 위아래로 쓸어대기 시작했다.

"당신 같은 젊은 친구들은 아무 때나 들이닥쳐도 된다고 생각하지." 그녀가 꾸짖듯 말했다. "이젠 정말 지긋지긋해. 내가 시카고에 있다고 말하면 시카고에 있는 줄 알아야지."

나는 개츠비의 이름을 언급했다.

"아—" 그녀는 다시 한번 나를 훑어보며 말했다. "그러니까—이름이 뭐라고 했죠?"

그녀는 사라졌다. 잠시 후 마이어 울프심이 매우 엄숙한 얼굴로 문가에 나타나 두 손을 내밀었다. 그는 나를 사무실로 안내하며, 지금 우리 모두에게 슬픈 시기라고 경건한 목소리로 말하면서 시가를 권했다.

"처음 그를 만났을 때가 기억나는군." 그가 말했다. "소령으로 갓 전역한 청년이었는데, 전쟁에서 받은 훈장이 잔뜩 달린 군복을 입고 있었지. 너무 궁핍해서 평상복을 살 수가 없으니 계속 군복을 입고 다녀야 했던 거야. 처음 그를 본 건 43번가의 와인브레너 당구장에 일자리를 구하러 온 때였지. 이틀 동안 아무것도 먹지 못했다고 하더군. '점심이나 같이합시다'라고 말했지. 그는 반 시간 만에 4달러어치가 넘는 음식을 먹어치웠어."

위대한 개츠비

"사업을 시작하게 도와주신 건가요?" 내가 물었다.

"도와줬냐고? 내가 그를 만들어 낸 거나 다름없지."

"아."

개츠비의 인생은 그의 죽음처럼 우연히 벌어진 일로 가득한 듯했다.

"나는 그를 바닥에서 끌어올렸지, 정말 밑바닥에서 말이야. 그가 멀끔한 청년이란 건 바로 알아봤고, 자기가 오그스퍼드를 나왔다고 했을 때 써먹을 데가 있겠다고 생각했어. 그래서 그를 미국 재향 군인회에 들어갈 수 있게 했는데, 거기서도 높은 자리를 맡았어. 바로 얼마 후 올버니에 있는 내 고객을 위해 일을 맡겼지. 우리는 모든 일에서 이렇게 가까운 사이였다네—" 그는 굵직한 손가락 두 개를 들어 올리며 말했다. "—언제나 함께였어."

나는 이 동업 관계가 1919년 월드 시리즈 사건에도 연루되었는지—그리고 또 어떤 일에 연루되었는지 궁금했다. 이러한 의문은 지난겨울 벌어진 일까지 이어졌다. 그때 울프심은 단순 뇌물 공여에서부터 장물 채권 거래에 이르기까지 열 가지 혐의로 기소되었으나, 결국 무죄를 선고받았다.

"이제 그는 죽고 없습니다." 잠시 후 내가 말했다. "당신이 그의 가장 가까운 친구였으니, 오늘 오후에 장례식이 있다는 걸 아셔야 할 것 같아서요."

“가고 싶군.”

“그럼 참석하시죠.”

그의 콧구멍에 난 털이 약간 떨리는 듯하더니 눈에 눈물이 고였고, 그는 고개를 저었다.

“그럴 수 없어—난 그 일에 얽히고 싶지 않네.” 그가 말했다.

“이제 얽힐 만한 일도 없습니다. 모든 게 끝났어요.”

“누가 죽임을 당하면, 나는 어떤 식으로든 절대 얽히고 싶지 않네. 거리를 둘 뿐이지. 젊었을 때는 달랐어—내 친구가 죽으면, 어떻게 죽었든 끝까지 함께했었지. 감상적인 소리처럼 들릴지 모르겠지만, 정말 그랬네. 최후까지 함께했어.”

그가 무슨 이유에서든 개츠비의 장례식에 가지 않으려고 결심을 굳힌 것을 보고 나는 일어섰다.

“대학 나왔나?” 그가 갑자기 물었다.

순간 그가 ‘연줄’ 같은 걸 제안하려는 줄 알았지만, 그는 그저 고개를 끄덕이며 내 손을 잡았다.

“사람이 살아 있을 때 우정을 보여줄 줄 알아야 하네, 죽은 뒤가 아니라.” 그가 충고하듯 말했다. “그 이후로는 모든 것에 관여하지 않는 게 내 신조지.”

내가 그의 사무실에서 나설 때쯤 하늘은 어둑해졌고, 이슬비를 맞으며 웨스트 에그로 돌아갔다. 옷을 갈아입고 옆집에

가 보니 개츠 씨가 복도에서 흥분한 채 서성이고 있었다. 아들과 아들이 일궈낸 것들에 대한 자부심이 점차 커진 듯했고, 이제는 내게 보여줄 것이 있다고 했다.

"아들이 이 사진을 내게 보냈지." 그가 떨리는 손으로 지갑을 꺼냈다. "여기 좀 보게."

개츠비의 저택이 찍힌 그 사진은 여러 사람의 손을 탔는지 모서리가 닳고 군데군데 더러워져 있었다. 그는 내게 사진 속 세세한 부분까지 짚으며 열심히 보여주었다. "여기 좀 봐." 그러고는 내 눈에 감탄의 빛이 서렸는지 확인하려 했다. 그는 그 사진을 워낙 자주 내보이곤 해서, 이제 그에게는 그 저택 자체보다 더 실질적인 의미를 지니게 된 듯했다.

"지미가 나한테 보내준 걸세. 아주 예쁘게 나왔지. 잘 찍혔어."

"정말 잘 나왔네요. 지미를 최근에 보신 적 있으신가요?"

"그 애가 3년 전에 나를 만나러 와서는 내가 지금 사는 집을 사줬지. 물론 집을 나갔을 땐 마음이 상했지만, 이제 보니 이유가 있었던 것 같네. 앞날이 창창하다는 걸 알았던 거지. 성공한 후로는 늘 나에게 아주 후하게 대해 줬어."

그는 그 사진을 쉽사리 넣지 못한 채 내 눈앞에서 한동안 아쉬운 듯 들여다보았다. 그러고 나서 지갑을 주머니에 넣고, 낡고 해진 『호팔롱 캐시디』[73]라는 책 한 권을 꺼냈다.

"이걸 좀 보게. 어릴 때 그 아이가 가지고 있던 책이네. 이걸 보면 자네도 뭔가를 느낄 걸세."

그는 책의 뒤표지를 펼쳐 내게 보여주었다. 뒤쪽 면지 여백에는 굵게 밑줄 친 '일정표'라는 단어와 1906년 9월 12일이라는 날짜가 적혀 있었다. 그리고 그 아래에는 다음과 같이 쓰여 있었다:

기상	⋯	6시	오전
아령으로 체력 단련	⋯	6시 15분 ~ 6시 30분	〃
전기학 등 공부	⋯	7시 15분 ~ 8시 15분	〃
일	⋯	8시 30분 ~ 4시 30분	오후
야구와 운동	⋯	4시 30분 ~ 5시	〃
웅변술과 품위 있는 자세 연습	⋯	5시 ~ 6시	〃
발명에 필요한 공부	⋯	7시 ~ 9시	〃

일반 규칙

• 새터스[74]나 [알 수 없는 이름]에서 시간 낭비하지 말 것

• 흡연이나 씹는담배 삼갈 것

• 이틀에 한 번 목욕할 것

- 매주 유익한 책이나 잡지 한 권 읽을 것

- 매주 5달러 3달러를 저축할 것

- 부모님께 더 잘할 것

"우연히 이 책을 발견하게 됐네." 노인이 말했다. "보게, 참 인상적이지 않나?"

"그러게요, 참 인상적이군요."

"지미는 반드시 성공하겠다고 마음먹은 아이였어. 늘 이런 일정표 같은 걸 가지고 다녔지. 그 아이가 얼마나 자기 계발에 공을 쏟았는지 눈치챘나? 그 아이는 늘 훌륭히 해냈네. 한번은 나보고 돼지처럼 먹는다고 하길래, 아주 혼쭐을 내줬지."

그는 책을 덮기 아쉬워하며 항목 하나하나 큰 소리로 읽더니 내 반응을 기대하는 듯 쳐다보았다. 내가 그 목록을 베껴 적기를 바랐는지도 모르겠다.

세 시가 조금 못 되어, 플러싱에서 루터교 목사가 도착했고[75] 나는 무의식적으로 창문을 통해 다른 차가 오는지 내다보기 시작했다. 개츠비의 아버지도 마찬가지였다. 시간이 흘러 하인들이 홀에 들어와 서서 대기하자, 그는 불안한 듯 눈을 깜빡이기 시작했다. 그는 이러한 상황으로 충격에 빠졌는지 비가 와서 걱정스럽다고 이야기했다. 목사는 시계를 몇 번이나 확인했고, 나는 그를 옆쪽으로 데리고 가 반 시간만

더 기다려 달라고 부탁했다. 그러나 소용없었다. 아무도 오
지 않았다.

＊＊＊

오후 다섯 시쯤, 자동차 세 대로 이루어진 우리의 행렬이 묘
지에 도착했고, 세찬 가랑비 속에서 정문 옆에 멈춰 섰다. 맨
앞에는 끔찍할 정도로 검은 데다가 흠뻑 젖은 영구차가 있었
고, 개츠 씨와 목사님, 그리고 내가 탄 리무진이 그 뒤를 이
었다. 잠시 후, 웨스트 에그에서 개츠비의 스테이션왜건을
타고 온 하인 네다섯 명과 우편집배원이 비에 흠뻑 젖은 채
뒤따라 도착했다.

　장의사는 유포로 만든 검은 비옷을 입고 서둘러 앞장서 걸
어갔나. 이세 그는 돌아와 조수들에게 고개를 끄덕였고, 그
러자 그들은 관을 빗속으로 천천히 미끄러지듯 꺼냈다. 우리
가 묘지 정문을 통해 들어가려던 순간, 자동차 멈추는 소리
가 들리더니 누군가 질척한 땅을 헤치며 뒤따라오는 소리가
들렸다. 나는 주변을 둘러봤다. 그 사람은 석 달 전 어느 날
밤, 개츠비의 서재에서 그의 책들을 경이롭게 바라보던 올빼
미 눈 모양 안경을 쓴 남자였다.

　그 이후로 그를 본 적은 없었다. 그가 어떻게 장례식 소식

을 알게 되었는지조차, 심지어 그의 이름조차도 알지 못했다. 빗물이 그의 두꺼운 안경을 타고 흘러내리자, 그는 안경을 벗어 닦으며 개츠비의 무덤 위에 덮인 보호용 방수포가 펼쳐지는 모습을 바라보았다.

나는 개츠비에 대해 잠시 생각하려 했지만, 이미 너무 먼 곳에 있는 사람처럼 느껴졌다. 그저 데이지가 아무런 메시지도, 꽃 한 송이도 보내지 않았다는 사실이 무뎌진 분노와 함께 떠올랐다. 누군가 이렇게 중얼거리는 소리가 희미하게 들렸다: "비 내리는 날 장례 치른 자는 복되도다." 그러자 올빼미 눈 모양 안경을 쓴 남자가 우렁찬 목소리로 "아멘"이라고 말했다.

장례식은 끝났다. 우리는 비를 맞으며 차로 서둘러 돌아갔다.

올빼미 눈 모양 안경을 쓴 남자가 정문에서 잠시 내게 말을 걸었다.

"그 저택에 갈 수가 없었소." 그가 말했다.

"다른 사람들도 마찬가지였습니다."

"아니, 세상에! 어째서 그런 일이! 한때는 수백 명씩 몰려들었잖은가."

그는 안경을 다시 벗어 안팎으로 닦았다.

"불쌍한 놈." 그가 말했다.

내가 무척이나 생생히 기억하는 순간 중 하나는 예비학교
와 이후 대학에 다니다가 크리스마스쯤 서부로 돌아가던 날
이다. 시카고 너머 더 먼 곳으로 향하는 사람들은 11월 어느
날 저녁 여섯 시에 어둑한 라살 스트리트역에 모여, 이미 연
말 분위기에 휩싸인 시카고 친구 몇몇과 서둘러 작별 인사를
나누곤 했다. 나는 이런저런 사립 여학교에서 돌아가는 소
녀들의 모피 코트, 차가운 입김 섞인 수다, 오랜 친구를 만나
반갑게 손 흔드는 모습을 기억한다. 그리고 "오드웨이네 집
에 갈 거야? 허시네는? 슐츠네는?" 하고 서로 초대장에 적힌
일정을 맞추는 모습, 장갑 낀 손에 꼭 쥔 기다란 초록색 기차
표도 떠오른다. 마지막으로, 개찰구 옆 선로에 서 있던 시카
고, 밀워키 & 세인트폴 철도회사의 누르스름한 객차들이 크
리스마스 그 자체인 듯 환하게 밝았던 모습도.

우리가 탄 기차가 겨울밤으로 빠져나와 출발할 때면, 진짜
눈, 우리에게 익숙한 눈이 창문을 따라 펼쳐져 반짝이기 시
작했다. 그리고 위스콘신 지역 작은 역들의 희미한 불빛을
지나갈 때면, 강렬한 찬 기운이 갑작스레 공기 속으로 스며
들었다. 저녁 식사를 마치고 차가운 연결 통로를 지나며 우
리는 그 공기를 깊이 들이마셨다. 다시금 일상 속으로 녹아

들기 전 한 시간 동안, 기이하게도 이 지역에 동화된 듯한 강렬한 정체성을 말로 다할 수 없이 느꼈다.

이러한 곳이 나의 중서부 지역이다—밀밭이나 초원, 사라진 스웨덴 이민자 마을이 아니라, 내 젊은 시절 흥분으로 가득한 귀향 열차와 서리 낀 어둠 속 가로등, 썰매 방울 소리, 그리고 불 켜진 창가에서 눈 위로 드리워진 호랑가시나무 화환의 그림자가 떠오르는 곳. 나는 그곳의 일원이다. 긴 겨울을 지나며 느껴지는 분위기에 조금은 엄숙해지고, 몇 세대에 걸쳐 여전히 거주지가 가문의 이름으로 불리는 도시의 캐러웨이 가문에서 자란 덕에 약간의 자부심을 느끼고는 한다. 이제 보니, 결국 이 이야기는 서부의 이야기였던 셈이다—톰과 개츠비, 데이지와 조던, 그리고 나 역시 모두 서부 출신이었고, 아마도 우리는 모두 동부 생활에 미묘하게 적응하지 못하게 만든 어떤 결핍을 공유하고 있었던 것 같다.

동부가 나를 가장 흥분시켰던 순간조차, 아이들과 노쇠한 노인들만을 예외로 심문하듯 간섭이 끊이지 않는 미시시피 강 너머 지루하게 뻗어나가 확장된 마을들보다 동부가 훨씬 우월하다는 것을 절실히 느꼈던 순간조차, 동부는 언제나 내게 왜곡된 느낌을 주었다. 특히 웨스트 에그는 기이한 내 꿈 속에 여전히 생생히 등장한다. 엘 그레코의 야경처럼, 잔뜩 찌푸린 하늘과 빛을 잃은 달 아래 웅크린 백여 채의 집이 평

범하면서도 동시에 기괴하게 자리 잡고 있다. 전경에는 정장 차림의 엄숙한 남자 네 명이, 흰 드레스 차림의 만취한 여성이 누워 있는 들것을 들고 인도를 따라 걷고 있다. 옆으로 늘어진 그녀의 손은 차가운 보석으로 반짝인다. 남자들은 진지한 표정으로 어느 집 앞에 멈춘다—그건 잘못 찾아온 집이다. 그러나 아무도 그 여자의 이름을 알지 못하고, 누구도 신경 쓰지 않는다.

개츠비의 죽음 이후, 동부는 내게 그런 식으로 잔영을 남겼고, 내 시선으로는 더 이상 바로잡을 수 없을 만큼 왜곡된 채로 남았다. 그래서 바싹 마른 낙엽을 태우는 푸른 연기가 공기 중에 떠돌고 젖은 빨래가 바람에 휘날리며 빨랫줄에서 빳빳이 말라가던 어느 날, 나는 고향으로 돌아가기로 결심했다.

떠나기 전에 해야 할 일이 하나 있었다. 불편하고 유쾌하지 않은 일이어서 차라리 그냥 두어야 했을지도 모른다. 하지만 모든 것을 정리한 후 떠나고 싶었고, 그저 친절하고 무심한 바다에 내 쓰레기를 쓸어가 주길 맡겨 두고 싶지는 않았다. 나는 조던 베이커를 만나 우리 사이에 있었던 일들과 그 후 내게 일어난 일들을 두루 이야기했다. 그녀는 커다란 의자에 몸을 기대앉은 채 가만히 들을 뿐이었다.

그녀는 골프 칠 준비를 마친 차림이었고, 나는 그녀가 잡

위대한 개츠비

지 속 삽화처럼 보였던 기억이 난다. 턱을 경쾌하게 살짝 치켜든 모습에, 머리카락은 가을 잎사귀 색이었으며, 얼굴은 무릎 위에 얹은 손가락 없는 장갑처럼 갈색빛이었다. 내가 말을 마치자 그녀는 아무런 말 없이 다른 남자와 약혼했다고 내게 말했다. 나는 의심스러웠지만, 고개만 끄덕여도 결혼하겠다는 사람이 줄을 섰을 테니 그저 놀라는 척했다. 잠시 내가 잘못하고 있는 건 아닌지 고민했지만, 곧 마음을 정리하고 일어나 작별 인사를 건넸다.

"그래도 결국 나를 찬 건 당신이죠." 조던이 갑자기 말했다. "전화로 나를 뻥 차버렸잖아요. 이제는 당신 따위 신경 쓰지 않지만, 나한테는 새로운 경험이었어요. 한동안 좀 혼란스럽긴 했지만요." 우리는 악수했다.

"아, 그리고 기억나요? 우리가 운전에 대해 나눴던 대화 말이에요." 그녀가 덧붙였다.

"뭐라고 했더라—정확히는 기억이 안 나는군."

"당신이 말했잖아요. 운전 잘 못하는 사람은 자기처럼 서툰 운전자를 마주치기 전까지만 안전하다고."

문득 그녀가 데이지의 사고를 얘기하는 줄 알았지만, 그것은 아니었다.

"결국, 난 운전 잘 못하는 또 다른 사람을 만난 셈이네요, 그런 거죠? 그렇게 잘못된 판단을 내리다니, 참 부주의했던

것 같아요. 난 당신이 꽤 정직하고 솔직한 사람이라고 생각했어요. 그게 당신의 비밀스러운 자부심인 줄 알았다고요.”

“난 이제 서른 살이오.” 내가 말했다. “나 자신을 속이고 그걸 명예롭게 여기기엔 이미 다섯 해나 흘러버렸지.”

그녀는 대답하지 않았다. 나는 화가 나 있으면서도 그녀에게 여전히 반쯤 남은 사랑의 감정을 느꼈다. 그리고 나는 몹시 미안한 마음을 안고 돌아섰다.

* * *

10월 말 어느 날 오후, 나는 톰 뷰캐넌을 만났다. 그는 늘 그렇듯 주위를 경계하며 다소 공격적인 걸음걸이로 5번가를 따라 내 앞에서 걸어가고 있었다. 그는 마치 방해물이 생기면 밀어내기라도 하려는 듯 손을 몸에서 조금 떨어뜨린 채 내놓고는, 불안정한 눈동자에 맞춰 머리를 이리저리 빠르게 움직이고 있었다. 그를 따라잡지 않으려고 속도를 늦춘 바로 그 순간, 그가 갑자기 멈춰 서서 보석 가게의 창문을 찌푸린 얼굴로 들여다보기 시작했다. 그러다가 나를 발견하고는 손을 내밀며 다가왔다.

“왜 그래, 닉? 나랑 악수하기 싫어?”

“그래, 좀 그렇군. 내가 자넬 어떻게 생각하는지 알잖아.”

 위대한 개츠비

"제정신이 아니군, 닉." 그가 재빠르게 말했다. "완전히 정신이 나갔어. 자네가 왜 이러는지 모르겠어."

"톰." 내가 물었다. "그날 오후에 윌슨한테 뭐라고 한 거야?"

그는 말없이 나를 바라봤고, 나는 그 공백의 시간 사이 일어난 일이, 내가 추측했던 대로라는 것을 알았다. 내가 돌아서려 하자 그가 한 발짝 다가와 내 팔을 잡았다.

"나는 사실대로 말했어." 그가 재빨리 말했다. "우리가 떠날 준비를 하고 있을 때 그가 우리 집 문 앞에 찾아왔고, 우리가 외출하고 없다고 전했는데도 위층으로 억지로 올라오려고 했지. 그때 그는 완전히 미쳐서 내가 그 차 주인이 누구인지 말하지 않았더라면 나를 죽여버렸을 거야. 그는 집 안에 있는 내내 주머니 속에서 총을 손에 쥐고 있었어—" 그는 도전적인 태도로 말을 멈췄다. "내가 말했으면 어쩔 건데? 그 자식은 그런 일을 당할 만한 놈이었어. 데이지를 속였듯이 너도 속인 거야. 게다가 그 자식은 지독한 인간이었어. 마치 개라도 친 것처럼 머틀을 치고선 차를 멈추지도 않았잖아."

내가 할 수 있는 말은 아무것도 없었다. 그게 사실이 아니라는, 차마 입 밖에 낼 수 없는 사실 외에는.

"그리고 내가 고통을 겪지 않았다고 생각한다면—들어보게, 내가 그 아파트를 정리하러 갔을 때, 구석에 놓인 개 먹

이 상자를 보고 주저앉아 아이처럼 울었단 말일세. 맹세컨 대, 정말 끔찍했어—"

그를 용서할 수도, 좋아할 수도 없었지만, 그는 자기가 한 일이 완전히 정당하다고 여겼다는 것은 알 수 있었다. 모든 것이 너무나도 경솔하게 벌어졌고, 혼란스러웠다. 톰과 데이 지, 그들은 경솔한 사람들이었다—주변 온갖 것들과 사람들 을 엉망으로 만들어 놓고는, 자신들의 부나 무한한 이기심, 혹은 그들을 한데 묶어주는 것이라면 무엇이든 그 뒤로 숨어 버린 채, 자신들이 저지른 그 난장판을 다른 사람들이 수습 하도록 떠넘겨 버리는….

나는 그와 악수했다. 안 하는 게 어리석어 보일 것 같았고, 또 순간 그가 마치 어린아이처럼 느껴졌기 때문이다. 그러고 나서 그는 진주 목걸이, 아니 어쩌면 커프스단추 한 쌍을 사 기 위해 보석상으로 들어갔다. 그렇게 해서 나는 그 촌스러 운 도덕적 결벽에서 영원히 벗어날 수 있었다.

＊ ＊ ＊

개츠비의 집은 내가 떠날 때도 여전히 비어 있었다. 그의 잔 디밭에는 우리 집 잔디처럼 풀이 길게 자라 있었다. 마을의 택시 기사 중 한 명은 승객을 태우고 그 저택 정문을 지나갈

때면, 언제나 잠시 멈춰 안쪽을 가리키곤 했다. 어쩌면 그가 그 사건이 벌어진 날 밤에 데이지와 개츠비를 이스트 에그로 태워다 준 사람일지도 모른다. 그래서 스스로 그 사건에 관한 이야기를 꾸며내고 있는지도 모르겠다. 나는 그런 이야기를 듣고 싶지 않아서 기차에서 내렸을 때 그를 피했다.

나는 토요일 밤을 뉴욕에서 보내곤 했다. 개츠비 저택에서 벌어졌던 눈부시게 번쩍이는 파티들이 너무도 생생하게 남아서, 여전히 그 정원에서 들려오는 음악 소리와 웃음소리, 그리고 진입로를 오르내리는 차 소리가 희미하지만 끊임없이 귓가에 맴도는 듯했기 때문이다. 어느 날 밤에는 실제로 차 한 대가 그곳에 다가오는 소리를 들었고, 헤드라이트가 그의 집 현관 앞 계단에 멈추는 것을 보았다. 하지만 알아보러 가지는 않았다. 아마도 세상 끝 어딘가에 머물다 이제야 돌아와 파티가 끝난 줄도 모르고 찾아온 마지막 손님이었을 것이다.

마지막 날 밤, 트렁크에 짐을 다 챙기고 차를 식료품 가게 주인에게 팔고 나서, 나는 황망한 몰락 후 남겨진 그 저택을 다시 한번 보러 갔다. 하얀 계단 위에는 어느 소년이 벽돌 조각으로 휘갈겨 쓴 듯한 외설스러운 단어가 달빛 아래에서 뚜렷이 보였다. 나는 신발을 돌에 긁어대며 그것을 지웠다. 그런 다음 해변으로 내려가 모래사장 위에 드러누웠다.

이제 해안가 커다란 저택 정문 대부분은 닫혔고, 해협 건너편에서 희미하게 비치는 연락선의 불빛을 제외하고는 불켜진 곳이 없었다. 달이 더 높이 떠오르자, 실체 없는 집들은 녹아내리듯 하나둘씩 시야에서 사라져 갔고, 마침내 나는 이곳이 한때 네덜란드 선원들의 눈에 꽃 피듯 아름답게 펼쳐진 오래된 섬이었다는 것을 깨달았다―신세계의 싱그러운 푸른 품과 같은 곳 말이다. 개츠비의 저택을 위해 길을 내느라 사라진 나무들은 한때 마지막이자 가장 위대한 인간의 꿈에 속삭이듯 응답했을 것이다. 짧고도 황홀한 순간, 인간은 이 대륙을 마주하고 숨을 죽였으리라. 자신이 이해하지도, 원하지도 않았던 미적 사색에 이끌려, 역사상 마지막으로 경이로움에 필적할 만한 어떤 것과 대면한 채로.

나는 그곳에 앉아 오래전 미지의 세계를 숙고하며, 개츠비가 처음 데이지의 집 부두 끝에서 반짝이는 초록 불빛을 보았을 때 느꼈을 경이로움을 떠올렸다. 그는 이 푸른 잔디밭까지 먼 길을 왔고, 그의 꿈은 마치 손만 뻗으면 닿을 듯 가까워 보였을 것이다. 하지만 그는 그 꿈이 이미 자신 뒤편 어딘가, 도시 너머 광대한 어둠 속 밤하늘 아래로 이어진, 이 나라의 어두운 들판 저 너머로 사라져 버렸다는 것을 알지 못했다.

개츠비는 그 초록 불빛을, 해마다 우리 앞에서 멀어지는

위대한 개츠비

황홀한 미래를 믿었다. 그때는 그것이 우리를 비껴갔지만 상
관없다—내일은 더 빨리 달리고, 팔을 더 멀리 뻗으면 되니
까…. 그러다 보면 어느 화창한 날 아침에—

  그렇게 우리는 조류를 거슬러 노를 저으며, 끊임없이 과거
로 밀려가면서도 계속 나아간다.

So we beat on, boats against the current,

borne back ceaselessly into the past.

주석

[1] 제1차 세계 대전을 단순한 전쟁이 아닌, 대규모의 민족 이동이나 충돌처럼 비유하여, 유럽 전역을 휩쓴 거대한 파괴와 혼란을 강조했다.

[2] 이스트 에그와 웨스트 에그의 비유적 표현이다.

[3] 미식축구에서 엔드(End) 포지션은 팀의 전략에 따라 공격과 수비에서 중요한 역할을 수행하며, 종종 경기 결과에 큰 영향을 미치는 포지션으로 여겨진다. 엔드 포지션은 공통적으로 라인의 끝에 위치한다는 특징을 갖는다. 공격과 수비에서의 역할을 구분해서 살펴보면 다음과 같다.

① 공격 엔드: 공격에서 엔드 포지션은 대개 타이트 엔드(Tight End, TE)를 의미하며, 공격 라인의 끝에 배치된다. 쿼터백(팀의 리더이자 공격의 중심 역할)을 보호하거나 러닝 플레이를 위해 길을 열어주는 역할을 기본으로 하며, 전술에 따라 패스를 받아 공격에 가담하는 리시버(Receiver) 역할도 수행한다.

② 수비 엔드: 수비에서 엔드 포지션은 디펜시브 엔드(Defensive End, DE)로 불리며, 수비 라인의 끝에서 상대 쿼터백을 압박하거나 러닝백의 돌파를 저지하는 역할을 수행한다. 이를 통해 상대 팀의 공격 전개를 효과적으로 방해한다.

[4] '조지 왕조 시대 식민지풍(Georgian Colonial)'이란, 18세기 영국의 조지 왕조 시기에 유행한 건축 양식이 미국 식민지로 전해지며 현지 환경과 재료에 맞게 발전한 양식을 말한다. 이 양식은 질서와 균형을 중시하는 고전주의적 미감을 바탕으로 하며, 전반적으로 대칭적이고 안정적인 구성이 특징이다.

① 대칭적인 외관: 건물의 전면은 좌우가 정확한 대칭을 이루며, 창문과 출입문이 균형 있게 배치되어 안정감을 준다.
② 중앙 출입문: 집의 정면 중앙에 출입문을 두는 것이 일반적이며, 장식적인 문틀이나 기둥이 있는 포치로 강조되기도 한다.

'조지 왕조 시대 식민지풍' 건물인 미국 캔자스주 위치타에 있는 재향군인 관리국 장교 숙소(Veterans Administration Center Officers' Duplex Quarters)

 위대한 개츠비

③ 큰 창문: 크고 규칙적으로 배열된 창문이 실내에 풍부한 채광
을 제공한다. 창문틀은 주로 흰색으로 처리되어 벽체와 대비
를 이루며 대칭 구조를 더욱 강조한다.

④ 박공 지붕(Gabled Roof): 지붕은 박공 지붕 형태로, 경사진 구조
를 통해 실용성과 전통성을 동시에 충족한다.

⑤ 벽돌 외벽: 외벽은 주로 붉은 벽돌로 마감되며, 흰색 트림과
의 대비를 통해 절제되면서도 단정한 장식 미를 드러낸다.

[5] 큐나드 라인(Cunard Line)은 1840년 새뮤얼 큐나드 경(Sir
Samuel Cunard, 1787~1865)에 의해 설립된 영국의 선박회사로, 현재까지
운영되고 있는 세계에서 가장 오래된 여객선 회사 중 하나이다. 특
히 20세기 초 전성기에는 루시타니아호와 퀸 메리호 등 여러 상징
적인 대형 여객선을 운항하며 대서양 횡단 항로를 대표했다.

큐나드 라인(Cunard Line) 소속의 삭소니아(Saxonia)호

화이트 스타 라인(White Star Line)은 타이태닉(Titanic)호로 잘 알려진 영국의 선박 회사로, 1845년에 설립되어 호화 여객선을 중심으로 한 정기 항로를 운영했다. 그러나 경영 악화로 인해 1934년 큐나드 라인과 합병되었으며, 이로써 큐나드-화이트 스타 그룹(Cunard-White Star Limited)이 출범했다.

[6]   로토그라비어(Rotogravure)는 당시 신문이나 잡지의 고품질 사진 인쇄 기법이다.

[7]   크레이프 드 신(Crêpe de Chine)은 프랑스어로 '중국산 크레이프'라는 뜻으로, 중국산 실크에서 유래한 직물을 가리킨다. 부드럽고 미세한 주름이 감도는 표면 조직이 특징이며, 자연스러운 광택과 유연한 질감을 지녀 드레스와 블라우스를 비롯한 고급 의류와 액세서리에 널리 사용된다.

[8]   《타운 태틀(Town Tattle)》은 실제로 존재하는 잡지가 아니다. 하지만 1879년에 창간된 뉴욕의 가십 잡지 《타운 토픽스(Town Topics)》를 모델로 한 것으로 보인다. 《타운 토픽스》는 당시 뉴욕 상류층의 사생활과 스캔들을 다루며 큰 인기를 끌었고, 피츠제럴드는 이를 풍자하기 위해 이 가상의 잡지를 등장시킨 것이다.

위대한 개츠비

[9] 　미국에서 5번가(Fifth Avenue)는 대개 뉴욕 맨해튼 5번가를 의미한다. 그 거리는 고급 상점과 명소가 자리한 뉴욕 도심의 번화가이다.

[10] 　『베드로라 불린 시몬(Simon Called Peter)』은 로버트 키블(Robert Keable, 1887~1927)이 1921년에 출간한 소설로, 제1차 세계 대전을 배경으로 한 이야기가 담겼다. 특히 전쟁이라는 극한 상황 속에서 인간의 욕망과 신념이 어떻게 충돌하는지를 날카롭게 드러낸다. 종교적 문제와 성적인 주제를 다루며, 당시 큰 논란을 일으키기도 했다.

[11] 　몬턱 포인트(Montauk Point)는 뉴욕주 롱아일랜드의 동쪽 끝에 있는 해안 지역이다. 등대와 해변으로 유명한 관광지이다.

[12] 　카이저 빌헬름(Kaiser Wilhelm)은 제2차 세계 대전 이전, 독일 제국의 황제였던 빌헬름 2세를 말한다.

[13] 　아쿠아플레인(Aquaplane)은 1920~1930년대에 인기를 끌었던 초기 수상 스포츠 도구이다. 현대의 수상 스키와 달리 넓고 평평한 판자 위에 사람이 올라 밧줄을 잡은 채 보트에 끌려가는 방식으로, 탑승자는 균형을 유지하며 물 위를 미끄러지듯 활주한다.

아쿠아플레인 보드 위에서 의자를 이용해 기술을 보여주는 모습

[14]　오르되브르(Hors d'œuvre)는 프랑스식 애피타이저의 일종
으로, 정식 식사 전에 제공되는 소규모 전채요리를 말한다.

〈할리퀸〉(1923), 알렉시스 볼론
(Alexis Vollon, 1865~1945) 작품

[15]　할리퀸(Harlequin)은 이탈
리아 전통 희극에 등장하는 마름
모 무늬 옷차림의 광대 캐릭터다.
또한, 개츠비의 파티처럼 화려하
고 다채로운 색채로 장식된 풍경
이나 사물을 비유할 때 주로 사용
되는 표현이다.

위대한 개츠비

[16] 칵테일 음악(Cocktail Music)이란, 흔히 칵테일파티나 사교 모임에서 분위기를 살리기 위해 연주되곤 하는 가벼운 음악을 말한다. 부드럽고 경쾌한 선율로 사람들의 대화를 방해하지 않으며, 주로 재즈·스윙·보사노바 등의 장르가 이에 해당한다.

[17] 프리스코(Frisco)는 1920년대 미국에서 인기를 끈 탭 댄서 '조 프리스코(Joe Frisco, 1889~1958)'를 말한다. 그는 손과 팔을 과장되게 흔드는 유머러스한 춤으로 유명했으며, 그의 이름은 이후 그러한 독특한 탭댄스를 가리키는 말로도 쓰였다.

[18] 〈폴리스(Follies)〉는 20세기 초반 미국에서 인기를 끌었던 리뷰(Revue) 형식의 공연이다. 노래와 춤, 희극 등을 옴니버스식으로 엮은 무대였으며, 특히 1907년부터 1931년까지 브로드웨이에서 상연된 〈지그펠드 폴리스(Ziegfeld Follies)〉가 가장 유명하다. 이 공연은 플로렌즈 지그펠드(Florenz Ziegfeld)가 제작한 공연으로, 화려한 무대 연출과 대규모 쇼로 큰 인기를 누렸다.

[19] 길다 그레이(Gilda Gray, 1901~1959)는 1920년대에 활동했던 폴란드계 미국인 배우이자 댄서로, 어깨를 빠르게 흔드는 독특한 춤 동작인 '시미(Shimmy)'를 대중화한 것으로 유명하다. 그녀는 브로드웨이 무대에서 큰 인기를 얻은 뒤 할리우드 영화에도 출연하며, 재즈 시대를 대표하는 스타로 자리 잡았다.

[20]　로빈 에그 블루(Robin's Egg Blue)는 미국 울새(아메리칸 로빈) 알의 고유색인 연한 청록색을 표현한 색명이다.

[21]　『스토다드 강연 모음집(Stoddard Lectures)』은 미국의 강연자이자 작가인 존 로슨 스토다드(John Lawson Stoddard, 1850~1931)가 19세기 말부터 20세기 초까지 전 세계를 여행하며 얻은 경험을 바탕으로 1897년 완성한 저작을 말한다. 그는 당시 혁신적인 시각 장비였던 스테레옵티콘(Stereopticon, 슬라이드 프로젝터의 일종)을 활용하여 강연을 진행했으며, 이러한 강연은 미국 전역에서 큰 인기를 끌었다. 훗날 그의 강연 내용은『존 로슨 스토다드의 강연 모음집(John L. Stoddard's Lectures)』(총 10권)으로 엮여 출판되었다.

[22]　데이비드 벨라스코(David Belasco, 1853~1931)는 사실적이고 정교한 무대 연출로 유명했던 미국의 연극 연출가이자 극작가이다. 그는 존 루터 롱(John Luther Long)의 소설『나비 부인(Madame Butterfly)』을 무대용으로 최초 각색한 것으로도 잘 알려져 있다.

[23]　과거에는 한 장의 큰 종이에 여러 페이지를 인쇄한 뒤 이를 접어 묶는 제본 방식을 사용했다. 이 경우 종이의 단면이 절단되지 않은 채 남아 있어 페이지 가장자리가 서로 붙어 있었으며, 독자는 책을 읽기 위해 한 장씩 잘라 펼쳐야 했다. 이러한 방식은 20세기 초반까지 널리 사용되었다.

위대한 개츠비

[24]　뉴욕 남쪽이라고 하면, 일반적으로 맨해튼 남단 지역과 그 인근을 가리키며, 주로 로어 맨해튼(Lower Manhattan)이나 다운타운 맨해튼(Downtown Manhattan)이라 불린다. 이 지역에는 금융의 중심지인 월스트리트(Wall Street)와 휴식을 위한 공간인 배터리 파크(Battery Park) 등이 있으며, 그보다 북쪽에는 그리니치 빌리지(Greenwich Village)와 같은 주거·문화 지역이 자리하고 있다.

[25]　예일 클럽(Yale Club)은 예일 대학교 졸업생들이 소속된 사교 클럽을 말하는데, 일반적으로 뉴욕시에 있는 예일 클럽 건물을 지칭하는 말로도 쓰인다. 이곳은 1915년 뉴욕 맨해튼 밴더빌트 애비뉴 50번지(50 Vanderbilt Avenue)에 문을 열었으며, 그랜드 센트럴 터미널 인근의 대표적인 동문 클럽하우스로 알려져 있다.

뉴욕에 있는 예일 클럽 건물에 부착되어 있는 명판이다.
이 명판은 미국 독립 전쟁 중 영국군에 의해 처형된
네이선 헤일(Nathan Hale, 1755~1776)을 기리기 위해 설치되었다.

[26]　니커보커스(Knickerbockers)는 무릎 아래까지 오는 헐렁한 형태의 바지 스타일 중 하나이다. '니커보커스'라는 이름은 네덜란드계 초기 이민자들을 가리키는 표현에서 유래했다. 이 스타일은 19세기와 20세기 초 미국 상류층 남성들 사이에서 인기를 끌었으며, 골프나 승마 같은 스포츠 활동이나 격식 없는 자리에서 주로 입었다.

[27]　로트-거트(Rot-Gut)는 질 낮고 독한 술을 뜻하는 속어로, 여기서는 그 어감을 빌려 천하고 못마땅한 인물을 비하하는 별명으로 쓰였다.

[28]　라자(Rajah)는 인도에서 유래한 칭호로, 작은 왕국이나 지역을 다스리던 군주 또는 통치자를 의미한다. 이 용어는 인도 문화권의 영향으로 동남아시아 지역에서도 사용되었다.

[29]　불로뉴 숲(Bois de Boulogne)은 파리 서쪽에 있는 광대한 공원으로, 뱅센 숲(Bois de Vincennes)과 함께 파리를 대표하는 최대 규모의 녹지 공간이다. 중세에는 왕실 사냥터로 사용되었으며, 19세기 중반 나폴레옹 3세 시기에 현대적인 공원으로 정비되었다.

[30]　아르곤 숲(Argonne Forest)은 프랑스 북동부에 있는 울창한 산림 지대로, 제1차 세계 대전 당시 주요한 전투 지역이었다. 특히

1918년에 벌어진 뫼즈-아르곤 공세(Meuse-Argonne Offensive)로 잘 알려져 있으며, 이 전투에서 연합군(특히 미국군)이 독일군에 대한 결정적인 공세를 전개해 전쟁 종결로 이어지는 계기를 마련했다. 이는 미군 역사상 최대 규모의 전투 중 하나로 평가된다.

[31]　다닐로 훈장(Order of Prince Danilo I, Орден Књаза Данила I)은 몬테네그로에서 수여되는 국가 공로 훈장으로, 1852년 몬테네그로의 군주 다닐로 1세(Danilo I, Petrović-Njegoš)에 의해 제정되었다. 이 훈장은 국가와 군주에 대한 공로를 인정하기 위해 민간과 군인을 구분하지 않고 수여되었으며, 몬테네그로 공국 시기의 대표적인 최고급 훈장 가운데 하나였다. 개츠비는 유럽 귀족처럼 자신을 꾸미기 위한 상징물로 이 훈장을 사용한다.

다닐로 훈장(Order of Prince Danilo I)

[32]　트리니티 쿼드(Trinity Quad)는 옥스퍼드 대학교 트리니티
칼리지의 안뜰을 말한다.

[33]　루스벨트항(Port Roosevelt)은 실제 존재하는 곳이 아니다.
이러한 이름의 항구를 등장시켜 주변 지역이 산업적이고 분위기
가 거친 곳이었음을 암시하려는 의도로 보인다.

[34]　애스토리아(Astoria)는 미국 뉴욕 퀸스(Queens)에 있는 지역
으로, 맨해튼 동쪽에서 이스트강을 사이에 두고 마주 보고 있다. 다
양한 문화적 배경을 지닌 사람들이 거주하는 곳으로, 특히 역사적
으로 그리스 이민자들이 많이 정착한 지역으로 알려져 있다.

[35]　블랙웰스 아일랜드(Blackwell's Island)는 현재 루스벨트 아
일랜드(Roosevelt Island)로 알려진 섬으로, 뉴욕 맨해튼과 퀸스 사이
의 이스트 리버(East River)에 자리 잡고 있다. 1920년대 당시에는
감옥과 정신병원 등 여러 공공 기관이 자리한 곳이었다. 이 섬은
1971년 미국 대통령 프랭클린 D. 루스벨트(Franklin Delano Roosevelt)를
기리기 위해 현재의 이름으로 바뀌었고, 이후 주거지와 공공시설
을 중심으로 재개발되었다.

[36]　1919년 월드 시리즈 결과 조작 사건, 흔히 '블랙삭스 스
캔들(Black Sox Scandal)'이라 불리는 이 사건은 시카고 화이트삭스 선

　　　　　　　　　　　　　　　　위대한 개츠비

수 일부가 도박사와 공모해 고의로 경기에 패한 미국 프로야구 역사상 최대의 승부 조작 사건이다.

당시 월드 시리즈는 시카고 화이트삭스와 신시내티 레즈의 경기로 열렸으며, 화이트삭스 소속 선수 8명이 조작에 연루되었다. 이들 가운데에는 에디 시콧(Eddie Cicotte), 슈리스 조 잭슨(Shoeless Joe Jackson), 벅 위버(Buck Weaver) 등이 포함되어 있었고, 실제 금전 수수 여부와 관계없이 모두 메이저리그에서 영구 제명되었다.

이 사건은 미국 스포츠계에 큰 충격을 주었으며, 이후 메이저리그는 신뢰 회복을 위해 커미셔너 제도를 도입했다. 초대 커미셔너 케네소 마운틴 랜디스(Kenesaw Mountain Landis)는 강력한 개혁과 규제를 통해 경기의 공정성을 엄격히 관리하게 되었다.

이는 1920년대 미국 사회의 도덕적 붕괴를 상징하는 사건으로, 『위대한 개츠비』가 드러내고자 한 시대 비판적 주제와 맞닿아 있다.

[37] 캠프 테일러(Camp Taylor)는 미국 켄터키주 루이빌 인근에 설치된 제1차 세계 대전 당시의 군사 훈련 캠프이다. 1917년부터 1919년까지 운영되었으며, 대규모 신병을 훈련하기 위해 세워진 미군의 주요 훈련 시설 중 하나였다.

[38] 빅토리아(Victoria) 마차는 19세기와 20세기 초에 유행한 4륜 마차로, 주로 상류층이 산책이나 사교 활동, 공식 행사에 사용할

목적으로 이용했다. 이 마차는 빅토리아 여왕 시대에 특히 널리 퍼졌으며, 개방형 좌석과 세련된 디자인이 특징이다.

[39] 이 문구는 1920년대에 유행한 〈아라비아의 족장(The Sheik of Araby)〉이라는 노래의 가사 일부이다. 이 곡은 해리 B. 스미스(Harry B. Smith)가 작사하고 테드 스나이더(Ted Snyder)가 작곡했으며, 1921년에 발표되었다. 이 노래는 영화《족장(The Sheik)》의 주제가는 아니지만, 같은 해 이 영화의 흥행으로 확산된 '아라비아 로맨스' 유행과 맞물리며 큰 인기를 얻었다. 이후 수많은 재즈 음악가들에 의해 연주되었다.

[40] '깡통 속의 정어리(Sardines-in-the-box)'는 변형된 숨바꼭질 놀이로, 일반적인 방식과 진행 방식이 다르다. 먼저, 한 사람이 숨고 나머지가 찾아 나선다. 숨은 사람을 발견한 참가자는 그와 함께 같은 장소에 숨어야 하며, 결국 여러 명이 좁은 공간에 모이게 된다. 마지막 남은 사람이 숨은 사람들을 찾아내면 한 판이 끝난다. 이 놀이의 이름은 정어리가 통조림 깡통 속에 빽빽이 들어 있는 모습에서 유래했다.

[41] 델리(Delicatessen, 델리카트슨)는 실용적인 도시 생활 상점으로, 일반 식료품점과 달리 조리된 음식과 가공식품을 중심으로 판매하는 전문 식품점이다. 햄·살라미·소시지 같은 콜드 컷(Cold Cuts)

1936년, 뉴욕의 브롱크스 지역에 있었던 델리 상점 모습

과 치즈, 샐러드 등 집에서 만들기 번거로운 음식을 즉석에서 먹을 수 있도록 제조된 식품을 주로 취급하며, 지역이나 문화권에 따라 전통 음식이나 특색 있는 요리를 제공하기도 한다.

[42] 『래크렌트 성(Castle Rackrent)』은 마리아 에지워스(Maria Edgeworth, 1768~1849)가 1800년에 지은 첫 장편 소설로, 아일랜드의 영주와 소작농 사이의 갈등을 풍자적으로 그린 작품이다. 이 소설은 당시 아일랜드 사회의 계층 간 갈등과 부패, 그리고 지주 제도의 문제점을 사실적으로 묘사했으며, 영국과 아일랜드 문학에서 초기 사실주의 소설의 대표작으로 평가받고 있다.

[43]　독일의 철학자 임마누엘 칸트(Immanuel Kant, 1724~1804)는 시계처럼 정확한 일상으로도 잘 알려져 있다. 평생 쾨니히스베르크(Königsberg, 현재의 칼리닌그라드)를 떠나지 않았던 그는 매일 오후, 한 치의 오차도 없이 같은 경로를 산책했다. 이 습관은 지금까지도 그의 성실함을 상징하는 일화로 전해진다.

[44]　'Kiss-me-by-the-gate'는 관상용 여뀌류 식물(Persicaria Orientalis) 중 '털여뀌'의 영어 이름이다. 꽃여뀌와 같은 마디풀과 식물이지만, 훨씬 더 키가 크고 화려하다. 이 로맨틱한 이름의 식물은 개츠비의 환상적 세계에 서정적 상징을 더해주는 역할을 한다.

털여뀌

 위대한 개츠비

[45] 머튼 칼리지(Merton College)는 영국 옥스퍼드 대학교의 단과대학 중에서도 매우 오래된 곳으로, 현대적 단과대학 제도의 기틀을 마련했다는 평가를 받는다. 『반지의 제왕(The Lord of the Rings)』의 저자 J. R. R. 톨킨(J. R. R. Tolkien, 1892~1973)이 1945년부터 약 14년간 영어영문학과 교수로 재직했던 곳으로도 잘 알려졌다.

토머스 릭먼(Thomas Rickman)이 1817년 저술한『영국 건축 양식의 차이를 구별하기 위한 시도(An Attempt to Discriminate the Styles of Architecture in England)』에 담긴 머튼 칼리지 예배당(Merton College Chapel) 전경 그림

[46] 샤르트뢰즈(Chartreuse)는 프랑스에서 생산되는 허브 리큐르(Liqueur)로, 130가지 이상의 허브와 식물을 사용해 만들어진다. 강한 향과 높은 도수가 특징이며, 황록색의 '그린 샤르트뢰즈'와 옅은 노란색의 '옐로 샤르트뢰즈'가 대표적이다.

[47]　퐁파두르(Pompadour)는 머리 앞쪽에 볼륨을 주어 높게 올려 고정하는 형태의 머리 모양을 가리킨다. 이 명칭은 18세기 프랑스 국왕 루이 15세의 공식 정부(情婦)이자 당대 패션 아이콘이었던 마담 드 퐁파두르(Madame de Pompadour)의 이름에서 유래했으나, 그녀가 실제로 이러한 머리 모양을 했다는 기록은 없다.

1954년 선 레코드(Sun Records) 프로모션 사진
속, 퐁파두르 스타일 머리를 한 엘비스 프레슬리

[48]　〈사랑의 보금자리(The Love Nest)〉는 1920년에 제작된 브로드웨이 뮤지컬《메리(Mary)》에서 발표된 노래다. 루이스 A. 허시(Louis A. Hirsch)가 작곡하고, 오토 하바흐(Otto Harbach)가 가사를 썼다. 사랑과 가정의 행복을 노래한 이 곡은 당시 큰 인기를 끌었으며, 이후에도 여러 가수에 의해 불렸다.

위대한 개츠비

[49]　선 보닛(Sunbonnet)은 햇볕 차단용 모자를 말하며, 과거 서양에서는 주로 여성들이 농촌에서 사용했다. 넓은 챙과 천으로 얼굴과 목을 가려 햇볕을 막는 실용적인 실생활용 모자였다.

1838년 스웨덴 패션 잡지에 실린,
패션용으로 변형된 보닛 모자들

[50]　1920년대 미국에서는 금주법이 시행되며 캐나다에서 술을 밀수입하는 일이 흔했다. 밀수업자들은 호수와 강을 건너거나 국경 지역의 창고·지하 공간 등을 이용해 술을 들여왔다. 여기서 말하는 '캐나다에 연결된 지하 비밀 통로'는 이러한 밀수 경로를 과장해 표현한 말이다.

[51] 트리말키오(Trimalchio)는 고대 로마의 페트로니우스(Petronius)가 쓴 풍자 소설인『사티리콘(Satyricon)』에 등장하는 인물로, 한때 노예였으나 막대한 부를 축적한 뒤 극도의 사치를 누리는 존재로 그려져 있다. 소설 속에서 그는 화려한 연회와 과시적인 소비를 통해 자신의 부를 드러내며, 그로 인해 부와 사치, 사회적 허영을 풍자하는 상징적 인물이 되었다. 스콧 피츠제럴드는 개츠비를 이러한 고대 로마의 트리말키오에 비견되는 인물로 보았고, 그 허영과 비극성을 강조하기 위해『트리말키오』라는 제목을 염두에 두고 끝까지 고수하려 했다.

[52] 내셔널 비스킷 컴퍼니(National Biscuit Company)는 1898년에 설립된 미국의 식품 회사로, 오늘날 세계적인 제과 브랜드인 나비스코(Nabisco)의 전신이다. 나비스코는 오레오(Oreo), 리츠 크래커(Ritz Crackers) 등 유명 스낵 제품으로 잘 알려져 있다.

[53] 민트 줄렙(Mint Julep)은 전통적인 미국 남부의 칵테일로, 주로 버번위스키, 신선한 민트 잎, 설탕, 그리고 얼음으로 만들어진다. 민트의 상쾌함과 버번의 풍미가 어우러진 이 음료는 잔 표면에 성에가 맺히는 모습이 특징일 만큼, 더운 여름철에 잘 어울리는 시원한 칵테일이다. 원래는 켄터키주와 같은 남부 지역에서 인기가 있었는데, 명성 있는 승마 경기인 '켄터키 더비(Kentucky Derby)'의 공식 음료로도 유명하다. 이 칵테일은 미국 남부 상류층

 위대한 개츠비

의 사교 문화와 여유로운 생활 방식을 상징하는 음료로 여겨졌다.

[54]　카피올라니(Kapiolani)는 하와이 오아후(Oahu)섬의 여러 지명에 사용되는 이름으로, 여기서는 카피올라니 공원(Kapiolani Park)을 지칭하는 것으로 보인다. 이러한 지명은 19세기 하와이 왕국의 왕비였던 카피올라니(Queen Kapiolani, 1834~1899)의 이름에서 유래했다. 카피올라니는 하와이 여성과 아동의 보건 의료 향상에 힘쓴 인물로 알려져 있으며, 이를 기려 오늘날 카피올라니 의료 센터(Kapiolani Medical Center for Women & Children)가 설립되었다. 카피올라니 공원은 그녀의 배우자인 칼라카우아(Kalakaua) 왕이 1877년에 조성한 하와이에서 매우 오래된 공원 중 하나로, 와이키키 해변 인근에 있다. 산책이나 조깅을 즐기기에 좋을 뿐만 아니라, 각종 행사와 축제가 열리는 시민 공원으로 꾸준히 사랑받고 있다.

카피올라니 공원에 있는 카피올라니의 동상

[55] 펀치볼(Punchbowl)은 하와이 오아후섬 호놀룰루 인근에 있는 화산 분화구 지형을 말하며, 그릇처럼 둥근 형태 때문에 이러한 이름으로 불리게 되었다. 공식 명칭은 하와이어인 '푸오와이나(Pūowaina)'로, '희생의 언덕(Hill of Sacrifice)'이라는 뜻이다. 이곳에는 1949년에 조성된 국립 태평양 기념 묘지(National Memorial Cemetery of the Pacific)가 자리하고 있는데, 제2차 세계 대전 태평양 전쟁을 비롯해 한국 전쟁과 베트남 전쟁 등에서 전사한 군인들을 기리는 장소이다. 현재는 아름다운 자연 경관과 깊은 역사적 의미를 함께 지닌 하와이의 대표적인 추모 공간으로 알려져 있다.

[56] 휴미더(Humidor)는 담배, 특히 시가를 적정한 습도와 온도로 오랫동안 보관하기 위해 사용하는 용기를 말한다. 주로 나무

휴미더

 위대한 개츠비

나 가죽으로 만들며, 내부에 습도 조절 장치가 있어서 담배가 건
조해지거나 지나치게 습해지는 것을 방지해 준다. 고급 시가 문화
와 함께 상류층의 사치품으로 여겨지기도 한다.

[57]　애틀랜틱 시티(Atlantic City)는 뉴저지주에 있는 해안 도시
로, 오늘날에는 카지노와 리조트로 유명한 관광지이다. 아름다운
해변과 산책로인 보드워크(Boardwalk)로도 많은 사랑을 받고 있으
며, 호화로운 호텔과 공연장, 다양한 오락 시설을 갖추고 있어 방문
객들에게 다채로운 즐길 거리를 제공한다. 특히 금주법이 시행된
1920년대에는 불법 술집과 엔터테인먼트 문화가 번성하며 미국 동
부에서 가장 매력적인 해안 휴양지로 여겨지기도 했다.

[58]　몬트리올(Montreal)은 캐나다 퀘벡주(Quebec)의 경제·문화·
교육 중심지이다. 프랑스와 영국 문화가 어우러진 독특한 도시 분
위기로 유명하며, 1920년대에는 재즈 공연과 각종 오락 문화가 번
성한 북미의 대표적인 문화 도시로 꼽혔다. 또한 세인트로렌스강
(Saint Lawrence River)과 몽루아얄산(Mont-Royal)을 중심으로 한 자연환
경 덕분에 휴양과 문화 생활을 함께 즐길 수 있는 도시로 알려져
있다.

[59]　'아버지의 일(Father's Business)'이라는 표현은 성경에서 유
래한 말로,『누가복음』2장 49절에서 어린 예수가 '내가 내 아버지

의 집에 있어야 할 줄을 알지 못하셨나이까'라고 말한 데서 비롯
되었다. 이 표현은 본래 신이 맡긴 사명이나 마땅히 수행해야 할
일을 뜻하는 말로 사용된다.

[60]   틴 팬 앨리(Tin-Pan Alley)는 뉴욕 맨해튼 웨스트 28번가
일대를 중심으로 형성된 음악 산업의 거리로, 19세기 말부터 20세
기 초반까지 미국 대중음악의 심장부 역할을 했다. 작곡가와 작사
가의 작업 사무실, 음악 출판사들이 빽빽하게 들어선 이 거리에서
는 온종일 피아노 소리가 울려 퍼져 '틴 팬 앨리'라는 이름이 붙었
다고 전해진다. 이곳은 이후 브로드웨이와 재즈 시대를 이끄는 미
국 대중음악 황금기의 출발점이 되었다.

틴 팬 앨리 거리 바닥에 있는 명판

   위대한 개츠비

[61]　슈피리어 호수(Lake Superior)는 북아메리카 오대호 중 하나로, 면적 기준 세계에서 가장 큰 담수호이다. 이 호수는 미국의 미시간주·위스콘신주·미네소타주와 캐나다 온타리오주에 걸쳐 있다. 실제로는 조수(밀물과 썰물)가 존재하지 않지만,『위대한 개츠비』에는 조수의 흐름(썰물)이 묘사되는 등 사실과 다르게 설정되어 있다. 이것은 바다의 이미지를 차용한 문학적 장치로 이해된다.

1879년 랜드 맥낼리(Rand McNally)에서 발행된 슈피리어 호수 지도

[62]　리틀 걸만(Little Girl Bay)은 슈피리어 호수 남안의 실제 지명인 '리틀 걸스 포인트(Little Girls Point)'를 가리키는 것으로 보이는 가상의 지역이다. 열일곱 살의 제임스 개츠가 자신의 이름을 '제이 개츠비'로 바꾸고 새로운 삶을 시작하는 운명적인 공간이다.

[63] '투올로미(Tuolomee)'라는 이름은 캘리포니아주의 투올러미 카운티(Tuolumne County)나 투올러미강(Tuolumne River)이라는 실제 지명의 변용으로 보인다. 이 지역은 19세기 골드러시의 중심지 가운데 하나로, 모험과 부의 신화를 상징하는 장소였다.

[64] 바르바리 해안(Barbary Coast)은 북아프리카의 지중해 연안을 가리키는 옛 명칭으로, 오늘날의 모로코·알제리·튀니지·리비아 지역에 해당한다. 16세기부터 19세기 초반까지 이 지역은 바르바리 해적(Barbary Pirates)으로 악명을 떨쳤으며, 이들은 유럽과 미국의 상선을 공격해 선원을 포로로 잡고 몸값을 요구하거나 노예로 팔았다. 19세기 들어 유럽 열강의 군사 개입과 식민지화가 본격화되면서 바르바리 해적의 활동은 점차 종식되었다.

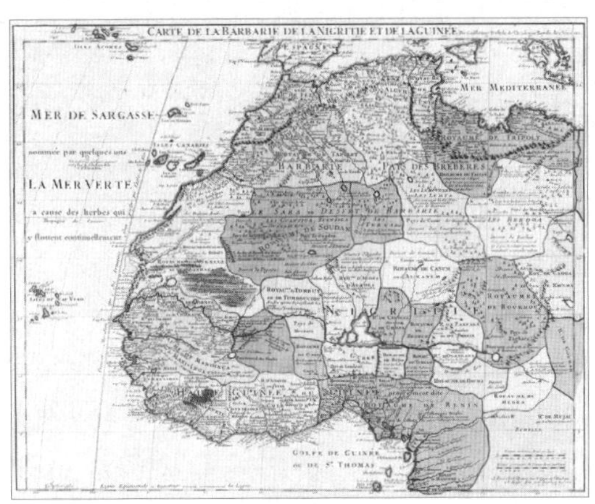

1707년경 북아프리카 지도

위대한 개츠비

[65]　아르곤 전투(Argonne Battles), 또는 뫼즈-아르곤 공세(Meuse-Argonne Offensive)는 제1차 세계 대전 말기인 1918년 9월 26일부터 11월 11일까지 프랑스 북동부의 아르곤 숲(Argonne Forest) 일대에서 벌어진 대규모 공세 작전이다. 이 전투는 독일군의 주요 보급선을 차단하기 위해 미군이 주도하고 프랑스군이 지원해 진행되었다. 미국이 제1차 세계 대전에 본격적으로 참전한 이후 수행한 최대 규모의 작전으로, 프랑스군은 독일군 방어선을 돌파해 프랑스 스당(Sedan)과 핵심 철도 허브를 점령하고 미군은 주변 고지를 확보하는 데 성공했다. 이로 인해 독일군의 철수가 가속화되었으며, 같은 해 11월 11일 휴전 협정으로 이어지는 결정적 계기가 되었다.

[66]　〈빌 스트리트 블루스(Beale Street Blues)〉는 1916년 윌리엄 크리스토퍼 핸디(W. C. Handy)가 작곡한 블루스곡이다. 이 곡의 제목은 미국 테네시주 멤피스(Memphis) 중심부를 가로지르는 빌 스트리트(Beale Street)에서 유래했다. 빌 스트리트는 20세기 초반 블루스 음악과 흑인 문화를 대표하는 장소 가운데 하나로 꼽힌다. 이곳에서는 블루스를 바탕으로 한 다양한 음악적 흐름이 형성되었으며, 수많은 음악가들이 활동하며 미국 대중음악의 발전에 중요한 영향을 미쳤다. 〈빌 스트리트 블루스〉는 블루스 특유의 슬픔과 절망뿐 아니라 거리의 생동감과 활기를 함께 담아낸 대표작으로 평가된다.

[67]　풀먼 객차(Pullman Car)는 19세기 후반부터 20세기 초반까지 미국에서 널리 사용된 고급 철도 객차를 말한다. 풀먼 컴퍼니(Pullman Company)가 제작한 이 객차는 안락한 좌석과 침대칸, 식사와 승무원 서비스를 갖춘 것으로 유명했다. 당시 장거리 철도 여행의 표준으로 여겨졌으며, 편안하고 고급스러운 이동 수단을 원하는 승객들 사이에서 큰 인기를 끌었다.

1920년대 고급 장거리 열차에 설치된 표준 풀먼 객차 내의 모습

[68]　헴스테드(Hempstead)는 뉴욕주 롱아일랜드 남서부에 있는 지역으로, 뉴욕시와 가까워 대도시권의 일부로 여겨진다. 주로 주택가를 중심으로 형성된 교외 지역으로, 20세기 초반에는 뉴욕으로 출퇴근하는 중산층의 거주지로 발전했다.

 위대한 개츠비

[69] 사우샘프턴(Southampton)은 롱아일랜드 동쪽 끝에 있는 지역으로, 흔히 햄프턴(The Hamptons)이라 불리는 고급 해안 휴양지 일대에 포함된다. 햄프턴은 사우샘프턴과 이스트 햄프턴을 중심으로 형성된 지역 명칭으로, 고급 주택가와 아름다운 해변이 펼쳐진 곳이다. 이 지역은 특히 여름 휴가철에 뉴욕 상류층과 유명 인사들이 모이는 휴양지로 알려져 있다.

[70] 플러싱(Flushing)은 뉴욕시 퀸스 북부에 자리한 지역으로, 오늘날에는 다양한 문화가 공존하는 다문화 중심지로 알려져 있다. 20세기 초반, 『위대한 개츠비』가 그려낸 시대에는 뉴욕 도심에서 약간 비켜난 조용한 주거 지역에 가까웠다. 이후 이민자 유입과 상업 지구의 성장으로 도시적 성격이 점차 짙어졌다.

[71] 얼스터코트(Ulster Coat)는 아일랜드 얼스터 지역에서 유래한 두툼한 겨울용 외투이다. 19세기 말부터 여행이나 야외 활동 시 신사들이 즐겨 입었으며, 어깨를 덮는 짧은 망토(Cape)가 특징이다.

[72] 그리니치(Greenwich)는 미국 코네티컷주 남서부에 있는 교외 지역으로, 뉴욕시와 가까워 뉴욕 대도시권에 속한다. 20세기 초반부터 금융·상업계 종사자들이 주로 거주하던 부유한 주거지로 알려져 왔으며, 오늘날까지도 미국 동부를 대표하는 고급 교외 지역 가운데 하나로 평가된다.

[73] 『호팔롱 캐시디(Hopalong Cassidy)』는 미국의 작가 클라렌스 E. 멀포드(Clarence E. Mulford)가 1904년에 발표한 소설을 시작으로 전개된 서부 시리즈이다. 주인공 호팔롱 캐시디는 정의감을 지닌 총잡이 카우보이로, 미국 서부 개척 시대를 배경으로 다양한 모험과 활약을 펼친다. 이 시리즈는 이후 영화, 라디오 드라마, 텔레비전 프로그램으로도 제작되었다. 원작 소설 속 캐시디는 거칠고 투박한 성격이지만, 영화화 과정에서 세련되고 도덕적인 영웅상으로 재정립되었다. 이러한 변화를 거치며 큰 인기를 끌었고, 결국 미국 서부 장르를 대표하는 문화 아이콘으로 자리 잡았다.

1930년대 〈호팔롱 캐시디〉 영화 포스터

 위대한 개츠비

[74]　여기서 '섀터스(Shatters)'는 시간을 허비하며 보내는 장소인 유흥가나 오락 시설을 가리키는 속어적 표현으로 보인다. 정확한 지명이나 장소로 확인되지는 않지만, 'Shatter'라는 단어가 지닌 '산산이 부서지다, 엉망인 상태'라는 의미에서 착안해, 집중력과 일상을 흐트러뜨리는 장소–예컨대 술집이나 도박장 같은 공간–를 암시하는 표현으로 이해할 수 있다.

[75]　'플러싱'은 개츠비가 그토록 벗어나려 했던 '평범한 삶'의 공간을 상징한다. 또한, 중서부 이민자들의 종교인 '루터교' 목사가 등장한 것은, 죽음의 순간에 이르러 화려한 '제이 개츠비'라는 가면이 벗겨지고 초라한 '제임스 개츠'로 회귀했음을 시사한다. 집례를 위해 연고 없는 지역 목사가 방문한 것은 개츠비가 일군 성취의 허망함과 그의 지독한 고독을 공간적으로 대비시킨다. 즉, '플러싱의 루터교 목사'는 개츠비가 지워내려 했던 중서부 이민자로서의 뿌리(제임스 개츠)와 그를 외면한 상류사회의 비정한 대조를 상징하는 장치다.

작품 설명

F. 스콧 피츠제럴드(F. Scott Fitzgerald)는 1920년부터 『위대한 개츠비(The Great Gatsby)』를 집필하기 시작해 1924년에 탈고했다. 그는 유럽을 여행하던 중 원고를 완성해 출판사로 보냈고, 이후 편집자와 수차례 의견을 주고받으며 수정 작업을 이어 갔다. 『위대한 개츠비』는 이러한 편집 과정을 여러 차례 거쳐, 1925년 4월 10일 출간되었다.

이 책의 제목에 포함된 『트리말키오(Trimalchio)』는 『위대한 개츠비』 출간 전 단계에서 편집자의 수정 요구가 본격적으로 적용되기 이전의 원고를 반영한 판본임을 의미한다. 이 책은 『위대한 개츠비』의 초판본 원고를 바탕으로 하면서도 편집 이전 단계 원고의 내용을 다수 포함하고 있다.

피츠제럴드는 『트리말키오』라는 제목을 고수하려 했고, 출판사와의 논의 과정에서도 포기하지 않으려 했다. '트리말키오'는 로마 소설 『사티리콘(Satyricon)』에 등장하는 인물로, 부를 과시하며 스스로를 신격화하려 했다. 피츠제럴드는 개츠비의 모습과 비슷한 인물인 '트리말키오'라는 이름이 이 소설의 본질을 정확히 드러낸다고 생각했던 것으로 보인다. 결국 출간본에서는 제목이 바뀌었지만, 이러한 사실은 이 작품을 좀 더 깊이 이해하는 데 중요한 단서를 제공한다.

해외에서는 2000년에 『트리말키오』라는 제목으로 단독 출간되며 하나의 독립된 판본으로 인정받았다. 그러나 국내에

는 『위대한 개츠비』의 명성에도 불구하고 이 판본이 소개된 적이 없고, 그 존재 자체도 거의 알려지지 않았다. 매해 가을이면 이 작품을 다시 읽곤 하는 오랜 독자로서, 또한 이 고전이 탄생하는 과정에 매료된 출판 편집자로서 이 판본을 국내에 소개하는 일이 피할 수 없는 숙명처럼 느껴졌다. 이 위대한 소설이 어떻게 현재의 모습으로 다듬어졌는지를 가장 직접적으로 보여 주는 자료가 바로 『트리말키오』이기 때문이다.

『트리말키오』와 출간본의 차이는 흔히 '표현의 정제'라는 말로 요약된다. 그러나 실제로는 그 이상의 본질적인 변화가 있다. 초고에서는 인물의 감정과 행동이 훨씬 직접적이고 서술의 윤곽이 선명하다. 반면 출간본은 이를 절제함으로써 더 중의적이고 신비한 분위기를 얻게 되었다. 장의 배열부터 문단, 문장, 단어 하나에 이르기까지 달라진 부분이 적지 않다.

소설 도입부 다음 문장의 변경은 이를 잘 보여준다.

『트리말키오』: "When you feel like criticizing any one," he said, "just remember that everybody in this world hasn't had the advantages that you've had."

『위대한 개츠비』: "When you feel like criticizing any one," he told me, "just remember that all the people in this world haven't had the advantages that you've had."

『트리말키오』에서는 'he said'라는 중립적인 표현이 사용되었지만, 출간본에서는 'he told me'로 바뀐다. 이 변화로 인해 이 문장은 단순한 격언이 아니라, 화자 '나'의 삶을 규정하는 개인적인 조언으로 치환된다. 'everybody'가 'all the people'로 변화하며 생기는 거리감 역시 마찬가지다. 이 판본의 전체 흐름은 이러한 차이에서부터 분명히 드러난다. 이처럼 섬세한 면부터 폭넓은 부분까지 수정들이 쌓여, 출간본은 더 치밀하게 거리감을 확보하게 되었다.

『트리말키오』에서 인물들은 출간본보다 더 선명하게 행동하고 말한다. 특히 개츠비와 닉의 성격 표출에 차이가 두드러진다. 출간본의 개츠비가 신비롭고 해석을 유보하게 만드는 인물이라면, 『트리말키오』에서는 자신의 내면을 더 노골적으로 드러내는 인물로 그려져 있다. 닉도 마찬가지로, 이 판본에서는 마음속에 품은 갈등을 좀 더 직접적으로 드러낸다. 『위대한 개츠비』의 오랜 팬으로서, 심지어 조금 충격적인 장면까지 등장한다. 등장인물의 성격에서 느껴지는 차이는 이야기 전반의 분위기를 다르게 느껴지도록 한다. 이러한 점에서 피츠제럴드가 얼마나 세심한 숙고 끝에 『위대한 개츠비』를 완성했는지 알 수 있다.

이번 번역에서는 글을 유려하게 풀어내면서도, 원문의 결을 그대로 옮기는 데 중점을 두었다. 영문의 모든 뉘앙스를 우리말로 완벽히 재현하는 것은 불가능하다는 점을 인정하면

 위대한 개츠비

서도, 원문에 없는 표현을 덧붙이기보다 문장을 담백하게 옮기고자 했다. 이는 당시 편집자의 개입이 이루어지기 전 '원석'을 그대로 보여주려는 본서의 취지에 가장 부합하는 방식이라고 판단했다. 그 결과, 다른 번역본에 비해 문체가 다소 건조하게 느껴질지도 모른다. 그러나 피츠제럴드의 글은 그 자체로 아름답다. 불필요한 수사로 그 고유의 결을 흐릴 이유는 없다.

부족한 역자의 작업 뒤로, 더 뛰어난 번역가들이 이 판본을 어떻게 다시 우리말로 옮기고 해석할지 벌써부터 기대가 된다. 『트리말키오』는 하나의 정답을 드러내는 판본이 아니라, 『위대한 개츠비』를 새롭게 읽게 하는 또 하나의 창문이기 때문이다.

『위대한 개츠비』는 출간 당시 의미 있는 상을 받지 못했고, 베스트셀러도 되지 못했다. 그러나 100년이 넘는 시간 동안 끊임없이 읽히고 사랑받으며 고전으로 자리 잡았다. 『트리말키오』의 존재는 이 작품이 천재의 영감으로 단번에 완성된 걸작이 아니라, 깊은 고심과 선택의 결과였음을 보여 준다. 이 책이 『위대한 개츠비』를 사랑하는 독자 여러분에게 새로운 즐거움을 안겨주기를 기대한다.

—2026년, 봄을 기다리며

옮긴이 최민석

대학에서 영문학을 공부한 뒤 번역 회사에서 일하며 언어에 대한 감각을 다졌다. 이후 책 만드는 일에 매력을 느껴 출판 업계에 발을 들여, 오랫동안 기획·편집자로 일해 왔다.

출판 기획·편집자로 일하는 틈틈이 고전 번역에 매진하여 셰익스피어 4대 비극을 비롯해『제인 에어』,『안네의 일기』,『허클베리 핀의 모험』,『오만과 편견』,『레 미제라블』등 수십 종의 고전을 우리말로 옮겼다. 아울러 예술 교양서『미술관에 간 클래식』등을 집필하는 등 번역가와 저자를 넘나들며 활동하고 있다.

위대한 개츠비
트리말키오

발 행   2026. 04. 30. (초판 1쇄)

지은이   F. 스콧 피츠제럴드
옮긴이   최민석
펴낸곳   피앤피북
펴낸이   최영민
대표전화   031-8071-0088
팩 스   031-942-8688
주 소   경기도 파주시 신촌로 16
전자우편   hermonh@naver.com
인쇄제작   미래피앤피

등록번호   제406-2015-31호
출판등록   2015년 03월 27일

ISBN   979-11-24549-00-1 (03840)

KB266094